ullstein

Das Buch

William MacBaine, der Chief des schottischen MacBaine-Clans, ist verzweifelt: Drei Töchter hat ihm seine Frau geschenkt, aber keinen Sohn. Er beschließt, seine älteste Tochter Avery wie einen Mann zu erziehen und zu seiner Nachfolgerin zu machen. Avery erweist sich als hervorragende Kämpferin und übernimmt nach dem Tod des Vaters die Führung des Clans – gegen den Willen ihrer männlichen Verwandten. Bei einer Schlacht gerät sie durch eine Intrige ihres Vetters in die Hände des grausamen Ewan MacCallen. Der junge Chief des verfeindeten Clans zeigt sich beeindruckt von Averys Kampfkunst und Zähigkeit; er lässt sie am Leben, wenn sie ihm als Gegnerin für Trainingskämpfe dient. Anfänglicher Hass verwandelt sich in gegenseitige Achtung und schließlich Zuneigung. Die starke, kluge Avery sehnt sich schon lange danach, von einem Mann als Frau angesehen und begehrt zu werden. Doch Ewan hat sich nach dem Tod seiner Frau geschworen, nie wieder sein Herz zu verlieren …

Die Autorin

Kerstin Dirks, 1977 in Berlin geboren, hat eine Ausbildung zur Bürokauffrau absolviert und schreibt seit mehreren Jahren erotische Romane, historische Liebesromane und Fantasy. Ihre Geschichten handeln von mutigen Frauen, die ihr Schicksal selbst in die Hand nehmen und ihre Leidenschaft ausleben, und von Männern, die am stärksten sind, wenn sie Gefühle zeigen.

Kerstin Dirks

Leidenschaft in den Highlands

Roman

Ullstein

Besuchen Sie uns im Internet:
www.ullstein-taschenbuch.de

Umwelthinweis:
Dieses Buch wurde auf chlor- und säurefreiem Papier gedruckt.

Originalausgabe im Ullstein Taschenbuch
1. Auflage März 2009

Umschlaggestaltung: HildenDesign, München
Titelabbildung: © Minuto Doreen via Agentur Schlück
Satz: Pinkuin Satz und Datentechnik, Berlin
Gesetzt aus der Sabon
Druck und Bindearbeiten: CPI – Ebner & Spiegel, Ulm
Printed in Germany
ISBN 978-3-548-26994-8

Prolog

Worauf hatte sich Avery MacBaine bloß eingelassen? Sie stand am Ufer des Sees und beobachtete ihre jüngeren Schwestern Anola und Ann, die im kühlen Nass badeten. Sie spritzten sich gegenseitig nass und kicherten dabei vergnügt wie kleine Mädchen, denen man die Fußsohlen kitzelte. Avery betrachtete die zierlichen Frauenkörper, die bis zu den Hüften aus dem Wasser ragten, und blickte dann ein wenig unzufrieden an sich hinunter.

Anola war erst 17 Jahre alt, doch eine Schönheit, wie man sie in dieser Gegend selten sah. Ihre Figur war sinnlich, die Taille schlank, und die Brüste waren so wohlgeformt wie zwei saftige Äpfel. Sie besaß ein feines Gesicht, das noch immer kindliche Züge aufwies, und die strahlendsten Augen, die Avery je gesehen hatte. Kein Wunder, dass Anola die Blicke der Männer auf sich zog!

Ann sah mit ihrer auffällig blassen Haut und natürlichen Eleganz wie eine Edelfrau aus. Ihr Hals war schwanengleich, und sie trug ihr Haupt stets aufrecht und erhaben.

Die Männer ihres Clans schwärmten regelrecht für die beiden Frauen. Sie lächelten ihnen zu, wann immer sie ihnen begegneten, und machten ihnen nicht selten großzügige Geschenke.

Näher an sie heran wagten sie sich jedoch nicht. Und das lag nicht nur daran, dass es sich um die Töchter des Chiefs handelte.

»Avery passt auf ihre Schwestern auf wie ein Wachhund«, hieß es. Sie seufzte, denn es ärgerte sie, dass man in ihr nie mehr als eine Anstandsdame sah.

Wenigstens ein Mal wollte auch sie im Mittelpunkt der Aufmerksamkeit stehen, nicht vom schimmernden Glanz der beiden jungen Frauen überstrahlt werden. Ob das je geschehen würde?

Resigniert grub Avery die Spitze ihres Schuhs in den feuchten Sand, während Ann und Anola langsam zum Ufer zurückschwammen. Das Wasser schimmerte rot im Licht der Sommersonne, und eine kühle Brise trieb die Wellen ans Ufer. Es war immer noch hell an diesem Abend.

Anola spritzte Ann ein letztes Mal nass und lachte. Ann schien das nicht zu gefallen. Sie verzog das Gesicht und schüttelte den Kopf.

Aye, sie und ihre Schwestern waren völlig unterschiedlich – nicht nur, was ihre Erscheinung betraf.

Anola, das Nesthäkchen, galt als kleiner Dickschädel. Sie rühmte diesen Umstand gern mit den Worten: »Selbstverständlich bin ich stur. Das gehört sich für eine Schottin.« Ann sagte man nach, sie sei die Vernünftigste und Besonnenste unter ihnen. Es mangelte ihr weder an

Erfahrung wie Anola, noch war sie ein Heißsporn wie sie selbst.

Avery wusste, wie sie sich Gehör verschaffte: notfalls auch, indem sie mit der Faust auf den Tisch schlug. Ein Verhalten, das bei einer Frau beileibe nicht gern gesehen wurde. Als Tochter des Chiefs, die noch dazu von ihm persönlich im Schwertkampf ausgebildet wurde, genoss sie allerdings einige Privilegien.

Die Männer brachten ihr Respekt entgegen. Sie behandelten sie wie eine von ihnen, was jedoch zwangsläufig zur Folge hatte, dass die Frau in ihr von den meisten Kriegern übersehen wurde. Nicht weil es ihr an der Körpergröße mangelte, ganz im Gegenteil. Wie leicht konnte sie einen Mann mittlerer Größe verunsichern, nur weil sie ihm in die Augen sah, ohne sich dabei auf die Zehenspitzen stellen zu müssen! Es lag vielmehr an ihrer kräftigen Statur, den herben Zügen und den krausen rotgoldenen Locken, die stets zerzaust aussahen. Es gelang Avery einfach nicht, sie zu bändigen, und deshalb band sie ihre Haare stets zu einem Zopf. Das war bequemer, als sie unter einem Tuch zu tragen, wie es die anderen Frauen taten. Auch gab sie ihrem Plaid jedem Kleid, und sei es noch so edel, den Vorzug.

»Vielen Dank, dass du Wache gehalten hast, Ave. Aber jetzt bist du dran.« Anns Worte holten Avery jäh in die Wirklichkeit zurück. Die mittlere Schwester griff nach einem ordentlich zusammengelegten Tuch, das im Gras für sie bereitlag, und schlang es um ihren nasskalten Körper.

Avery wusste nicht recht, was Ann meinte, und musste ihre Schwestern wohl sehr ratlos angesehen haben, denn die lachten plötzlich erneut los.

»Ab ins Wasser mit dir. Dein Training heute Nachmittag war doch sehr anstrengend. Du hast es bitter nötig«, sagte Anola auch prompt und hielt sich die Nase zu, um anzudeuten, *wie* nötig Avery ein ausgiebiges Bad ihrer Ansicht nach hatte. Dann schnappte sie sich das Tuch von Ann, die heftig protestierte, und trocknete sich ab. Anschließend schüttelte sie ihr Haar wie ein Hündchen, das in den Regen gekommen war, seinen Pelz, so dass unzählige perlenförmige Tropfen durch die Luft flogen und zielsicher in Averys Gesicht landeten.

»Zier dich nicht, Ave.«

Sie waren den langen Weg hinausgeritten, weil ihre beiden Schwestern so versessen darauf gewesen waren, den See zu erforschen, von dem ihr Vetter Amus ihnen erzählt hatte. Lochan Lor lag nur wenige Meilen vor der Grenze zwischen den Gebieten der MacBaines und der MacCallens.

Avery hatte sich den beiden Frauen angeschlossen, um wie gewohnt ein Auge auf sie zu haben, ganz wie es normalerweise ein großer Bruder getan hätte. Da Kenlynn MacBaine ihrem Mann allerdings keinen Sohn geschenkt hatte, war es nun an Avery, diese Pflichten zu übernehmen.

Gegen einen Ausflug hatte sie nichts einzuwenden gehabt, wohl aber sträubten sich ihre Nackenhaare bei dem Gedanken, sich ins kalte Nass zu stürzen. Zumal an einem Abend wie diesem, an dem die Temperatur im Vergleich zum Mittag so stark gesunken war, dass sie, auch ohne nass zu werden, leicht fröstelte. Insgeheim beeindruckte es sie, wie Anola und Ann der Kälte ohne Murren standgehalten hatten. Sie waren härter im Nehmen, als man ihnen ansah.

»Mein letztes Bad liegt nicht lange zurück«, konterte Avery und hob ihren Arm, um zum Beweis an ihrer Achselhöhle zu riechen. Als ihr dann ein unerwartet starker Geruch entgegenstieg, musste sie einen Moment lang die Luft anhalten, worauf Anola in Gelächter ausbrach. »Na bitte. Was habe ich dir gesagt?«

Avery knirschte mit den Zähnen. »Das kommt vom harten Training.« Sie hatte sich zuvor im Übungskampf gegen ihren Vater verausgabt. Er war nun einmal einer der stärksten Männer des Clans.

»Ich habe nichts anderes behauptet.« Anola hob beschwichtigend beide Hände.

»Schon gut«, knurrte Avery und zog ihr Schwert aus der Scheide, um es, mit der Spitze voran, in einem einzigen Stoß in den Grund zu rammen, so dass es in der Erde stecken blieb. Dann legte sie den Plaid ab, bemüht, sich nicht anmerken zu lassen, wie sehr sie fror. Sie wollte sich nicht erneut dem Spott ihrer Schwestern aussetzen.

Mit einem lauten inbrünstigen Schrei stürmte sie die Böschung hinunter, um sich mit einem Hechtsprung in die Schwärze des Wassers zu stürzen.

Die Wellen schwappten kraftvoll über sie hinweg, während sie in einer geraden Linie zur Mitte des Sees tauchte. Lieber Gott, das Wasser war eisig! Die Kälte lähmte ihren Herzschlag für einen Augenblick. Sie glaubte beinahe zu erfrieren. Doch dann setzte er wieder ein und beschleunigte sich rasch, während Avery schnaufend an die Wasseroberfläche zurückkehrte.

Ungeschickt mit den Armen paddelnd, drehte sie sich zu ihren Schwestern um. Wie hatten die beiden es bloß in diesem eiskalten Gewässer aushalten können?

Ann, deren braune offene Haare wie ein dunkler Schleier in ihr Gesicht wehten, winkte ihr mit hochgestrecktem Arm zu, während Anola ihr dabei half, sich anzukleiden, und Avery gleichzeitig etwas zurief, das die nicht verstand, weil sich das Wasser in ihren Ohren gesammelt hatte.

»Ich verstehe kein Wort. Du musst lauter sprechen!« Avery neigte den Kopf zur Seite, damit das Wasser aus ihrem Ohr laufen konnte. Mit strampelnden Beinen kämpfte sie darum, an der Oberfläche zu bleiben.

»Hinter dir«, drang schließlich die dumpf klingende Stimme Anolas, die mit einem energischen Fingerzeig hinter sie deutete, zu ihr vor. Avery drehte sich blitzschnell und änderte die Richtung.

Wachsam sah sie sich um, bis sie auf der schimmernden Wasseroberfläche eine verdächtige Bewegung entdeckte. War es ein Hecht, der das Gewässer unsicher machte?

Während Avery noch nach einer Erklärung für die zunehmende Wellenbewegung suchte, tauchte plötzlich statt eines Fisches nur wenige Schwimmzüge entfernt der Kopf eines Mannes aus dem Wasser auf. Der Fremde schnappte nach Luft, wischte sich mit beiden Händen über die Augen und schüttelte sein nachtschwarzes

Haar, ehe er zum Ufer schwamm und im Schilf verschwand.

Er hatte sie nicht gesehen, weil sie rechtzeitig untergetaucht war. Avery erlaubte sich einen kurzen Atemzug, ehe sie erneut Deckung im Wasser suchte. Woher kam der Fremde so plötzlich? Und wieso hatte sie ihn nicht früher bemerkt?

Wahrscheinlich war er von der anderen Seite des Sees gekommen. Eine Welle trug ein eigenartig geformtes Holzstück zu ihr herüber. Avery wartete einen Moment, ehe sie an die Wasseroberfläche zurückkehrte, griff nach dem schmalen Stück Holz und musterte es verwundert. Es war mit einem Messer bearbeitet worden und von innen ausgehöhlt. Vermutlich gehörte es dem Fremden. Aber wozu hatte er es gebraucht?

Avery betrachtete es nachdenklich von allen Seiten. Plötzlich wurde ihr klar, warum sie den Kerl nicht vorher bemerkt hatte: Er musste sich unter Wasser fortbewegt haben. Durch den Halm hatte er Luft bekommen.

Doch warum dieses Versteckspiel? Avery ging in Gedanken einige Möglichkeiten durch. Sie kam zu dem unweigerlichen Schluss, dass es nur einen Grund gab, warum er sich in ihrer Nähe aufgehalten, sich ihnen aber nicht gezeigt hatte. Er war ein Wüstling, der ihre Schwestern beim Baden beobachtet hatte!

Denn wenn er ein Mann der Ehre gewesen wäre, hätte er sich längst stillschweigend verzogen. Stattdessen trieb er sich noch immer hier herum. Vielleicht hoffte er auf weitere interessante Ausblicke?

Ein derartiges Verhalten konnte Avery nicht dulden. Es ging um die Ehre ihrer Schwestern!

Entschlossen, diesem Schuft eine Lektion zu erteilen, folgte sie ihm ins Schilf. Sie würde ihn zur Rede stellen. Und sobald er sein Verbrechen gestanden hatte, würde er zur Strafe ihre Fäuste zu spüren bekommen. Er war nicht der erste Mann, dem sie ihren Handabdruck auf der Wange als Andenken hinterlassen würde, weil er sich ihren Schwestern gegenüber unziemlich verhalten hatte. Einen kecken Blick und ein heimliches Augenzwinkern ließ sie den Kerlen durchgehen. Dieser Schuft aber war deutlich zu weit gegangen.

Vorsichtig schob sie das Schilf zur Seite und lugte durch die entstandene Lücke. Der Mann lief einige Schritte am Ufer entlang, sah sich um, als suchte er nach etwas, und blieb schließlich im Gras stehen, um sich nach einem Tuch zu bücken. Damit trocknete er seinen muskulösen Po ab. Er war klein, augenscheinlich recht fest und ungewöhnlich braun gebrannt. Die meisten Menschen im Hochland waren eher blass. Eins musste sie ihm zugestehen: Ihm stand die dunkle Farbe.

Avery ertappte sich dabei, dass sie ihn schon unerhört lange anstarrte. Vielleicht sollte sie besser wegsehen, bis der Fremde sich angekleidet hatte. Doch aus irgendeinem Grund konnte sie die Augen nicht von seinem wohlgeformten Körper lassen. Es ärgerte sie, dass sein Anblick sie derart faszinierte, dass sie einen Moment lang ihre eigenen Prinzipien über Bord warf. Und dass er die Unverschämtheit besaß, sich ihr auf diese Weise zu präsentieren. Auch wenn das in Anbetracht der Umstände einen gewissen Sinn machte. Immerhin war er gerade erst aus dem Wasser gestiegen.

Avery folgte ihm heimlich durch das Schilf, ohne ihn aus den Augen zu lassen. Alle Heimlichkeit ging allerdings verloren, als die Halme begannen, durch ihre Bewegung zu rascheln.

Der Fremde fuhr prompt herum und suchte das Schilf mit seinem eindringlichen Blick ab. Avery hielt erschrocken inne und hoffte, er würde annehmen, dass ein Tier für das Rascheln verantwortlich sei.

Tatsächlich kam ihm wohl dieser oder ein ähnlicher Gedanke, denn er wandte sich schon nach einem kurzen Augenblick wieder ab. So hatte sie wieder seinen ansehnlichen Rücken im Blick.

Avery atmete erleichtert auf. Es war wohl ratsamer, an dieser Stelle zu verharren, wenigstens so lange, bis er sich endlich angekleidet hatte. Dann würde sie aus ihrem Versteck kommen und ihm eine Lektion erteilen, die er ganz sicher nicht so schnell wieder vergaß.

Seine Kleidung hatte er auf einem Baumstumpf abgelegt. Daneben entdeckte sie ein Claymore, das im Gras lag und im Licht der Sonne schimmerte wie die Wasseroberfläche des Sees.

Er hob es hoch und ließ es elegant durch die Luft gleiten, gleich einem Raubvogel, der mit ausgebreiteten Schwingen über die Glens flog. Gefährlich, präzise und doch voller Anmut.

Für einen Schwertkämpfer bewegte er sich außerordentlich grazil. Das deutete darauf hin, dass er viel Erfahrung im Umgang mit der Waffe hatte. In Averys

Welt war dies der vollendetste aller Tänze, geprägt durch Kraft und Schönheit.

Sie sah, wie sich seine Muskeln mit jeder Drehung, jedem Schritt und jedem vollführten Hieb anspannten, während er mit einem unsichtbaren Gegner zu kämpfen schien.

Ihr wurde warm. Von ihrem Versteck aus hatte sie den besten Blick auf seine breiten Schultern, die muskulösen Arme und Oberschenkel, die ebenso beeindruckend wie wohlgeformt waren.

In nassen, dunklen Wellen flossen seine offenen Haare über seinen Rücken bis zu dessen Mitte. Wenn er sich drehte, sausten sie durch die Luft und zogen eine Spur aus Wasserperlen hinter sich her.

Seine Bewegungen erinnerten an die eines Raubtieres, als er sich ein zweites Mal langsam, beinahe lauernd umdrehte, so dass Avery sein markantes Gesicht, die dunklen Augen und die auffällige Narbe an seiner Wange im rötlichen Schein der Sonne sehen konnte. Sie fragte sich, wer sie ihm zugefügt hatte.

Narben erzählten die interessantesten Geschichten. Avery trug jede ihrer Narben, von denen sie nicht wenige besaß, mit Stolz. Und jedem, der es wissen wollte, erzählte sie gern die dazugehörige Geschichte. Ob es sich nun um einen Trainings- oder gar einen Wettkampf handelte oder ob sie in eine Kneipenschlägerei eingegriffen hatte, sie hatte unzählige Gelegenheiten gehabt, sich eine zuzuziehen.

Die Geschichte seiner Narbe würde sie jedoch nicht erfahren, was sie seltsamerweise bedauerte. Doch sie hatte nicht vor, mit dem Lüstling zu schwatzen, sondern wollte ihm bestenfalls eine weitere Narbe verpassen, die ihn an eine weniger ruhmreiche Tat erinnern sollte.

Ihr Blick glitt über seinen Brustkorb, den Bauch und tiefer hinab, hin zu seinem mächtigen – sie schluckte. Nie zuvor hatte sie einen solch intimen Blick auf den männlichen Körper werfen dürfen. Sie war nicht naiv. Aus Erzählungen der anderen Frauen wusste sie, wie in etwa der Lendenbereich aussah. Ihn aber nun selbst zu sehen, dazu noch aus ihrem Versteck heraus, ohne dass der Fremde auch nur ahnte, dass sie hier war und ihn beobachtete, machte die Sache äußerst aufregend.

Eine unerklärliche Hitzewelle stieg in ihr hoch. Sie war derart aufgewühlt, dass sie mehrere Wimpernschläge lang fürchtete, sich zu verraten, weil diese Hitze das Wasser zum Kochen brachte.

Oh, es ziemte sich ganz und gar nicht, ihn in dieser Situation zu beobachten. Doch sie war einfach nicht stark genug, sich ihrer Neugierde zu widersetzen. Er sah so perfekt aus. So wunderschön.

Rasch versuchte sie, ihre Gedanken auf etwas anderes zu lenken. Auf die Schandtat, die dieser Unhold begangen hatte. Er würde seine gerechte Strafe bekommen, sobald sie sich wieder unter Kontrolle hatte. Vielleicht sollte sie besser untertauchen, um wieder einen klaren Kopf zu bekommen?

»Seid Ihr in Not?«, drang plötzlich eine tiefe männliche Stimme an ihr Ohr.

Erschrocken wich Avery zurück, so dass sich die Schilfhalme wie ein Vorhang vor ihrem Gesicht schlossen. Nay! Er konnte nicht sie gemeint haben. Er hatte sie nicht entdeckt, das konnte einfach nicht sein. Sie hatte doch aufgepasst. Er musste jemand anderen meinen.

»Soll ich Euch aus dem Wasser helfen? Habt Ihr einen Krampf bekommen?« Er rammte sein Claymore in den Sandboden und kam einige Schritte auf sie zu.

Himmel, nun gab es keinen Zweifel mehr. Er sprach tatsächlich mit ihr. Sie hätte sich für ihre Unachtsamkeit am liebsten eine Ohrfeige gegeben. Sie hätte besser aufpassen müssen, war zu unvorsichtig gewesen.

Avery spielte mit dem Gedanken, nun doch unterzutauchen, und blickte dabei an sich hinab. Der Anblick ihrer blanken Brüste erinnerte sie daran, dass nicht nur er ohne Kleidung war. Ihre Wangen wurden mit einem Mal heiß.

Das Schilf schützte sie vor lästigen Blicken. Das war allerdings nur so lange der Fall, wie sie im Wasser und er an Land blieb. Panik stieg in ihr hoch, als seine Füße das kühle Nass berührten. Nur noch wenige Schritte trennten sie voneinander!

»Wagt es nicht«, zischte sie und tauchte bis zum Hals ins Wasser, um zu verhindern, dass er mehr sah, als sich ziemte. Sie verabschiedete sich von der Idee, ihm eine Ohrfeige zu geben. Sie konnte froh sein, wenn sie aus dieser Sache herauskam, ohne das Gesicht zu verlieren.

»Was treibt Ihr denn dort unten?« Es war ihm anzuhören, dass er sich über ihre Situation amüsierte. »Wollt Ihr nicht mit mir sprechen?« Er reckte den Kopf in die Höhe, um über das Schilf hinwegzusehen. »Traut Euch nur. Ich beiße Euch nicht.«

Glaubte er etwa, sie hätte Angst vor ihm? Die Vorstellung kränkte sie als tapfere Kriegerin, die sie war. »Ihr solltet Euch schämen«, knurrte sie.

»Sollte ich das?« Er stemmte die Hände in die Seiten und lachte.

Avery wünschte, er hätte zumindest genügend Anstand, sich seinen Plaid anzulegen.

»Aye!«

»Und wofür sollte ich mich schämen?«

»Dafür, dass Ihr meine Schwestern beim Baden beobachtet habt. Ein ehrbarer Mann tut so etwas nicht.«

Verwirrung spiegelte sich in seinem Gesicht. Entweder besaß er ein außergewöhnliches schauspielerisches Talent, oder er wusste tatsächlich nicht, wovon sie sprach. Eine dicke Furche, die an eine Narbe erinnerte, bildete sich auf seiner Stirn. Dann lachte er mit einem Mal schallend auf. »Ihr beliebt wohl zu scherzen!«

Sein spöttisches Gelächter heizte Averys Wut an. Noch aber konnte sie sich zurückhalten.

»Verzeiht, Lady, aber ich habe weder Euch noch Eure Schwestern beobachtet. Ich kam früher oft an diesen Ort, um nachzudenken, die Ruhe zu genießen oder meinen Körper durch das Schwimmen zu stählen und durch das Tauchen gegen die Kälte abzuhärten. Des Vergehens, das Ihr mir vorwerft, habt Ihr Euch allerdings selbst schuldig gemacht.«

Avery schnappte ärgerlich nach Luft. Nun machte er ihr also auch noch einen Vorwurf? »Ich habe mich keines Vergehens schuldig gemacht.«

»Das sehe ich anders. Wollt Ihr etwa leugnen, dass

Ihr mich in dieser wahrlich intimen Situation beobachtet habt? Selbst jetzt habt Ihr mir gegenüber den Vorteil, dass Ihr mich vom Kopf bis zu den Zehen sehen könnt, während ich nur erahne, wo sich Euer Haupt über dem Wasser befindet.«

Verflucht, der Fremde hatte recht. Nicht er war der Schuft, sondern sie! Ihre Wangen brannten wie Feuer. Es kribbelte unerträglich. Wäre sie nicht ohnehin größtenteils unter Wasser gewesen, sie wäre am liebsten vor Scham im Erdboden versunken.

»Ich werte Euer Schweigen als Zustimmung. Nun, da wir das geklärt haben, erwarte ich, dass Ihr Euch schämt.«

»Ich soll mich …?« Sie verstummte. Mit ihren haltlosen Anschuldigungen hatte sie sich tatsächlich reichlich blamiert.

»Schämen«, vollendete er ihren Satz und kratzte sich das Kinn, auf dem sich kurze, dunkle Stoppeln abzeichneten. »Vielleicht sollte ich mich besser davon überzeugen. Ich möchte doch nicht, dass Ihr mich hinters Licht führt.«

Meinte er das ernst, oder wollte er sie necken? Als er einen Schritt in ihre Richtung machte, keimte erneut Panik in Avery auf.

Sie fürchtete, er könnte verrückt genug sein, um seine Worte tatsächlich wahr zu machen. Und wenn er es tat, würde er *sie* sehen! Auch wenn er nicht jedes Detail erkennen würde, das sich unter der Wasseroberfläche verbarg, so würden ihm doch ihre kleinen Brüste und die knabenhafte Figur nicht entgehen.

Tatsächlich störte sie weniger der Gedanke, dass er etwas sah, das ihm gar nicht zustand, als vielmehr, dass ihm nicht gefiel, was er sah. Avery fragte sich, woher diese wirren Gedanken kamen. Normalerweise wusste sie sehr wohl, was sich gehörte.

Als er weiter auf sie zuging, konnte sie nicht länger an sich halten. »Nay!«, stieß sie in einem hohen, schrillen Ton aus.

»Ihr schämt Euch nicht?«, fragte er trocken.

»Kommt nicht näher. Bitte.« Nach einer kurzen Atempause fügte sie kleinlaut hinzu: »Ihr müsst nichts überprüfen. Verzeiht, dass ich Euch Vorwürfe machte.«

Der Fremde hob überrascht eine Augenbraue. Dann nickte er zufrieden. »Ihr gebt rasch nach«, sagte er mehr zu sich selbst als an sie gewandt. »Vielleicht sollte ich besser doch nachsehen?«

»Nay!« Avery machte einen verhängnisvollen Schritt nach hinten und trat dabei mit ihrem rechten Fuß auf einen kleinen kantigen Stein, der am Grund lag und unter normalen Umständen niemandem weh getan hätte.

Die Spitze des Steins bohrte sich schmerzhaft in ihr Fleisch. Avery erschrak. Sie konnte nicht verhindern, dass sich ein lauter Aufschrei ihrer Kehle entrang.

Als hätte er nur auf diesen Signalton gewartet, stürmte der Fremde ins Wasser, schob die Schilfhalme mit beiden Armen zur Seite und hechtete auf sie zu. Eine hohe Welle schwappte ihr entgegen.

»Nicht! Ich brauche keine Hilfe«, rief sie.

Da war er aber schon bei ihr und hob sie aus dem Wasser. Es blieb ihr keine Zeit, noch heftiger zu protestieren. Schon drückte er ihren nackten, vor Kälte zitternden Körper an seine Brust, die erstaunlich warm war. Himmel – er fühlte sich gut an!

»Ihr habt geschrien«, verteidigte er sich und schleppte sie ans Ufer.

»Es war doch nur ein Stein«, sagte sie, aber er schien den Einwand zu überhören.

Am Ufer angekommen, setzte er sie nicht etwa ab, sondern hielt sie in seinen Armen und sah sie voller Sorge an. Sie glaubte, in zwei tiefe, dunkle Seen zu blicken. Seine Augen waren dunkelblau, ja schon beinahe schwarz.

»Das klang eher, als hätte jemand versucht, Euch hinterrücks zu meucheln.«

Ihre Wangen röteten sich erneut. »So laut habe ich nun auch wieder nicht geschrien«, sagte sie leise.

»Doch, das habt Ihr.«

»Das ist nicht wahr!« Eine Kriegerin schrie nicht wegen eines spitzen Steins. Sie schrie nur, wenn sie in die Schlacht zog. Und dann war es kein Schmerzens-, sondern ein Kriegsschrei.

Ihr Atem wurde schneller. Nicht aus Wut auf sich selbst. Nein, seine warme Haut, seine verwirrende Nähe machten etwas Unheimliches, Unbekanntes mit ihr.

Sie spürte ein sinnliches Prickeln zwischen den Beinen und hoffte, dass er es nicht bemerkte. Das wäre wahrlich die Krönung aller Peinlichkeiten des heutigen Tages gewesen. Sie versuchte, es zu unterdrücken, doch dadurch wurde es nur noch stärker.

»Setzt mich bitte ab«, sagte sie schließlich heiser und

bedauerte es im nächsten Augenblick, denn eigentlich hatte es sich sehr gut angefühlt, von ihm gehalten zu werden. Noch nie zuvor hatte ein Mann sie als schützenswert erachtet oder gar gerettet. Seine Sorge um sie berührte sie tief. Sie konnte nicht umhin, ihn zu mögen.

Der Fremde tat, was sie verlangte, und lächelte, während er sie von oben bis unten musterte. Plötzlich wurde Avery sich wieder dessen bewusst, dass sie nackt voreinander standen. Sie bedeckte ihre Brüste rasch mit einem Arm und streckte den anderen in seine Richtung aus. Er musterte verwirrt ihren Zeigefinger, der beinahe seine Brust berührte. Fragend hob er eine Augenbraue.

»Könnte ich wohl Euer Tuch benutzen?«, fragte sie leise.

»Ah. Sicher.« Er nickte, hob es auf und reichte es ihr. Dann drehte er sich um. Rasch wickelte sie sich ein. Er war anders als die Männer, mit denen sie sonst zu tun hatte. Auch wenn er augenscheinlich ebenfalls ein Krieger war, so war er doch weder roh noch ungehobelt, sondern freundlich und respektvoll. Trotz ihrer Anschuldigung war er nicht wütend oder ausfallend geworden. Aye, er hatte sogar Humor bewiesen. Sie ertappte sich dabei, dass sie seine Nähe zusehends genoss.

»Verzeiht, ich wollte Euch nicht anstarren«, sagte er. »Ihr seid hübsch, aber das gibt mir nicht das Recht, Euch auf diese Weise in Verlegenheit zu bringen.«

Avery glaubte, sich verhört zu haben. Er nannte sie hübsch! Wahrscheinlich war es einfach seine Art, die

Situation zu entschärfen. Oder er ging mit allen Frauen auf diese Weise um. Andererseits klangen seine Worte so ehrlich, dass sie nicht daran zweifeln mochte.

»Ihr könnt Euch wieder umdrehen.«

Endlich konnte sie ihn aus der Nähe mustern. Was sie zuvor nur geahnt hatte, bestätigte sich nun. Er hatte wahrhaftig die tiefgründigsten Augen, die sie je gesehen hatte. Und sein zartes Lächeln löste ein eigenartiges Flattern in ihrer Brust aus.

»Ihr müsst mir glauben, auch Eure Schwestern habe ich nicht belästigt. Ich war hier, um zu tauchen und zu trainieren. Darauf gebe ich Euch mein Wort.«

Es tat ihr plötzlich leid, dass sie ihn verdächtigt hatte. Er schien ein anständiger Kerl zu sein.

»Ich muss mich auch entschuldigen …« Sie verstummte, weil sie am Ufer zwei Gestalten bemerkt hatte, die sich ihnen näherten: Anola und Ann. Panik stieg in ihr auf. Was sollten die beiden von ihr denken, wenn sie Avery in Gegenwart dieses entkleideten Mannes fanden? Anola würde sich gewiss wieder über sie lustig machen, und es war nur eine Frage der Zeit, bis der ganze Clan über diesen Vorfall sprach. Schnell verbarg sie sich hinter einem Gebüsch.

»Was habt Ihr denn jetzt vor?«

»Meine Schwestern dürfen mich nicht so sehen«, erwiderte sie aufgeregt.

Er sah zu den beiden Frauen auf der anderen Seite des Sees hinüber. »Verstehe. Das wäre wohl sehr schlimm für Euch?«

»Aye, das wäre es.«

Er zuckte die Schultern und drehte sich um. »Dann lasst mich Euch zumindest diesen Dienst erweisen.«

Avery wusste nicht, was er damit meinte, und beobachtete, wie er zum Baumstumpf ging. Dort griff er nach seinem Plaid, faltete ihn und legte ihn um seinen männlichen Körper, dessen Anblick sie nach wie vor durcheinanderbrachte. Er warf das eine Ende der Decke über seine linke Schulter, schlang den warmen Stoff um seinen Oberkörper und befestigte ihn mit einer Spange. Dann legte er einen Gürtel an, schlüpfte in seine Strümpfe und stieg in seine Stiefel.

Plötzlich bedauerte sie, dass er seinen Körper verhüllt hatte. Obwohl er auch in seinem Plaid sehr prachtvoll aussah. In der Hoffnung, dass der Schmerz ihre wirren Gedanken verscheuchen würde, biss sie sich kräftig auf die Unterlippe. Aber sie hatte keinen Erfolg. Das lästige Prickeln wollte einfach nicht nachlassen.

»Ave? Wo steckst du?«

»Sag doch etwas! Wir machen uns Sorgen um dich!«

Das waren die Stimmen ihrer Schwestern. Durch die Zweige sah sie die beiden Frauen, die mit gerafften Röcken und wehenden Gewändern am Ufer entlangrannten und sich dabei suchend nach allen Seiten umsahen. Anola, die sich Averys Hemd und Plaid unter den Arm geklemmt hatte, legte ein rasantes Tempo vor, so dass sich der Abstand zwischen Ann und ihr immer mehr vergrößerte.

»Ave?«

Wenn der Fremde sich nicht beeilte, war ein Zusammentreffen unvermeidbar. Er formte mit Daumen und

Mittelfinger ein O, steckte die Finger in den Mund und pfiff den schrillsten, lautesten Ton, den Avery jemals gehört hatte. Dann ging er zu seinem Schwert, zog es aus dem festen Sand und befestigte es auf seinem Rücken.

»Ich werde jetzt verschwinden, Lady. Zieht Euch bald etwas Warmes an, sonst erkältet Ihr Euch noch«, sagte er in die Stille hinein. Avery antwortete nicht, doch sein Lächeln wärmte sie so sehr, dass sie eine Erkältung kaum fürchten musste.

»Lebt wohl. Vielleicht kreuzen sich unsere Wege eines Tages wieder.«

Nur wenige Augenblicke später trabte ein schwarzes Pferd die Böschung hinunter und blieb vor seinem Herrn stehen. Der schwang sich gewandt auf den Rücken des Tieres, warf einen letzten Blick zum Busch hinüber, hinter dem Avery mit pochendem Herzen kauerte, und gab seinem Tier sanft die Sporen. Als sie zusah, wie er davongaloppierte, verspürte sie weniger Erleichterung als Enttäuschung. Überrascht wurde sie dessen gewahr, dass es ihr lieber gewesen wäre, wenn der faszinierende Fremde geblieben wäre. Aber wenigstens würden ihr nun die lästigen Fragen ihrer Schwestern erspart bleiben.

In dem Moment, in dem Anola die Uferstelle erreichte, erhob sie sich aus ihrem Versteck und winkte ihr zu.

»Ave!«, kreischte ihre Schwester, als hätte sie ein Gespenst gesehen. Oder eher eine Moorleiche? Avery fand selbst, dass sie einfach schrecklich aussah: Algen klebten an ihren Schultern, ihre Haare, in die sich Algen eingenistet hatten, hingen ihr in feuchten Strähnen ins Gesicht, und ihre Haut war so bleich wie die einer kürzlich Verstorbenen. Wahrscheinlich hatte der Fremde nur gescherzt, als er ihr gesagt hatte, sie sei hübsch.

»Wir dachten, du wärst ertrunken! Jag uns nie wieder so einen Schrecken ein, hörst du?«

»Keine Sorge, das habe ich nicht vor. Aber sei so lieb, und wirf mir das Tuch herüber. Meins ist bereits völlig durchnässt.«

»Welches Tuch?«

»Das zum Abtrocknen natürlich.«

Avery beeilte sich, hinter dem Gebüsch vorzukommen. Die Sonne würde bald untergehen. Ein kühler Wind strich über ihre nasse Haut. Sie kämpfte gegen das Zittern an, konnte es aber nicht vollkommen unterdrücken.

»Ehrlich gesagt waren wir so in Eile, dass wir es vergessen haben.« Mit diesen Worten reichte Anola ihrer Schwester den Plaid.

In dem Moment erreichte auch Ann die beiden Schwestern. Sie hatte auf dem Weg eine Ruhepause eingelegt. Trotzdem war ihr Gesicht puterrot, und sie ließ erschöpft die Arme hängen.

»Du solltest mehr trainieren«, sagte Avery ernst und griff nach ihrem Hemd, streifte es über den Kopf und legte anschließend den Plaid an. Dann wrang sie ihre Haare aus und wickelte sie zu einem Knoten.

Ann schüttelte nur atemlos den Kopf. »Wer war der Mann?«

Anolas Frage versetzte Avery einen imaginären Schlag in die Magengrube. »Von wem sprichst du?« Sie versuchte, überrascht zu klingen.

»Wir haben ihn vom Ufer aus beobachtet. Als du ihm gefolgt bist und wir dich nicht mehr sehen konnten, haben wir uns schreckliche Sorgen um dich gemacht. Dann haben wir plötzlich einen grässlichen Schrei gehört. Ave, wir dachten, er wäre ein gefährlicher Mädchenmörder, der dich ertränken wollte!«

Avery lachte leise. Anola besaß wahrlich eine lebhafte Fantasie. »Du kennst mich wirklich schlecht, Anola. Denkst du ernsthaft, ich würde mich von einem dahergelaufenen Strolch ertränken lassen? Aber um deine Frage zu beantworten: Ich habe keine Ahnung, wer er war. Ich weiß nicht, wie er heißt. Er hat sich mir nämlich nicht vorgestellt.«

»Also hat sie mit ihm gesprochen«, sagte Ann, die endlich wieder zu Atem gekommen war.

»Natürlich hat sie das, von ihm hat sie auch etwas zum Abtrocknen bekommen.«

Avery fühlte sich ertappt und spürte, wie das Blut sich in ihren Wangen staute. Sie warf das nasse Tuch, das sie verraten hatte, ins Gebüsch.

»Aye, ich habe mit ihm geredet, weil ich dachte, der Schuft hätte euch beobachtet«, rechtfertigte sie sich.

»Und hat er es?« Anns Brustkorb bewegte sich noch immer im raschen Takt ihrer Atmung.

»Nay.«

»Was macht dich so sicher?«, bohrte Anola nach.

»Ich weiß es eben.« Dieser Mann hatte sie nicht angelogen, davon war sie überzeugt. Er war eine ehrliche Haut.

»Dann bin ich aber erleichtert.« Ann legte die Hand auf ihre bebende Brust und atmete tief durch.

»Vielleicht sah er ganz anständig aus?« Anola grinste von einem Ohr bis zum anderen.

»Oh, hässlich war er nicht«, sagte Avery, ohne zu ahnen, dass sie damit eine kleine Lawine lostrat.

»Ich habe in letzter Zeit so viele dickleibige, Ale saufende Kerle gesehen, dass ich schon dachte, die ansehnlichen Männer wären ausgestorben. Erzähle, wie sah er aus?«

Avery seufzte lange und gedehnt. »Welche Rolle spielt das? Er ist fort.« Er, ihr Retter. Bei dem Gedanken an seine Aktion musste sie lächeln. Was so ein kleiner, spitzer Stein bewirken konnte! Es war schön gewesen, ein Mal keine Stärke zeigen zu müssen. Noch immer glaubte sie, seine warme Brust an ihrem Körper zu spüren.

»Warum so grantig? Man weiß nie. Es gibt nicht viele attraktive Männer in der Gegend. Er dürfte also auffallen. Ich wette, er ist ein Herzensbrecher.«

»Wie kommst du denn darauf?«, fragte Avery ein wenig zu hastig. Wenn sie sich weiterhin so auffällig verhielt, könnte Anola noch auf den Gedanken kommen, dass sie sich zu dem Fremden hingezogen fühlte!

»Ave, du bist zu oft allein. Du hast keine Ahnung davon, wie es in der Welt zugeht. Selbstverständlich hat ein attraktiver Mann viele Verehrerinnen. Das ist ein Naturgesetz. Kannst du mir so weit folgen?«

»Aye.« Sie war genervt von Anolas ewiger Besserwisserei, aber auch ein wenig traurig, weil sie sich sehr gut vorstellen konnte, dass der Fremde eine große weibliche Anhängerschaft sein Eigen nannte.

»Vielleicht ist er auch verheiratet. Habt ihr daran schon gedacht?«, sagte Ann.

Avery musste scharf nachdenken. Aye, sie meinte, einen Ring an seinem Finger gesehen zu haben. Aber an welchem und auf welcher Hand wusste sie nicht mehr.

»Manche Männer hält auch das nicht davon ab, sich weiter umzuschauen«, erwiderte Anola in einem altklugen Tonfall.

»Man fragt sich direkt, woher du so viel über die männlichen Gepflogenheiten weißt«, bot Avery ihr Einhalt.

»Ich weiß das alles nur aus zweiter Hand.«

»Soso. Wie dem auch sei. Lasst uns meine Schuhe und mein Schwert holen und die Pferde losbinden. Wir sind viel zu spät dran. Das wird Athair gar nicht gefallen«, sagte Avery und ging voran. Die beiden Schwestern folgten ihr. Unter ihren nackten Füßen spürte Avery jeden Grashalm und jedes kleine Steinchen. Die Erde war feucht, und der Geruch von Seggen und Binsen lag in der Luft. Über ihnen breitete sich ein Meer aus funkelnden Sternen aus – eine ruhige, friedliche Nacht. Avery hoffte, den Fremden eines Tages wiederzusehen.

Fünf Jahre später

Das ohrenbetäubende Kreischen der Krähen, die bedrohlich ihre Kreise über einem nahe gelegenen Feld am Wegesrand zogen, weckte Averys Aufmerksamkeit. Die schwarzen Aasfresser glichen unheilvollen Schatten, die den strahlend blauen Sommerhimmel verdunkelten.

Sie trieb ihre Fuchsstute an und lenkte sie auf das freie Feld. In ihrem Magen rumorte es. Zum einen, weil sie an diesem Morgen nichts gegessen hatte, zum anderen, weil sich beim Anblick des Krähenschwarms ein ungutes Gefühl in ihr breitmachte.

Bereits aus der Ferne erkannte sie einen reglosen Körper, der wie ein unbeweglicher Stein im Gras lag und auf dessen Rücken zwei Krähen hockten, die ihre Schnäbel gierig in sein Fleisch stießen.

»Bitte, lieber Gott, lass es nicht Athair sein«, betete sie, während die Stute sie im Galopp zu der Stelle trug, von der einige Krähen nun aufstoben.

Eilig sprang sie von ihrem Ross und rannte die letzten Schritte auf den Mann zu. Ihr Herz raste vor Angst. »Bitte lass Athair in einem Gasthaus oder bei einer

Dirne übernachtet haben. Alles andere, solange er nur nicht der ist, der hier liegt.«

Sie rannte auf ihn zu, verjagte die Krähen, die hartnäckig geblieben waren, mit kreisenden Armbewegungen, musste sich dann jedoch überwinden, dem Reglosen ins Gesicht zu blicken. Er lag auf dem Bauch, den Kopf seitlich geneigt. Der dunkle Vollbart mit den krausen Locken, die Stirnglatze und die markanten Augenbrauenwülste ließen keinen Zweifel offen: Es war William MacBaine.

Seine Augen waren weit aufgerissen, und sein Mund war zu einem stummen Schrei geöffnet. Eine Fliege setzte sich auf seine Oberlippe. Avery hockte sich fassungslos neben ihn, scheuchte das Insekt fort und legte zitternd eine Hand auf seine Stirn. Oh Gott, er fühlte sich so schrecklich kalt an!

Hastig tastete sie nach dem Puls an seinem Hals. Es konnte einfach nicht sein. Es durfte nicht sein. William MacBaine musste noch leben.

Kein Herzschlag!

»Nay!« Sie stieß einen gellenden Schrei aus.

Ihre Hände bebten, und ihr Atem ging so rasch, dass sie fürchtete, in Ohnmacht zu fallen. Ein undurchdringlicher Schleier legte sich über ihre Augen.

Heiß rannen die Tränen über ihre Wangen. Der Strom wollte nicht abbrechen, und sie konnte keinen klaren Gedanken fassen. Nur den einen, der sich langsam und schmerzvoll in ihr formte: MacBaine war tot, unwiederbringlich.

Sie wischte sich über die Augen, versuchte, tief durchzuatmen, aber es half nichts. Ein starkes Zittern erfasste ihren Körper. Sie wollte schreien und konnte es nicht. Das musste ein Alptraum sein. Sie würde aufwachen. In Wirklichkeit war ihr Vater zu Hause und saß mit ihrer Mutter beim Frühstück in der Halle.

Ihr Blick glitt über seinen Leib. Ein riesiger Blutfleck, der seinen gesamten Rücken bedeckte, hatte sich auf dem Stoff gebildet. Doch der Stoff des Plaids war nicht zerrissen. Es war also kein Angriff mit einer Klingenwaffe gewesen.

Sie nahm all ihre Kraft zusammen und sah ihn noch näher an, beugte sich über ihn. Da entdeckte sie ein Loch in dem Material. Es gab den Blick auf eine kreisförmige Wunde frei. Jemand hatte ihn von hinten erschossen.

»Oh, Athair«, schluchzte sie und verbarg ihr Gesicht in beiden Händen. Wie sollte sie das ihrer Mutter erklären? Wie Anola und Ann?

Allmählich ließ das Zittern nach, die Tränen wurden weniger, und ihr Atem beruhigte sich.

Er war ein guter Mann gewesen, der stets den Weg der Diplomatie gewählt hatte. Er hatte keine Feinde gehabt und gute Beziehungen zu seinen Nachbarn gepflegt. Selbst zu den MacCallens, denen in der Region nicht gerade viele zugetan waren, weil sie eine ruchlose und machtgierige Sippe waren.

Wer also hatte einen Grund, ihn zu töten?

Sie sah auf. War da eine Bewegung in der Luft, direkt über ihnen? Tatsächlich, eine dreiste Krähe setzte zum Sturzflug auf ihren Vater an! Sie holte mit dem rechten Arm aus und traf das Tier mit voller Wucht, noch bevor es sich auf der Schulter des Leichnams niederlassen konnte. Federn fielen neben ihr zu Boden. Der Vogel schwankte und machte sich davon.

»Wer hat dir das angetan?« Sie schrie den leblosen Körper an, von der wilden Hoffnung getrieben, dass er ihr eine Antwort geben könnte. Ihre zornerfüllte Stimme zitterte. Sie war wütend, unglaublich wütend. Nicht auf ihn, weil er die Burg am Abend noch einmal verlassen hatte, auch nicht auf seinen Mörder, sondern auf sich selbst.

Vater hatte sie mitnehmen wollen, auf ein Ale in der Taverne, doch sie hatte abgelehnt. Wäre sie bei ihm gewesen, vielleicht hätte sie dies hier verhindern können.

Es war ihre Schuld. Vater war immer für sie da gewesen. Ihm hatte sie zu verdanken, dass sie eine respektierte Kriegerin war, die mit den Männern in der Taverne speisen und trinken, ja sogar an den Versammlungen des Rates teilnehmen durfte. Er hatte das alles ermöglicht.

Sie erinnerte sich noch genau daran, wie alles angefangen hatte. Sie hatte die Männer beim Training beobachtet. Eine rasche Folge von Bewegungen, die unerwartet elegant ausgesehen hatten. Geradezu grazil. Je besser ein Mann mit dem Schwert umzugehen vermochte, desto mehr wurde es Teil seines Körpers. Ein verlängerter Arm – und doch eine tödliche Waffe. Für Avery war der Kampf zu einem Tanz geworden, Attacken und Paraden zu einer Choreographie. Kraftvoll hatten sie die blitzenden Klingen durch die Luft gewirbelt, hatten immer wieder versucht, die Deckung zu durchbrechen, den Gegner zu bezwingen. Sie hatten Finten geschlagen, waren ausgewichen, in einen Ausfallschritt gefallen.

Avery war damals acht Jahre alt und vom ersten Augenblick an fasziniert gewesen von jener Kampfeskunst. Sie hatte die Männer immer häufiger beobachtet und sich schon bald nichts sehnlicher gewünscht, als selbst Schwertkämpferin zu werden.

Mutter war von Anfang an dagegen gewesen, dass sie Unterricht bekam. Ihre Sorge um Avery war viel zu groß. Außerdem fand sie es unschicklich, ein Schwert in eine zarte Mädchenhand zu geben.

Vater hingegen hatte sich für sie eingesetzt, hatte rasch ihr Talent erkannt und gefördert. Er war ihr Trainer geworden. Jeden Morgen, kurz nach dem Aufstehen, und jeden Abend, kurz bevor sie zu Bett ging, war er mit ihr in den Hof gegangen, um mit ihr zu trainieren. Zu Anfang hatte sie viele blaue Flecken davongetragen. Vater hatte wenig Rücksicht auf ihre Unversehrtheit genommen. Nie hatte er es jedoch so weit kommen lassen, dass sie ernstlich verletzt wurde.

»Der Schmerz schult deine Sinne«, war der einzige Trost gewesen, den er ihr gab, wenn sie sich wieder eine Beule zugezogen hatte und ihr die Tränen in den Augen standen. Viel später hatte sie den Sinn seiner Worte erkannt. Ihre Reflexe waren schneller geworden. Bald schon konnte sie geschickt Angriffen ausweichen, sich ihnen kraftvoll entgegenstellen. Ihr Körper lernte, Schmerz zu verhindern.

Aye, er hatte sie zu einer Kämpferin gemacht. Zugleich hatte er ihr eingebläut, dass ein Kämpfer seine Ausbildung niemals abschloss. Er musste immer trainieren, sich verbessern, die nächste Stufe seiner Kampfkunst erreichen. Und nun, da er sie gebraucht hätte, hatte ihr Schwert ihn nicht schützen können.

Avery spürte einen sanften Stoß in ihrem Rücken und ein heißes Schnauben im Nacken, das sie kitzelte. Als sie sich umdrehte, sah sie ihre Fuchsstute Wanda, die den Kopf schelmisch zur Seite wandte und Avery aus ihren großen braunen Augen treu anblickte.

»Wenn ich nur wüsste, was passiert ist«, flüsterte Avery und streckte die Hand aus, um über Wandas Blesse zu streicheln.

Langsam erhob sie sich, um nach Spuren zu suchen. Das Gras war an einigen Stellen zerdrückt. Entweder hatte hier ein Kampf stattgefunden, oder ihr Vater hatte noch versucht, Hilfe zu holen, bevor er starb.

Sie entdeckte verschiedene Fußspuren im Sand, die sich jedoch rasch verloren. Sie fand keine Kugel. Die musste also noch immer im Körper ihres Vaters stecken. Wahrscheinlich hatte sie von hinten sein Herz durchbohrt. Ihr schwindelte. Welch eine Feigheit, jemanden von hinten zu erschießen! Kein ehrbarer Krieger käme auf diesen Gedanken.

Die Bastarde, die für diese schreckliche Tat verantwortlich waren, würden den Zorn der MacBaines zu spüren bekommen. Das schwor sie sich.

Avery nahm die Decke von Wandas Rücken, legte sie auf die Wiese und wickelte ihren Vater darin ein, was sich schwieriger gestaltete, als sie gedacht hatte.

Nachdem sie damit fertig war, versuchte sie, ihn hochzustemmen und unter Aufbringung all ihrer Kräfte auf ihren Rücken zu hieven.

Der erste Versuch misslang. Der Körper ihres Vaters drückte sie förmlich zu Boden. Er war einfach zu schwer. Stöhnend sank sie auf die Knie.

Vielleicht war es besser, wenn sie Hilfe holte. Ein oder zwei Männer würden gewiss genügen. Doch sie fürchtete, jemand könne ihn in ihrer Abwesenheit finden. Oder die Krähen würden ihn gänzlich auffressen.

Nach einer kurzen Atempause biss sie die Zähne fest zusammen und stemmte sich ein zweites Mal hoch. Dieses Mal gelang es ihr, sich aufrecht zu halten. Doch sie stand auf äußerst wackeligen Beinen. Die wenigen Schritte bis zu ihrer Stute verlangten ihr alles ab. Sie schwitzte unter ihrem schottischen Bonnet so stark, dass ihr der Schweiß in die Augen tropfte und ihre Sicht verschleierte.

Ein lauter Schrei drang aus Averys Kehle, als sie William MacBaines Leichnam auf den Rücken der Stute hievte, die aufgeregt unter der Last schnaubte und mit den Hufen scharrte.

Nach dem Kraftakt hielt sie sich erschöpft mit einer Hand an den Zügeln fest. Auch wenn ihr Vater kein vollleibiger Mann gewesen war, sorgten seine Muskeln doch für ein ordentliches Gewicht. Als sie wieder zu Kräften kam, ging sie voran und führte Wanda hinter sich her.

Avery gelang es, ihren Vater erst über die Felder, dann unbemerkt durch das Dorf in die Burg zu bringen und mit Hilfe einiger Männer in der Kapelle aufzubahren. Sie dachte fieberhaft darüber nach, wie sie ihrer Mutter beibringen sollte, dass Vater nicht mehr lebte – dass er ermordet worden war.

Die Liebe ihrer Eltern zueinander war über die Jahrzehnte hinweg immer stärker geworden, nachdem sie aus politischen Gründen geheiratet hatten, um den Clan der MacLeons mit dem der MacBaines zu einen.

Avery hatte die Liebe in Vaters Augen gesehen, wenn er Kenlynn angeblickt hatte. Und Mutters Lächeln hatte verraten, dass sie genauso empfand wie er. Eine aufrichtige, tiefe Zuneigung. Wenn sie Mutter zum Einkaufen ins Dorf begleitet hatte, hatte sie oft erzählt, wie sehr sie sich einen Mann wie Vater für Avery wünschte, der eines Tages ein Teil von ihr und sie ein Teil von ihm sein würde.

Ihre Kehle zog sich bei dem Gedanken daran, wie Kenlynn reagieren würde, zusammen. Die war bereits am Morgen sehr aufgelöst gewesen, als sie Avery gebeten hatte, nach dem Rechten zu sehen. Im Nachhinein schien es, als hätte ihre Mutter geahnt, dass etwas Schreckliches passiert war. Noch nie zuvor war William nach dem Abend in der Taverne nicht nach Hause zurückgekehrt.

Kenlynn MacBaine hatte ein Gespür für Dinge, die noch gar nicht geschehen waren. Sie konnte nicht in die Zukunft blicken, wie es manche weise Frau von sich behauptete, doch sie war feinfühlig genug, um Veränderungen – und seien sie noch so gering – vor allen anderen wahrzunehmen. Ob sie sich womöglich bereits im hinteren Teil der Kapelle aufhielt?

Ein leises Schluchzen ließ Avery herumfahren. Kenlynn stand nur wenige Schritte hinter ihr. Ihr Haupt war mit einem Tuch bedeckt, das bis zu ihren Knöcheln reichte. Die zierliche Frau wirkte gebrochen und einen ganzen Kopf kleiner als noch am selben Morgen. Ihr starrer Blick war auf Vater gerichtet.

»Màthair. Es tut mir so leid«, hauchte Avery und breitete die Arme aus, um sie an sich zu drücken und zu trösten. Ihr eigener Schmerz war nicht wichtig. Sie musste nun für ihre Mutter da sein.

Aber Kenlynn beachtete sie nicht und ging in kleinen, aber schnellen Schritten auf ihren Mann zu, um an seiner Seite niederzuknien und zu weinen. Avery betrachtete ihre Mutter, die nun gänzlich unter dem Stoff verschwunden war, und spürte ein Ziehen in der Herzgegend. Es tat weh, ihre Mutter so zu sehen. Klein, gekrümmt, am ganzen Körper bebend. Was konnte sie nur tun, um ihren Schmerz zu lindern? Es gab dagegen kein Mittel, genauso wenig wie es ein Mittel gab, um jemanden von den Toten wiederauferstehen zu lassen.

Kenlynns Schluchzen wandelte sich in ein Heulen, ein Klagelied, das einen ganz eigenen Klang besaß.

Ein kalter Schauer jagte Avery über den Rücken, denn es klang, als sei es nicht von dieser Welt, und doch verkörperte es Kenlynns ganzen Schmerz.

Teilnahmslos standen die Männer neben dem Leichnam und warteten auf ein Zeichen Averys, ihn in die

Krypta zu bringen. Doch sie wollte ihrer Mutter noch Zeit geben, um sich von ihrem Mann zu verabschieden, bevor er in die Gruft gebracht wurde.

»Wie konnte so etwas Schreckliches geschehen?« Kenlynns Stimme klang, als sei sie um Jahre gealtert.

Avery hockte sich zu ihrer Mutter und versuchte erneut, sie in den Arm zu nehmen. Dieses Mal ließ Kenlynn es zu. Wie zerbrechlich sie in diesem Moment wirkte! Avery hatte das Gefühl, jeden ihrer Knochen durch den Stoff hindurch zu spüren.

»Ich weiß nicht, wer ihm das angetan hat. Aber wir werden es herausfinden«, versprach sie. Sie meinte es ernst: Der Mörder würde bezahlen.

»Er war so ein guter Mann. Geduldig, ehrlich, friedfertig. Wieso holt Gott ausgerechnet ihn zu sich? Er war sein treuester Diener. Jeden Abend hat er gebetet. Er ging immer in die Kirche und spendete den Armen. Er war es, der den Frieden in dieser Gegend aufrechterhielt, wenn sich die Männer längst die Köpfe einschlagen wollten. Das ist nicht gerecht.«

»Stelle Gottes Entscheidung nicht in Frage, Màthair. Der Herr weiß, was er tut. Alles hat seinen Sinn, auch wenn wir ihn nicht immer erkennen.« Avery selbst erkannte ihn nicht. Aber das spielte hier und jetzt keine Rolle.

Da kam plötzlich ein junger Krieger in die Kapelle. Kenlynns Kopf fuhr zu ihm herum, und Avery sah, dass sie ihn wütend anfunkelte. Augenscheinlich fühlte sie sich durch ihn in ihrer Trauer gestört.

Der Jüngling wich erschrocken zurück und verkündete mit heiserer Stimme: »Laird MacCallen wünscht, den Chief zu sprechen.«

Das Wort »Chief« löste einen weiteren Weinkrampf Kenlynns aus. »Schick ihn fort, wir wollen heute niemanden sehen«, heulte sie und vergrub das Gesicht in den Händen.

»Aber …« Unsicher trat der Krieger von einem Fuß auf den anderen. »MacCallen wird ungehalten, wenn ich …«

»Mach schon. Tu, was man dir sagt. Der Chief ist nicht zu sprechen«, schnitt Kenlynn ihm das Wort ab. Ihre Stimme überschlug sich. »Bist du blind, junger Mann?«

»Beruhige dich, Màthair. Tomas kann nichts dafür.«

Mutter drehte sich weg und bettete ihren Kopf auf Vaters Brust, während Avery sich erhob und auf Tomas zuging. Der stand inzwischen wie versteinert. Er hatte den toten Chief bemerkt.

»Worum geht es?« Ihr Vater hatte ihr vor seinem Tod nichts von einem Termin mit MacCallen erzählt. Warum also hatte sich der Laird auf den langen Weg gemacht?

»Das hat er nicht gesagt. Nur dass es dringend und von größter Wichtigkeit sei. Deswegen wünscht er, den Chief zu sprechen. Doch wie es aussieht« – er warf einen unglücklichen Blick zum aufgebahrten MacBaine –, »ist das wohl nicht möglich.«

»Ich kümmere mich darum. Bring ihn in die Halle, er soll dort auf mich warten. Aber bewahre Schweigen über das, was du hier gesehen hast.«

Was in diesen Hallen geschah, ging niemanden etwas an. Schon gar nicht die MacCallens. Was immer sie im Schilde führten, es war klüger, vorher den Rat einzuberufen.

Sie legte eine Hand auf Tomas' Schulter und blickte ihn eindringlich an, in der Hoffnung, er würde den Ernst der Lage erkennen.

Er nickte und sah, dass er fortkam. Avery wandte sich an die beiden Männer, die in der Kapelle warteten.

»Schickt Boten an die Chieftains, sie sollen sich morgen Abend auf Green Castle einfinden. Lasst einen Schreiber Nachrichten verfassen, damit sie wissen, was geschehen ist, aber fordert sie auf, Stillschweigen zu bewahren, bis wir uns beraten haben. Danach sucht den Priester in der Dorfkirche auf. Er soll herkommen und sich des Seelenheils meines Vaters annehmen.«

Dann straffte sie die Schultern und machte sich auf den Weg in die große Halle, um Laird MacCallen gegenüberzutreten.

Avery war Laird MacCallen nie begegnet, doch sie hatte Geschichten über ihn gehört, die so vielseitig waren wie das Wetter in Schottland.

Vor fünf Jahren war sein Vater Vincent MacCallen nach einem Herzanfall verstorben, und der junge MacCallen trug seitdem die dritte Feder, die seinen Status als Chief des Clans symbolisierte, an seinem Bonnet. Man war sich nicht einig, ob der neue Chief ein besseres Regime führte als der alte, was immer wieder Gesprächsstoff für Abende in der Taverne bot.

Es hieß, er sei der beste Schwertkämpfer des Hochlandes. Seine Gegner fürchteten seine tödliche Präzision und seinen schnellen Stoß. Es gab keinen Wettkampf und kein Duell, das er jemals verloren hätte. Und seine Eleganz, mit der Klinge umzugehen, war legendär. Das machte Avery als leidenschaftliche Schwertkämpferin recht neugierig auf den Chief. Es gab aber auch Erzählungen, die kein gutes Licht auf ihn warfen. Man sagte, er urteile streng und ungerecht über seine Leute. Er sei ein Berserker auf dem Schlachtfeld, der seinen Gegnern selbst dann keine Gnade gewährte, wenn sie winselnd am Boden lagen.

Unter der Führung seines Vaters hatten die MacCallens die MacDovers von der Insel Skye vertrieben. Dies lag inzwischen schon einige Jahre zurück, doch noch heute sprach man von der blutigen Schlacht mit Entsetzen. Denn angeblich hatte kein einziges Familienmitglied der MacDovers überlebt. Manche meinten, MacCallen würde seine Seele dem Teufel verkaufen, nur um an Land zu gelangen oder seinen Besitz zu vergrößern.

Normalerweise gab Avery nicht viel auf derartige Gerüchte. Sie wusste sehr wohl, dass die Menschen viel redeten, besonders wenn sie sich langweilten. Betrachtete sie jedoch die finanzielle Situation ihres Clans, so hatte das Gerede doch einen wahren Kern. Die MacCallens tyrannisierten die MacBaines seit einiger Zeit mit unsäglichen Forderungen. Und nicht nur ihre Familie war davon betroffen, sondern auch ihre Nachbarn, die MacDouglas und die MacAffys, zwei kleine Clans, die gegen ihren übermächtigen Feind kaum etwas ausrichten konnten. MacCallen forderte von ihnen allen horrende Pachtzahlungen. Zweimal im Jahr.

Anfänglich hatte er lediglich einige Rinder oder Schafe für sich beansprucht, die man ihm um des Friedens willen überlassen hatte. Inzwischen aber trieb er die Clans mit seinen Forderungen an den Rand des Ruins.

Avery hatte nie verstanden, warum sich Vater ihm beugte, anstatt auf die alten Gesetze zu verweisen, die seit langer Zeit das Zusammenleben regelten.

Aber sowohl er als auch die anderen Clans hatten zu viel Respekt vor jener Urkunde, die König James I von Schottland, der sich in England König James IV nannte, den MacCallens ausgestellt hatte.

Diese Urkunde besagte, dass das Land im Nordwesten MacCallen zustand. Der König hatte geflissentlich ignoriert, dass die MacBaines schon immer hier lebten und ein Teil des Gebietes ihnen gehörte.

Auch MacCallen kümmerten die alten Clan-Gesetze einen feuchten Kehricht. Wahrscheinlich dachte er sogar, es sei großzügig, dass er mit seinem Clan die Familien nicht, wie damals die MacDovers, vertrieb.

Als Avery in die große Halle trat, blieb sie zunächst auf der Schwelle stehen und betrachtete eingehend die sechs Männer, die in dem Raum standen. Sie hielten allesamt die Hand am Schwertgriff und starrten sie an, als ob sie sie augenblicklich mit ihren Klingen durchbohren wollten. Aye, genau so hatte sie sich die MacCallens vorgestellt: raubeinige, brutale Kerle, die ihre Probleme mit dem Schwert lösten.

Ein Schauer der Angst durchfuhr sie, doch Avery

konzentrierte sich auf ihren festen Stand, ihre gerade Haltung und ihren direkten und unerschrockenen Blick. Gerade als sie fragen wollte, welcher der Herren Laird MacCallen sei, entdeckte sie einen weiteren Mann, der etwas abseitsstand und, den Rücken ihr zugewandt, einen Wandteppich betrachtete.

Seinen dunklen Plaid hatte er sich über die linke Schulter geworfen, und die Stoffbahnen hatte er eng um seinen Unterleib gewickelt, so dass Avery jeden Muskel darunter erahnen konnte. Der Mann, den sie für MacCallen hielt, überragte alle anwesenden Krieger um mindestens einen halben Kopf. Die rabenschwarzen Haare hingen in einem langen Zopf über ebenjene imposanten Schultern.

Zum ersten Mal war sie froh über ihre beachtliche Körpergröße. Neben diesem MacCallen wurden Riesen zu Zwergen, doch der Unterschied wäre noch weitaus schlimmer gewesen, wenn sie die Statur von Anola oder Ann besessen hätte.

Sie trat in die Mitte der Halle, ohne die kleine Garde des Laird aus den Augen zu lassen.

»Laird MacCallen.«

Der Hüne wandte den Kopf und musterte sie aus einiger Entfernung, ehe er entschlossen auf sie zuging. Der Mann trug einen Vollbart, der den unteren Teil seines Gesichts fast vollständig verbarg. Avery mochte keine Bärte, und dieser war ganz besonders unvorteilhaft, ließ er sein Gesicht doch ungewollt lang erscheinen.

Trotzdem hatte der Laird etwas an sich, das sie innehalten ließ. Etwas, das sie neugierig machte, ihr aber zugleich unheimlich war. Eine dunkle Aura umgab ihn, die sie nicht sehen, aber deutlich spüren konnte. Ihr wurde kalt.

Doch die Gänsehaut auf ihrem Rücken verschwand schlagartig, als sie in seine feurigen Augen sah, die in dem Licht beinahe schwarz aussahen. Stattdessen stieg plötzlich Hitze in ihr hoch. Aye, er hatte eine gefährliche Ausstrahlung. Und war, von seinem Bart abgesehen, eine imposante Erscheinung. Diese muskulösen Arme schienen seinen Ruf zu rechtfertigen: Tatsächlich sah er aus, als könnte er der beste Schwertkämpfer des Hochlands sein.

»Aye.« Das Wort klang aus seinem Mund wie das erste Grollen eines Gewitters.

Als er vor sie trat, musste sie den Kopf heben, um ihm in die Augen sehen zu können. Sie war es nicht gewohnt, zu jemandem aufschauen zu müssen, und seine enorme Körpergröße flößte ihr Respekt ein.

Dennoch hielt sie seinem Blick stand, und sie meinte, plötzlich unter seinem Bart ein kleines Lächeln zu erkennen. Nur sehr kurz, aber doch ein Anzeichen dafür, dass dieser Mann kein grauenhafter Dämon, sondern ein Mensch war.

»Du bist nicht MacBaine«, drang seine tiefe männliche Stimme an ihr Ohr.

»Ihr irrt. Mein Name ist Avery MacBaine.«

Ein seltsames Funkeln trat in seine Augen. »Avery MacBaine«, wiederholte er. »Ich will den Chief sprechen. Sag ihm, dass ich hier bin, Weib. Beeil dich.«

»Worum geht es?«, fragte sie, darum bemüht, freundlich zu klingen, obgleich sie es nicht leiden konnte, wenn man sie Weib nannte. Immerhin hatte sie ihm ihren Namen gesagt.

Sein finsterer Gesichtsausdruck wandelte sich in einen sichtlich überraschten. Wahrscheinlich war er es gewohnt, dass seine Befehle ohne jegliches Zögern ausgeführt wurden. Dann aber lachte er leise. »Was geht es dich an, Weib? Das ist eine Sache zwischen MacBaine und mir.«

»Mein Vater«, sie betonte jedes Wort, »weilt derzeit nicht auf Green Castle. Die Geschäfte, Ihr versteht? Ich vertrete ihn so lange, also werdet Ihr wohl mit mir vorliebnehmen müssen.«

»Der Stellvertreter des Chiefs ist eine Frau?« MacCallen grinste nun, und seine Männer lachten. Avery verstand nicht recht, was sie so belustigte.

»Ihr versteht es, mich zu amüsieren.«

»Eine Frau, das ist köstlich. Aber seht, sie hat ja auch ein Schwert. Vielleicht ist es ja auch nur ein weibischer Kerl? Avery – ist das nicht ein Männername?«, hörte sie einen seiner Wachhunde hinter sich fragen.

Der Kommentar ließ Avery um ein Haar die Regeln des Anstands vergessen. Sie krampfte die Hände über ihrem Schwert zusammen und reckte ihr Kinn noch weiter hoch.

»Nay. Das ist eine Frau«, sagte MacCallen überzeugt, und sein Blick blieb auf ihren Brüsten haften. »Die MacBaines scheinen ihre eigenen, absonderlichen Regeln zu haben.«

»Dass ich eine Frau bin, habt Ihr trefflich erkannt. Ihr

müsst sehr scharfsinnig sein. Umso mehr erstaunt mich, dass Euer Scharfsinn nicht so weit reicht zu erkennen, dass man einen Besuch besser vorher anmeldet. Sonst besteht immer die Gefahr, dass derjenige, den man besuchen möchte, gar nicht zu Hause ist.«

Das Lächeln verschwand abrupt aus seinem Gesicht. Er nickte und kraulte nachdenklich mit Daumen und Zeigefinger seinen Bart. »Du hast recht, Weib. Bevor man jemanden besucht, sollte man einen Zeitpunkt vereinbaren, zu dem man sich trifft. Das klingt fortschrittlich und wohlüberlegt.«

»Aye!«

»Zu dumm nur, dass ich genau das getan habe. Ich frage mich, welche Angelegenheit MacBaine so wichtig ist, dass er unseren Termin vergisst?«

Verflucht. Der Laird verdrehte alles so, dass es nun aussah, als hätte ihr Vater ihn versetzt. Aber er wusste ja nicht, was William MacBaine zugestoßen war. Während sie nach einer guten Antwort suchte, drehte er den Kopf leicht zur Seite, so dass sie ihn das erste Mal im Profil sah. Sein Kiefer war mächtig, auffällig kantig, und durch die Barthaare hindurch schimmerte eine lange Narbe.

An und für sich war eine solche Narbe nichts Ungewöhnliches. Sie hatte schon Hunderte von ihnen gesehen. Viele Männerkörper waren übersät mit Verletzungen, die sie sich in wilden Kämpfen zugezogen hatten. Sie trugen sie mit Stolz zur Schau, konnten sie doch auf diese Weise eine gute Geschichte erzählen und die jungen Frauen beeindrucken.

Laird MacCallens Narbe reichte von seinem Auge bis zum Mundwinkel. Sie war sichelförmig. Ein Exemplar, dessen Geschichte sie brennend interessierte. Wer hatte sie ihm zugefügt? Und warum?

Avery schüttelte den Kopf. Sie hatte plötzlich das Gefühl, all das schon einmal erlebt zu haben. Nay, dieses Gefühl bezog sich nicht auf die Situation, sondern vielmehr auf die Frage nach der Geschichte seiner Narbe. Diese Frage hatte sie sich schon einmal gestellt. Damals, an dem kleinen See Lor.

Aber – dies konnte unmöglich derselbe Mann sein!

Und doch hatte er etwas an sich, das ihr vertraut erschien. Der muskulöse Körper, die Art, wie er sich bewegte, kraftvoll, raubtierhaft, erinnerten sie an ebenjenen Fremden, der diesen wohligen Hitzeschwall in ihr heraufbeschworen hatte. Nur war ihr mutiger Retter von damals nicht von dieser finsteren Aura umgeben gewesen, die sie innerlich erzittern ließ.

Wenn sie sich den Bart nun wegdachte – Himmel! – dann war die Ähnlichkeit erschreckend. Zugegeben, er war ein wenig gealtert. Nach fünf Jahren hätte sie alles andere erstaunt.

»Es handelt sich … um eine familiäre Angelegenheit … Meine Schwester erwartet ein Kind«, stammelte Avery. Sie war mit den Gedanken nicht mehr bei der Sache. Stattdessen tauchte sie in jene liebgewonnene Erinnerung am See ab, die ihr oft Trost gegeben hatte, wenn sie, wie so oft, das Gefühl hatte, dass die Männer ihres Clans in ihr nicht die Frau sahen, die sie war.

»Eben sagtet Ihr noch, es sei etwas Geschäftliches.«

Er schien sich immer mehr über sie zu amüsieren. Während sie selbst immer nervöser wurde.

»Richtig. Er möchte meine Schwester besuchen und mit ihrem Ehemann geschäftliche Dinge besprechen. Es geht – um ein edles Reitpferd aus Arabien. Mein Schwager hat Kontakt zu einem Händler …«

»Soso. Was Ihr nicht sagt. Und wann erwartet Ihr den Chief zurück?«

»Oh … das kann ich Euch nicht sagen. Das steht noch gar nicht fest.« Avery hoffte inständig, dass er aufhörte, ihr all diese Fragen zu stellen, damit sie sich nicht noch tiefer in ihre Lügengeschichte verstrickte. Sie musste sich sammeln, ihre Gedanken ordnen. Aber wie sollte sie das, wenn er immer wieder nachbohrte?

»Nun gut, Stellvertreterin. Dann richtet Eurem Vater Folgendes aus: Ich bin hierhergekommen, um die mir zustehende Pacht einzutreiben, auf die ich nun mittlerweile drei Monate warte. An Geld dürfte es Chief MacBaine wohl nicht mangeln, wenn er sich einen teuren Araber zulegen möchte. Ich bin zwar ein äußerst geduldiger Mann, doch auch meine Geduld ist nicht unerschöpflich. Deshalb gewähre ich ihm drei weitere Wochen, in denen er seine Schuld bei mir begleichen kann. Es liegt ganz bei ihm. Doch sollte er sich wohl überlegen, wen er sich zum Feind macht.« Seine Worte klangen hart und entschlossen.

Avery runzelte verblüfft die Stirn. Vater hatte die Pacht für dieses Halbjahr nicht an MacCallen gezahlt? Das passte nicht zu ihm. Hatte er letztlich doch erkannt, dass es ein großer Irrsinn war, für das Land zu zahlen, das schon immer ihrer Familie gehörte? Sie verspürte einen gewissen Stolz, dass Vater MacCallen letztlich die Stirn geboten hatte, wie sie es sich immer gewünscht hatte.

»Warum fordert Ihr diese Pachtzahlung? Das Land gehört meiner Familie, völlig gleich, was auf Eurer Urkunde stehen mag. Der König hatte kein Recht, einfach darüber zu verfügen. Bedeuten Euch die alten Clangesetze nichts, dass Ihr sie mit Füßen tretet? Ihr gehört einer alten, ehrwürdigen Familie an und seid mit der schottischen Tradition genauso verbunden, wie wir es sind.«

Avery wusste selbst nicht, was in sie gefahren war, als sie Laird MacCallen ihre Vorwürfe an den Kopf warf.

Und er schien von ihrer Ansprache keineswegs beeindruckt. »Wenn Ihr nicht zahlen wollt, verlasst das Land, das man dem Clan der MacCallens zugesprochen hat.«

»Es ist nicht Euer Land.« Sie war so wütend, dass sie sich zusammenreißen musste, um ihn nicht anzuschreien.

Die MacCallens starrten sie ungläubig an. Keiner von ihnen hatte wohl erwartet, dass sie ihrem Chief gegenüber derart forsch auftreten würde. Nicht einmal Avery selbst hatte damit gerechnet. Wohl wusste sie sich durchzusetzen, aber normalerweise ging sie bedachter vor.

»Pass auf, was du sagst, Weib.« Einer der Gefolgsmänner ging einen Schritt auf sie zu.

»Nay, lass sie«, unterbrach ihn der Laird.

Avery sah MacCallen an. Wie konnte er nur so arrogant und selbstgerecht sein, so stur? Wie konnte er nur die alten Traditionen und Regeln missachten, die Teil ihrer Geschichte waren? Die MacCallens besaßen doch bereits große Gebiete, die sich vom Norden bis zur Insel Skye erstreckten. Was wollte er denn noch? Ganz Schottland?

Die Männer sahen erwartungsvoll zum Laird, aber MacCallen blieb erstaunlich gelassen.

»Du unterliegst einem Irrtum. Das Recht ist auf meiner Seite. Außerdem verhandle ich nicht mit einer Stellvertreterin. Die Entscheidung liegt bei deinem Vater. Richte ihm aus, was ich fordere. Ich gebe ihm drei Wochen, sich zu besinnen. Das ist mehr als großzügig, möchte ich meinen. Er kann mir einen Boten schicken oder das Geld persönlich vorbeibringen.«

Mit diesen Worten schritt er erhobenen Hauptes an ihr vorbei zum Ausgang der Hauptburg. Seine Mannen folgten ihm ohne ein Wort des Abschieds, und Avery ließ sie ziehen. Weitere Diskussionen würden nichts helfen. Dieser Kerl war viel zu verbohrt und machtgierig, als dass er auch nur versucht hätte, ihren Standpunkt zu verstehen.

Sie war erschüttert. Was war aus jenem anziehenden Mann von damals geworden? Sie seufzte. Falls er sie wiedererkannt hatte, hatte er es sich nicht anmerken lassen. Was musste ihm widerfahren sein, dass er sich so geändert hatte?

Ewan MacCallen lächelte, als er mit seinen Mannen durch die Lande gen Heimat ritt. Diese Avery MacBaine war nicht nur eine herbe Schönheit, er hatte auch ihre Leidenschaft gespürt, als sie für ihren Vater und ihren Clan eingetreten war.

Wenn es etwas gab, das er schätzte, so waren es Loyalität, Mut und ebendiese Leidenschaft, die Menschen dazu brachte, Dinge zu bewegen. Früher hatte auch er diese Leidenschaft in sich gespürt. Doch heute war das anders.

Ohne dass es die Tochter MacBaines ahnte, hatte sie ihm diesen Tag versüßt. Zwar kannte sie ihre Grenzen nicht und mischte sich gar in Dinge ein, die sie nichts angingen, aber vielleicht war es genau das, was er so erfrischend an ihr fand? Sie sagte ihre Meinung frei heraus, kuschte nicht und war keine Speichelleckerin wie jene Frauen, die seit Elisabeths Tod vergebens um ihn warben.

Avery hatte ihn beeindruckt und zum Lachen gebracht mit ihren absurden Ausflüchten. Vermutlich würden weder sie noch ihr Vater jemals erfahren, dass er die Frist von drei Wochen nur deshalb angesetzt hatte, weil sie ihm so sehr imponiert hatte.

Sein ursprünglicher Plan war gewesen, MacBaine mit Waffengewalt Druck zu machen, hätte er sich weiterhin geweigert, die Pacht zu entrichten. Seltsamerweise kreisten seine Gedanken nun weniger um die Pacht als vielmehr um diese Wildkatze. Eine Frau, die ein Schwert an ihrem Gurt trug!

Zu gern hätte er sie einmal kämpfen sehen. Hätte gesehen, ob sie die Kraft besaß, ein Claymore zu führen. In seinen Augen gab es nur wenige gute Kämpfer. Unter ihnen befand sich keine einzige Frau.

Er ertappte sich dabei, wie er es bedauerte, dass sie ihn gar nicht wiedererkannt hatte. Er hingegen hatte sie nie vergessen, weil ihre Begegnung so sonderbar und doch amüsant gewesen war. Damals am See war sie auch schon widerspenstig gewesen und hatte, wenn er es recht bedachte, damit sein Interesse geweckt. Sie war ihm gefolgt, weil sie glaubte, er hätte ihre Schwestern beobachtet. Und wenn sie nicht nackt im Schilf gehockt hätte, wäre sie gewiss auf ihn losgegangen, um ihn zur Rechenschaft zu ziehen.

Ein leises Lachen entrang sich seiner Kehle. Sie war wirklich unverbesserlich und bereit, ein Risiko einzugehen. Solch ein Verhalten hatte er nie zuvor an Frauen beobachtet. An jungen Männern, denen die Ruhe des Alters fehlte – gewiss. Doch an Frauen? Aye, Avery war ganz und gar einzigartig. Wäre er damals nicht bereits verheiratet gewesen, hätte er gewiss versucht, sie zu erobern!

Wenn er sie richtig einschätzte, zog sie einen Kampf dem Abend in Gesellschaft am Hof, wo gelacht, geplaudert und musiziert wurde, vor. Es fiel ihm regelrecht schwer, sie sich auch nur in einem solchen Umfeld vorzustellen.

Sie sah auch nicht wie eine jener Frauen aus, die sich gern in edle Gewänder kleideten und Stunden mit dem Frisieren ihrer Haare zubrachten.

Das alles faszinierte ihn. Sie war anders. Vielleicht

war sie ihm sogar ähnlich. Er liebte das Abenteuer, den Kampf, ein gutes Ale zu jeder Tageszeit und die Freiheit der Highlands.

Ewan schüttelte den Kopf und stieß seine Fersen in die Flanken seines Pferdes, so dass es von sanftem Traben in einen wilden Galopp fiel.

Woher kamen nur all diese wirren Ideen? Man könnte meinen, er hätte zu viel Ale gesoffen! Schon lange hatte er sich keine Gedanken mehr über ein Frauenzimmer gemacht. Wurde er auf seine alten Tage sentimental? Nun gut, mit seinen 38 Lenzen konnte er keinen Methusalem beeindrucken, doch manches Mal fühlte er sich, als sei er bereits weit über 100.

Er hatte mit Dirnen geschlafen, die sich ihm an den Hals geworfen hatten, doch nie hatte er eine von ihnen länger in seiner Nähe geduldet, als es für den Beischlaf nötig war. Dabei waren es oft schöne, begehrenswerte Frauen gewesen. Liebreizende Geschöpfe mit vollbusigen Leibern, sinnlichen Lippen und keckem Augenaufschlag. – Doch sie alle konnten ihm nicht das geben, wonach er suchte.

Wahrscheinlich weil er selbst nicht so genau wusste, was ihm fehlte. Sehnte er sich womöglich nach mehr als einem flüchtigen Abenteuer? Kaum war ihm dieser Gedanke gekommen, musste er über sich selbst lachen. Er war ein hervorragender Kämpfer, ein tödlicher Gegner und, wenn man den Leuten glaubte, die in den Tavernen bei Ale und Whisky über ihn sprachen, ein ungerechter Bastard, der keinem Gegner Gnade gewährte. Kurzum: ein gefährlicher Mann!

Er zog die Gefahr an, und er brachte andere in Gefahr, ganz besonders Frauen. Nicht, weil er sie mit dem Schwert bedrohte, etwas Derartiges käme ihm niemals in den Sinn. Auch wenn die Leute ihm die tollkühnsten Dinge zutrauten, war er doch zumindest in einer Beziehung ein Mann der Ehre, nämlich dann, wenn es um Frauen ging.

Sie waren in seinen Augen kostbar, weil sie so viel Güte in sich trugen, und schützenswert in ihrer Schönheit und Zerbrechlichkeit. Aber ebendiesen Schutz, den jede Frau verdiente, konnte er nicht bieten, weil er zu viele Feinde hatte. Durch seine Position war jede Frau an seiner Seite gefährdet. Sie war seine Schwachstelle, und seine Gegner konnten ihm gezielt schaden, indem sie ihr Leid zufügten.

Elisabeth hatte dieses Schicksal ereilt. Für ihren Tod war allein er verantwortlich. Der Wind brannte in seinen Augen, und er kniff sie rasch zusammen, um die aufkeimende Feuchtigkeit zurückzudrängen. Am Ende dachten seine Männer noch, er würde wie ein altes Weib heulen!

Dann tat er das, was er immer tat, wenn der Schmerz so stark wurde, dass er ihn nicht anders zurückdrängen konnte: Er löste eine kleine Flasche von seinem Gürtel und kippte den Alkohol die Kehle hinunter.

Es war nicht lange her, da hatte er ein anderes Leben geführt. Ein besseres, das nicht von jenem schwarzen Schleier umhüllt war, durch den er die Welt nun sah.

Er erinnerte sich an jenen Tag, als er nach Hause zurückkehrte. Welch Hochgefühl es gewesen war, wieder in der Halle von Castle Stonewall zu wandeln und all die bekannten Gesichter zu sehen, die ihn seit seiner Jugend begleitet hatten! Menschen, die er liebte, allen voran sein Vater Vincent MacCallen und sein jüngerer Bruder Rory.

Mehr als ein Jahrzehnt lang hatte Ewan als Chieftain über Skye geherrscht. Dann hatte sein Vater ihn zum Hauptsitz der Familie zurückbeordert, damit er seine Nachfolge antreten konnte, weil er sich schwach und krank gefühlt hatte. Wenig später war er verstorben. Rory, so hatte der alte MacCallen sich das ausgedacht, sollte Ewans Platz auf der Insel Skye einnehmen.

Sein Leben lang war Ewan auf diese Aufgabe vorbereitet worden. Und als er schließlich gekommen war, hatte er Stolz empfunden. Stolz auf seinen Clan, sein Land und seinen Vater. Auf alles, was die MacCallens über die Jahrzehnte hinweg erreicht hatten und auf ihr gutes Verhältnis zum Königshaus. Darauf, dass sie letztlich zu einem der mächtigsten Clans im Nordwesten aufgestiegen waren.

Zu jener Zeit war er ein Mann gewesen, der sorglos, zuweilen sogar humorvoll und charmant sein konnte, der sich und seinen Körper gepflegt hatte. Seine Hand glitt durch die verfilzten Haare seines Vollbartes, in dessen Knoten seine Finger unweigerlich hängenblieben.

Heute stank er nach Alkohol und Schweiß. Er fühlte sich ausgelaugt und spürte doch immerzu diese zerstörerische Wut in sich, über die er manchmal selbst erschrak.

Genaugenommen war es gut, dass Avery ihn nicht

erkannt hatte. Der Schrecken in ihren Augen hätte ihn daran erinnert, was seine ungesunde Lebensweise und der Hass aus ihm gemacht hatten. Sah er in einen Spiegel, erkannte er sich nicht wieder. Er war ein anderer geworden.

Er würde aus diesem Sumpf nicht mehr herauskommen, selbst dann nicht, wenn ihm jemand einen Ast reichte, an dem er sich festhalten konnte. Mit Elisabeth war auch der Teil von ihm gestorben, der menschlich gewesen war. Zurückgeblieben war einzig eine leere Hülle, die einem Mann gehörte, der sich an nichts mehr erfreuen konnte, der nichts empfand außer Wut und Schmerz.

Aye, der Schmerz war beinahe noch unerträglicher als der Hass. An manchen Tagen spürte er ihn so stark, dass es ihn an den Rand einer Ohnmacht trieb. Dann ritt er aus und suchte Streit, wo immer er ihn finden konnte, um sich den Schädel einschlagen zu lassen oder jemand anderem das Genick zu brechen.

Alle wichtigen Männer des Clans und ihre Frauen waren gekommen, um sich von Chief William MacBaine zu verabschieden. Mit starren Mienen standen sie vor dem steinernen Sarg.

Es war finster in der Krypta. Nur wenige Kerzen brannten. Die Luft war schwer und stickig.

Avery blickte sich um und sah unter den Anwesenden auch Chieftain Amus MacBaine, der ein Neffe Williams war. Ihr Verhältnis zu dem jungen Mann, der etwa in ihrem Alter sein mochte, war schon immer sehr angespannt gewesen. Er war impulsiv und ungeduldig, ja richtiggehend cholerisch. Avery hatte sich in seiner Gegenwart noch nie wirklich wohl gefühlt.

Heute wirkte er jedoch genauso erschüttert wie alle Versammelten, obgleich er im Gegensatz zu den anderen Chieftains nicht in seinem Plaid erschienen war. Er hatte sich vielmehr in einen edlen Rock gekleidet, in dem er beinahe wie ein Engländer aussah – ein Umstand, der ihm viele missgünstige Blicke einbrachte.

Aber Amus ging es weniger darum zu provozieren, als vielmehr seinen modischen Geschmack zur Schau zu stellen. Er war einer der wenigen Männer des Clans, die Wert auf ihre Erscheinung legten und sich stets gemäß der neuesten Mode kleideten. Nie sah man ihn unrasiert oder mit ungewaschenem Haar. Er badete oft, so dass er kaum einen Eigengeruch entwickelte. Seine Statur vermittelte den Eindruck, als sei er eher ein Gelehrter als ein Kämpfer, obgleich Avery wusste, dass er regelmäßig trainierte. Die körperliche Unterlegenheit kompensierte er durch seinen ausgeprägten Ehrgeiz und einen unerschütterlichen Glauben an sich selbst.

Sie rätselte, woher er den nahm. Amus, so schien es, hielt sich für die Krone der Schöpfung. Auch wenn er das nie sagte, ließ er es sein Gegenüber doch bei jeder Gelegenheit spüren. Er strahlte eine unangenehme Form von Überlegenheit aus.

Gutgemeinte Ratschläge erfahrener Chieftains schlug er in den Wind. Denn wie jedes Mitglied der Familie MacBaine besaß er einen außerordentlichen Sturkopf, der ihm schon so manche Kneipenschlägerei und sogar zweimal eine gebrochene Nase eingebracht hatte.

Amus hatte sich zwischen der hochschwangeren Ann, die mit ihrem Gemahl Malcolm aus dem Dorf Lincairn angereist war, und Anola platziert. Er schien Averys Schwester mehr Aufmerksamkeit zu schenken als dem Geschehen am Sarg. Nacheinander trat jeder Chieftain vor, um ein leises Gebet zu sprechen und sich vor dem Verstorbenen zu bekreuzigen.

Als Amus schließlich an der Reihe war, blickte er zur Decke empor und presste beide Handflächen zusammen. Avery verstand nicht, was er sagte. Ihr fiel nur auf, dass er ungewöhnlich lange dort vorne blieb. Als er sich endlich umwandte, reihte er sich nicht wieder ein, sondern umarmte erst Ann, dann Anola und schließlich Kenlynn, die etwas abseitsstand.

Lediglich Avery bedachte er mit einem eigenartig kühlen Blick, der ihr eine Gänsehaut über die Arme jagte.

Nach ihrer letzten Aufwartung sammelten sich die Männer an der Steintafel in der Halle der Hauptburg, tranken Whisky und berieten, was zu tun sei, während sich die Frauen zurückzogen, um zu trauern.

Avery setzte sich an die Tafel zu ihren Leuten, wie sie es unzählige Male zuvor getan hatte, wenn wichtige Entscheidungen gefällt werden mussten. Verwundert sah sie in verschlossene Mienen. Niemand schien mit ihr reden zu wollen. Was hatte das alles zu bedeuten?

Die Tafel war nicht sonderlich opulent gedeckt, aber sie hatten alles, was sie brauchten: Ale und Whisky waren in rauen Mengen vorhanden, und das hatte den Männern, genauso wie Avery, bisher stets gereicht.

Unruhig rutschte sie auf ihrem Stuhl hin und her. Die Männer schwiegen, warfen sich jedoch vielsagende Blicke zu. Wahrscheinlich war die Stimmung wegen Vaters Tod gedrückt, versuchte Avery sich einzureden. Das konnte sie nachvollziehen. Es war ein großer Schock für alle. Ohne ihn fehlte die Führung. Und jeder stellte sich wohl dieselbe Frage: Wie würde die Zukunft des Clans ohne William aussehen?

Sie griff nach einem gefüllten Kelch und nippte an ihm. Whisky – für die Nerven.

»Avery, warum kümmerst du dich nicht um Kenlynn? Ich denke, sie braucht dich in dieser schweren Zeit.« Amus' helle Stimme erinnerte sie stets an die eines Engels, hatte jedoch auch einen lauernden Unterton.

»Anola und Ann sind für Màthair da. Ich möchte an der Besprechung teilnehmen.«

Sie würde sich auch später noch um ihre Mutter kümmern können. Das Ratstreffen hatte Vorrang, schließlich ging es um ihre Ernennung zum Chief.

Avery sah, dass die Männer am anderen Ende des Tisches mit einem Mal unruhig wurden. Sie hatte das Gefühl, ihre Stimmung verschlechterte sich zusehends. Jedenfalls waren ihre Mienen finsterer als vorhin am Grab.

»Gut. Das sei dir überlassen.« Amus' Gesicht wirkte so starr wie eine Maske, als er fortfuhr: »Aber eigentlich ist das eine Angelegenheit, die unter Männern geklärt werden sollte.«

»Amus hat recht«, meldete sich der barhäuptige Liam zu Wort. »Dies ist kein Spiel mehr. Der Clan ist ohne Führung, und wir müssen entscheiden, wer von uns der neue Chief wird.«

Sie verschluckte sich am Whisky und hustete. Was, um alles in der Welt, ging hier vor? Wollten die Männer etwa die Wahl unter sich ausmachen?

»Ich glaube, da habe ich auch ein Wort mitzureden«, sagte Avery verärgert. »Jeder von euch kennt den Wunsch William MacBaines. Wollt ihr euch über ihn hinwegsetzen? Das kann nicht euer Ernst sein!«

Die Männer blieben gelassen sitzen und tranken ihren Whisky.

»Politik ist schwierig und kompliziert. Oft ist sie selbst für uns schwer zu überschauen«, erklärte der Glatzkopf sachlich. Die Spitze entging Avery keineswegs.

Der Chieftain hielt sie also nicht für klug genug, um diese wichtige Position zu übernehmen! Dabei hatte ihr Vater sie ihr ganzes Leben auf diesen Augenblick vorbereitet.

Sein Blut floss in ihren Adern. Er hatte sie alles gelehrt, was er selbst wusste. Und sie brannte darauf, allen zu beweisen, dass sie ein guter Chief sein würde. Wie konnten nur die Männer den Wunsch ihres Vaters ignorieren?

»Kaum ist Athair tot, scheint alles vergessen, wofür er stand. In diesen schwierigen Zeiten sollte der Zusammenhalt des Clans an erster Stelle stehen. Machtkämpfe sind hier fehl am Platz. Wir müssen den Mörder unseres Chiefs finden!«

»In dem Punkt sind wir uns einig. Wir halten Augen und Ohren offen. Wenn er uns in die Hände fällt, wird er am Galgen baumeln. Darauf kannst du dich verlassen«, sagte ein Chieftain.

»Gut. Aber dies ist nicht alles. MacCallen war hier. Diese Halunken verlangen von uns, dass wir die Pacht innerhalb von drei Wochen abliefern. Und Schafe und Rinder wollen sie außerdem.«

»Wir sollten endlich aufhören, den MacCallens das Geld in den Rachen zu werfen. Die werden fett, und wir verhungern. Verpassen wir ihnen die Antwort, die sie verdienen, sage ich!«, rief der alte Brian, der ein enger Freund Williams war, und hob kämpferisch seine Faust in die Höhe.

»Richtig, dieses Land war schon immer das Land der MacBaines. Daran ändert auch der Fetzen nichts, den die MacCallens vom König erhalten haben!«

»Meine Chieftains!«, unterbrach Amus die Männer. »Wir sollten nicht den zweiten Schritt vor dem ersten machen. Zunächst muss die Nachfolge geklärt werden. Die Fußstapfen, die William hinterlässt, werden kaum auszufüllen sein. Er besaß Charisma und politischen Verstand. Beides ist für diese wichtige Position unerlässlich. Seinem diplomatischen Geschick haben wir es zu verdanken, dass wir jahrzehntelang in Frieden neben unseren Nachbarn existieren konnten, ohne von ihnen überrannt zu werden. Aber die Zeiten ändern sich. Frieden ist nicht immer der richtige Weg. Deswegen brauchen wir eine starke Führung, die MacCallen entschlossen gegenübertritt und keine Kompromisse eingeht. Ich weiß, dass William ein friedliebender Mann war, der das Leben aller achtete. Doch auch er hätte sich MacCallens Willen kein weiteres Mal gebeugt. Auch er hätte zu den Waffen gegriffen, da bin ich sicher.«

»Das ist richtig. Athair war nicht bereit, die Pacht länger zu zahlen. Das hat MacCallen selbst gesagt«, warf Avery ein.

»Na bitte. Haben wir ihm endlich gezeigt, dass wir Eier unter unseren Plaids haben!«, sagte Brian und lachte herzlich.

Amus lächelte siegreich.

»Aye. Keine Pacht mehr«, bestätigte Avery. »Und nun lasst uns besprechen, wer den Clan führt. Athair ließ keinen Zweifel daran, wen er für seine Nachfolge wünschte. Amus hat recht, der neue Chief braucht Charisma und Verstand. Ich habe beides von Athair geerbt. Und die nötige Stärke, einen Clan zu leiten. Ich bin bereit, in diese Fußstapfen zu treten, und werde mein Möglichstes tun, um euren Erwartungen gerecht zu werden.«

»Verstand? Bei dir? Du bist noch nicht mal ganz trocken hinter den Ohren«, mischte sich Amus ein.

Avery lachte. »Nun, wir sind etwa im gleichen Alter, also gilt das dann wohl ebenso für dich.«

Brian lachte schallend auf. »Avery hat ganz schön Schneid. Für das bisschen Verstand, das sie haben soll, kann sie damit aber verdammt gut umgehen.«

Avery sah, dass sich auch auf den Gesichtern einiger anderer Chieftains ein deutlich sichtbares Grinsen zeigte. Amus' Miene hingegen blieb starr. Lediglich ein Mundwinkel zuckte.

»Chieftains! Wir sollten nicht vergessen, worum es hier geht!« Er machte eine kurze Pause, um seine Worte wirken zu lassen, doch bevor Avery sich einschalten konnte, fuhr er fort: »Die Tradition unserer Vorfahren!«

Zustimmendes Gemurmel erhob sich unter den versammelten Chieftains.

»Und die Tradition, auf die wir uns berufen, auf die wir auch die Ansprüche für unser Land gründen, besagt, dass es ein Mann sein soll, der uns führt, keine Frau! Noch nie hat es bei den MacBaines eine Frau als Chief gegeben.«

»Sehr richtig. Frauen können gut mit Kindern umgehen und uns ein schönes Heim bereiten, aber sie haben in der Politik nichts verloren. Das war schon immer so. Das ist Tradition«, sagte Liam.

Zustimmend schlugen die Männer ihre Fäuste auf die Tischplatte, so dass der Whisky über die Kelchränder schwappte.

Avery schlug das Herz bis zum Hals. Sie hatte damit gerechnet, dass es Probleme geben würde. Aber dass die Männer so weit gehen würden, hätte sie nicht gedacht.

Es stimmte, dass seit jeher der nächste männliche Nachfahre des Chiefs dessen Amt übernommen hatte. Und da ihr Vater keinen Sohn hatte, war Amus tatsächlich der Nächste in der Rangfolge. Kein Wunder, dass er wie ein Löwe um seinen Anspruch kämpfte. Aber auch sie würde so schnell nicht aufgeben.

Der Clan mochte auf seine Traditionen beharren, aber

noch stärker war für viele die Loyalität zu ihrem Vater, das wusste sie. »Ich höre an euren Worten, und ich sehe in euren Gesichtern, dass William euer Vertrauen und eure Bewunderung genoss. Und dies völlig zu Recht. Er war ein großer Mann.«

Die Chieftains blickten zu ihr. Einige nickten voller Überzeugung. Selbst Amus stimmte ihren Worten zu.

»Deshalb frage ich mich, warum ihr ihm in diesem einen Punkt nicht dasselbe Vertrauen entgegenbringt?«

»Wir haben William immer vertraut. Völlig gleich, welche Entscheidung er fällte«, sagte Liam und klang beinahe empört.

»Ist dem so? Warum zweifelt ihr dann seine letzte Entscheidung an?«

Wie erwartet, löste ihre Äußerung heftige Diskussionen aus. Schon bald spaltete sich die Versammlung in zwei Hälften. Eine Partei hielt zu William und zu ihr, die andere wollte mit der Tradition nicht brechen.

Amus und seine Anhänger behaupteten, eine Frau an der Spitze würde der Glaubwürdigkeit der MacBaines, die als traditionell galten, schaden. Zudem zweifelte man an, dass andere Clanchiefs einen weiblichen Chief ernst nehmen würden.

Avery beobachtete den Zwist stumm. Die Männer kamen zu keiner Einigung. Im Gegenteil, sie wurden immer lauter. Wenn es so weiterging, würden sie sich bald die Schädel einschlagen!

So, wie es aussah, würde MacCallen also leichtes Spiel haben. Wenn der Clan in sich zerstritten war, konnten sie ihm nichts mehr entgegensetzen.

»Wir kommen heute zu keinem Schluss«, sagte Avery und knirschte mit den Zähnen. »Vertagen wir die Abstimmung auf morgen, wenn sich die Gemüter abgekühlt haben.«

Niemand schien sie zu hören. Die Männer debattierten einfach weiter und bemerkten nicht einmal, dass sie aufstand und ging.

Als Avery die Halle verließ, waren ihre Nerven angespannt. Sie hatte es mit einem Rudel wilder Wölfe zu tun, von denen sich jeder am liebsten selbst auf den Thron gesetzt hätte. Ernüchtert lehnte sie sich einen Moment erschöpft gegen die Wand und schloss die Augen. Wie hatte ihr Vater nur diese Horde unter Kontrolle halten können? Wie war es ihm möglich gewesen, Entscheidungen zu fällen, wenn sich immer irgendjemand dagegenstellte?

Vielleicht war sie tatsächlich noch nicht für die Führung bereit. Averys Tränen ließen sich nicht länger zurückhalten. Sie löste sich von der Wand und schritt weinend die steinerne Treppe hinauf. Wieso zweifelten die Männer plötzlich an ihren Fähigkeiten?

Hatte sie nicht oft genug bewiesen, dass sie eine von ihnen war? Sie kämpfte wie ein Mann, sie ritt wie ein Mann, sie soff wie ein Mann, sie vertrug sogar mehr als Amus, und sie fällte Entscheidungen wie ein Mann. Herrgott, sie sah in ihrem Plaid sogar aus wie einer von ihnen! Noch nie hatte es die Männer gestört, dass sie in ihrer Runde saß. Warum waren sie ihr heute mit offener Feindschaft begegnet?

Wahrscheinlich hatten sie Avery nie wirklich akzeptiert. Man hatte sie lediglich geduldet, weil ihr Vater seine schützende Hand über sie gehalten hatte. Und sie war zu blauäugig gewesen, um das zu erkennen. Verlogenes Pack! Sie nahm zwei Treppenstufen auf einmal, während die Tränen gar nicht mehr versiegen wollten.

Sie wusste kaum, wie sie bis zu ihrem Gemach gelangt war. Mit dem Fuß stieß sie die schwere Holztür auf und warf sich in ihr Bett. Ihr tränennasses Gesicht vergrub sie in ihrer Decke.

Sie hasste es, wie ein Weib zu heulen. Aber was blieb ihr noch?

Amus würde es irgendwie gelingen, die Chieftains gegen sie aufzubringen. Er setzte alles daran, sie schlechtzumachen. So war es früher, so würde es heute sein. Warum hasste der junge Mann sie derart? Was hatte sie ihm jemals getan?

Ein sachtes Klopfen an der Tür schreckte Avery aus ihren Gedanken. Sie war zu erschöpft, um zu fragen, wer da war, geschweige denn, sich aufzusetzen. Den Kopf im Kissen verborgen, hörte sie das Knarren der Tür, dann leise Schritte.

Plötzlich spürte sie eine kleine Hand, die zärtlich ihren Rücken streichelte. Erstaunt drehte sie sich um und blickte in Anns wunderschönes, gütiges Gesicht, das strahlte wie die Sonne. Ihre blauen Augen leuchteten förmlich, und ihr mildes Lächeln erwärmte Averys Herz.

Anns Hand wanderte nun zu ihrer feuchten Wange,

auf der sie eine wässrige Perle einfing, die sich auf dem Weg hinab befunden hatte.

Avery schloss noch einmal kurz die Augen. Sie schämte sich ihrer Tränen wegen und bemühte sich, sie hastig fortzuwischen. Eine Kriegerin weinte nicht!

»Ich habe das Türknallen gehört und dachte mir, ich sollte besser nach dir sehen.«

Averys Mundwinkel zogen sich hoch. Wie froh sie war, eine so fürsorgliche Schwester zu haben! Dennoch wollte der Strom von Tränen einfach nicht abreißen. »Es geht mir gut«, presste sie heiser hervor und öffnete die Augen.

Anns skeptischer Blick sprach Bände. Aber sie war klug genug, Avery nicht zu drängen. Sie wusste aus Erfahrung, dass sich Avery zwar schnell öffnete, aber auch genauso schnell wieder zurückzog. Was immer sie beschäftigte, wenn sie darüber sprechen wollte, würde sie es tun. Aber das Tempo bestimmte sie gern selber.

»Es ist schön, dich wieder auf Green Castle zu haben«, sagte Avery. »Ich habe dich vermisst.«

»Ich habe dich auch vermisst. Dich, Màthair und natürlich Anola.« Ann setzte sich auf den Rand des Bettes und streichelte ihren sichtbar schwangeren Bauch.

»Willst du mal spüren? Es bewegt sich gerade.«

Avery zog die Nase hoch und legte vorsichtig eine Hand auf Anns Babybauch. Etwas trat von innen gegen die Bauchdecke. Ann schien es nicht zu stören. Im Gegenteil, sie lachte sogar.

»Das ist ein kleines Wunder.«

»Das du auch eines Tages erleben wirst.«

Avery ließ von Anns Bauch ab und starrte ins Leere. »Wer weiß.«

Sie musste lediglich einen Mann finden, der um ihre Hand anhielt. Aber die meisten schienen sich vor ihr zu fürchten. Es lag gewiss nicht allein daran, dass sie die Tochter des Chiefs war. In den Augen der Männer sah sie nie dieses begehrliche Funkeln, das sie bei ihnen beobachtet hatte, wenn sie Anola oder Ann begegneten.

Avery schüttelte den Kopf. Jetzt war nicht der Zeitpunkt für trübe Gedanken. Schließlich gab es Grund zur Freude. Ann war wieder zu Hause, und Avery würde bald Tante werden. Hoffentlich würde es ein Mädchen werden. Avery brannte darauf, ihre Nichte im Schwertkampf zu unterrichten, so wie sie einst von ihrem Vater unterrichtet worden war. Natürlich konnte sie ebenso einen Jungen trainieren. Doch sie wünschte sich innigst, nicht mehr die einzige kämpfende Frau in der Sippe zu sein. Vielleicht würde sich dann mit der Zeit auch die Einstellung der Männer ihren Frauen gegenüber verändern.

»Ich hoffe, Malcolm weiß zu schätzen, was er an dir hat, und behandelt dich gut?«

»Aber natürlich, was denkst du denn? Er ist der beste Ehemann, den du dir vorstellen kannst. Ich liebe seine ruhige, geduldige Art. Er liest gern, nutzt seinen Verstand und ist nicht immer auf Kampf aus wie die anderen.«

Avery spürte, wie sie unmerklich das Gesicht verzog. Ann schüttelte amüsiert den Kopf, als sie die Reaktion ihrer großen Schwester bemerkte. »Ich weiß, für dich sind alle Männer, die sich nicht leidenschaftlich die Schädel einschlagen, feige Memmen. Aber Malcolm hat andere Qualitäten. Ich fühle mich bei ihm geborgen. Er ist aufmerksam, zuvorkommend …«

»Die Schwangerschaft bekommt dir«, fiel Avery ihr ins Wort. »Du siehst wunderschön aus.«

Ann hatte sich äußerlich verändert, seit Avery sie das letzte Mal gesehen hatte. Ihre Augen strahlten stärker als früher, und ihre Haut schimmerte elfenbeinfarben. Das machte wohl die Liebe.

»Danke. Malcolm sagt dasselbe. Ich bin sehr froh, dass ich ihn habe. Wenn er meine Hand hält, könnte mein Herz vor Freude zerspringen, und wenn er mich küsst …«

»Ich möchte die Einzelheiten bitte nicht wissen.«

Ann hob überrascht eine Augenbraue, schwieg dann aber und lächelte still in sich hinein. Vermutlich weil sie in Gedanken bei Malcolm war. Avery tat es leid, dass sie so heftig reagiert hatte. Es war nicht so, dass sie Ann ihr Glück nicht gönnte. Ganz im Gegenteil. Sie wünschte lediglich, dass auch ihr einmal ähnliches Glück widerfahren würde. Wie konnten sich nur all die Männer, die sie für Freunde gehalten hatte, plötzlich gegen sie stellen?

»Verzeih mir«, hauchte Avery.

»Ich bin dir nicht böse. Dazu bin ich viel zu glücklich.«

»Weil du eine gute Ehe führst und dein Mann dich auf Händen trägt?«

Ann lachte. »Aye. Und weil ich endlich wieder hier

sein darf. Du ahnst nicht, wie sehr ich Green Castle in den letzten drei Jahren vermisst habe.«

»Dann hättest du nicht fortziehen und heiraten sollen.«

Ann schüttelte amüsiert den Kopf. »Das ist der Lauf der Dinge. Jede von uns wird eines Tages ihr Glück finden.«

»Na ja.« Avery verzog das Gesicht, aber Ann übersah ihren skeptischen Gesichtsausdruck einfach.

»Es ist fast wie früher, nur dass Athair nicht mehr hier ist.« Das Lächeln schwand aus ihrem Gesicht. »Es ist eigenartig. Einen Moment lang hatte ich ganz vergessen, was geschehen ist. Es schien so unwirklich. Doch jetzt fühlt es sich an, als hätte sich ein Schatten um mein Herz gelegt, der es daran hindert, weiterzuschlagen.«

»Ich verstehe, was du meinst.« Seufzend ließ sich Avery in ihr Bett zurücksinken und verschränkte die Arme hinter dem Kopf. Nachdenklich blickte sie zur Decke hinauf. Malcolm würde Ann den Halt geben, den sie benötigte, um über Vaters Tod hinwegzukommen. Sicherlich würde es einige Zeit brauchen. Aber mit einem Mann wie ihm an ihrer Seite und der Aussicht auf baldiges Mutterglück hatte sie genügend Säulen, die sie stützten.

In ihrem eigenen Leben ging es um ganz andere Dinge. Um Politik, um Krieg, um Besitz. Niemals um Liebe. Es ging darum, sich zu behaupten, Macht auszuüben und zu führen, Vertrauen und Respekt zu gewinnen – was sich als deutlich schwieriger erwies, als sie angenommen hatte.

»Sie beraten, wer der neue Chief wird«, sagte Avery gedankenverloren. Ann legte sich neben sie ins Bett, wie früher, wenn sie nachts Angst vor einem Gewitter hatten, das draußen tobte.

Für Avery war es seltsam, diesen kleinen, zarten Frauenkörper, der trotz des Schwangerenbauches zerbrechlich wirkte, an ihrem zu spüren. Es erinnerte sie daran, wie wenig Weiblichkeit sie selbst ausstrahlte.

Als sie zuletzt gemeinsam in einem Bett gelegen hatten, war der Größenunterschied geringer gewesen. Irgendwann in ihren Jugendjahren hatte Avery einen mächtigen Wachstumsschub bekommen, während Ann klein und fraulich geblieben war. Allein die feinen Glieder ihrer Finger sahen gegen Averys Hände, die eher an die eines Holzfällers erinnerten, bezaubernd elegant aus.

»Und du denkst, sie werden sich für Amus entscheiden?«, fragte Ann behutsam.

Avery antwortete, ohne lange zu überlegen. »Er wird alles daransetzen, dass sie es tun. Die Chieftains denken, ich verstünde nichts von Politik. Das Schlimme ist: Ich fürchte, dass sie nicht ganz unrecht haben.«

»Wieso sagst du so etwas? Athair hat dich unterwiesen. Oft genug habt ihr euch beraten, bevor er seine Entscheidungen öffentlich machte.«

»Das meine ich nicht. Ich fürchte, dass sich der Clan spaltet und Blut vergossen wird. Und das ist meine Schuld. Ich habe sie so weit getrieben. Viele Männer stehen hinter Amus, aber einige auch hinter Athair und mir. Ich weiß nicht, wie ich sie wieder einen könnte.

Das Schlimme ist: Je mehr Zwietracht innerhalb des Clans herrscht, desto leichteres Spiel haben unsere Feinde.«

Ann strich Avery eine feuchte rotgoldene Strähne aus dem Gesicht. »Das wäre schrecklich. Athair war immer derjenige, der alles zusammenhielt. Gab es Streit unter den Männern, rief man ihn, um zu schlichten. Er war ein Meister darin, Frieden zu schaffen. Gott hab ihn selig, er wäre sehr enttäuscht, wenn sich seine Mannen gegenseitig umbringen würden.«

Avery atmete tief ein. Sie konnte sich sehr gut vorstellen, dass die Entwicklung ihrem Vater missfallen hätte. Umso schuldiger fühlte sie sich, weil sie der Grund für den Streit war. »Wenn es so weitergeht, wird genau das geschehen. Ich sollte meine Ansprüche zurückstellen.«

»Nay, Ave. Das wäre ganz falsch. Athair hätte das nicht gewollt.«

»Er hätte auch nicht gewollt, dass der Clan an der Führungsfrage zerbricht.«

Die Schwestern schwiegen. Ann seufzte schwermütig und schmiegte ihren Kopf an ihre Brust, während Avery Anns braune Locke um ihren Zeigefinger wickelte. »Ich wünschte, ich könnte noch einmal mit Athair sprechen und ihn um Rat bitten. Meine größte Sorge ist MacCallen. Er könnte uns spielend zerschlagen, wenn wir uns nicht organisieren.«

»Die Chieftains sind keine Narren. Sie werden es nicht so weit kommen lassen. Und sie werden Amus rasch durchschauen und sich besinnen. Glaube mir das. Ich verstehe zwar viel weniger von der Politik als du, aber ich habe einen gesunden Menschenverstand. Männer spielen sich gern auf. Am Ende, wenn sie sich genügend beschimpft und bedroht haben, beruhigen sie sich wieder und saufen ein Ale zusammen. Du wirst es sehen.«

»Dein Wort in Gottes Ohr.«

»Oh, mir genügt es schon, wenn meine klugen Worte in deinem Ohr ankommen.«

Avery lachte leise. Ann hatte die Fähigkeit, sie aufzuheitern, völlig gleich, wie niedergedrückt ihre Stimmung war.

»Weißt du, woran ich gerade denken muss?«

Avery schüttelte den Kopf und sah ihre Schwester neugierig an.

»An den Sommer in den Bergen. Athair ging mit uns jeden Tag dorthin. Er hat nur dich und mich mitgenommen. Anola war noch zu klein. Während ich Blumen gepflückt und Kränze geflochten habe, habe ich eure Kämpfe beobachtet. Er hatte dir dieses Kinderschwert anfertigen lassen, mit dem du noch Jahre später trainiert hast. Damals war es aber etwas zu groß für dich. Trotzdem hast du es geschafft, es zu benutzen, ohne vornüberzufallen. Athair hatte dir gezeigt, wie du es handhaben musst.« Sie grinste von einem Ohr bis zum anderen. »Ihr habt gemeinsam trainiert. Tag für Tag. Du bist immer besser geworden. Je mehr du an dich geglaubt hast, desto sicherer bist du im Umgang mit der Klinge geworden.«

»Du denkst ernsthaft, das Problem, das diese Männer mit mir haben, lässt sich mit einem starken Selbstvertrauen beseitigen?«

Ann lachte. »Was, glaubst du, beeindruckt diese Kerle am meisten? Der unerschütterliche Glaube an sich selbst! So wurden schon Kriege gewonnen.«

Avery strich sich nachdenklich mit Daumen und Zeigefinger über das markante Kinn. »Du hast interessante Gedanken. Und du behauptest, nichts von Politik zu verstehen?«

»Das ist auch nicht nötig. Ich weiß, dass Athair an dich glaubte. Das genügt mir. Ich habe den Stolz in seinen Augen gesehen, wann immer er sich mit dir duellierte, und mir gewünscht, er würde mich nur ein Mal so ansehen, wie er dich ansah.« Sie seufzte leise. »Das hat er nämlich nie getan.«

»Das war mir nicht bewusst.« Avery streichelte den braunen Lockenschopf ihrer Schwester.

»Ach, so ist das in der Welt. Du warst für ihn der Sohn, den er sich immer gewünscht hatte. Und Anola war sein kleiner Sonnenschein. Mich hat er oft übersehen.«

»Aber ich habe dich nie übersehen. Du warst und bist meine engste Vertraute.« Averys weiche Lippen hauchten einen liebevollen Kuss auf Anns Stirn.

»Und du bist die einzige Person, der ich es zutraue, diese gewaltige Verantwortung zu tragen. Ich weiß, dass es keinen besseren Chief nach Athair gibt als dich. Lass dich nicht von den Männern unterkriegen, versprichst du mir das?«

»Ich wünschte, ich könnte es.«

»Wo ist die alte Avery geblieben, die sich von nichts und niemandem etwas vorschreiben lässt? Die jeden Mann unter den Tisch säuft und keiner Herausforderung aus dem Weg geht?«

Ein dunkles Lachen drang aus Averys Kehle. Wahrscheinlich hatte ihre jüngere Schwester recht. Sie war gerade dabei, so zu handeln wie jene Feiglinge, die sie verabscheute, weil sie sich einem Kampf nicht stellten.

Nay, sie würde nicht den leichteren Weg wählen und sich aus der Schlacht zurückziehen, um den anderen das Feld zu überlassen. Sie würde für sich und ihre Ziele eintreten.

»Danke.«

»Wofür genau?«, fragte Ann neugierig. »Weil ich die klügste kleine Schwester auf der Welt bin?«

Avery wuschelte durch Anns Schopf. »Ganz genau. Deine Worte haben mich wachgerüttelt. Ich werde mich dem Kampf stellen.«

»Recht so, das ist meine Avery! Jetzt musst du mir nur noch versprechen, dass du nicht vorschnell aufgibst, falls du Rückschläge erleiden solltest. Das gehört nämlich auch zur Politik – habe ich mir sagen lassen.«

Avery sah mit einem Mal alles ganz klar: Gott hatte andere Pläne mit ihr als mit ihren Schwestern, die für ihre Ehemänner bestimmt waren. Sonst hätte er ihr nicht diese stattliche Größe, ihre Fähigkeit, mit dem Schwert umzugehen, und starke Muskeln gegeben. Was also sollte sie davon abhalten, Chief zu werden? Etwa eine Horde beleidigter Chieftains?

»Ich verspreche es«, sagte sie entschlossen.

Ann fiel ihr um den Hals und drückte sie fest an sich. »Sie sind Dummköpfe, wenn sie dich nicht wollen.«

Avery bereitete sich innerlich auf eine harte Auseinandersetzung vor, während sie in der Halle auf die Ankunft der Männer wartete. Die hatten die Nacht in Green Castle verbracht und mussten jeden Augenblick erscheinen.

Sie setzte sich an den steinernen Tisch, auf dem noch immer umgekippte Becher und Flaschen lagen – die Hinterlassenschaft des vorangegangenen Abends oder der frühen Morgenstunden. Avery wurde schon bei dem Gedanken übel, kurz nach dem Aufstehen Ale zu trinken, aber die Chieftains hatten ihre eigenen Gepflogenheiten. Sie kannte diese nur zu gut von ihrem Vater. Auch der hatte sich am Morgen hin und wieder einen Schluck genehmigt und war in mancher Nacht so laut geworden, dass ihre Nachtruhe dahin gewesen war.

Wie hielten die Ehefrauen der Chieftains den Mundgeruch ihrer Männer nur aus, wenn diese bereits am Vormittag eine Fahne hatten? Vielleicht hatte ein vernünftiger Mann wie Malcolm doch seine Vorteile.

Averys Augenlider wurden immer wieder schwer. In der letzten Nacht hatte sie vor lauter Aufregung kaum geschlafen. Vielleicht war es keine gute Idee, die Diskussion am frühen Morgen fortzusetzen? Andererseits waren müde Männer eher bereit, ja und amen zu sagen, nur um ihre Ruhe zu haben, und das könnte für sie von Vorteil sein.

Eine halbe Stunde später saß Avery noch immer mutterseelenallein in der Halle. Nicht einer der Chieftains hatte sich dazu bequemt, zur Versammlung zu erscheinen. Vielleicht hatten die Männer ihre Nachricht gar nicht bekommen? Sie hatte einem Burschen aufgetragen, sie zu informieren. Aber womöglich hatte der sich nicht getraut, die Chieftains zu wecken.

Während sie noch grübelte, trat Brian durch die Tür, gefolgt von ebenjenem Burschen, der ihm den Weg zur Tafel mit einer ausladenden Handbewegung wies, ehe er selbst mit einer angedeuteten Verbeugung verschwand.

Avery erhob sich von ihrem Stuhl und musterte Brian fassungslos. Er konnte unmöglich der Einzige sein, der ihrer Einladung folgte!

»Sie schneiden mich. So ist es doch, oder?«, fragte sie erzürnt und ging dem alten Freund ihres Vaters einige Schritte entgegen.

Dieser hob beschwichtigend eine Hand und schüttelte den Kopf. »Mal den Teufel nicht an die Wand. Es ist alles ganz anders, als du denkst.«

»So? Da bin ich aber gespannt.«

Sie blieb auf halber Strecke stehen, verschränkte die Arme vor der Brust und wartete, bis Brian sie erreicht hatte. Als er vor ihr stand, wurde sie zum ersten Mal dessen gewahr, dass sie den alten Chieftain um einen halben Kopf überragte.

Es musste ein merkwürdiges Gefühl für ihn sein, zu ihr hochzublicken. Für sie war es jedenfalls ungewohnt. Die meisten Männer waren zwar nicht größer als sie, zumindest aber auf derselben Augenhöhe.

Sie mochte Brian. Er strahlte stets etwas Freundliches und Würdevolles aus. Zwar war er ein harter Kerl, der eine derbe Sprache sprach, aber jedermann wusste, dass er das Herz auf dem rechten Fleck hatte.

»Als du uns gestern Abend verlassen hast, ging die Besprechung noch weiter.«

Avery zog die Luft durch ihre Zähne ein. »Aber ich sagte doch, dass wir die Abstimmung vertagen.«

»Zunächst hatten das auch alle vor, denn die Gespräche haben sich immer wieder im Kreis gedreht. Doch dann haben wir alle noch mal gründlich nachgedacht.«

Es fiel Avery schwer, ihre Skepsis zu verbergen, denn ›nachdenken‹ konnte alles Mögliche bedeuten.

»Und? Hat es etwas genutzt? Seid ihr daraufhin zu einer Entscheidung gekommen?«

Brian nickte ernst. »Ich wurde gebeten, dir davon zu erzählen.«

»Während die Chieftains noch gestern Nacht die Heimreise angetreten haben.«

»Wo denkst du hin? Die alten Suffköpfe liegen mit ihren dicken Brummschädeln sicher noch in den Betten. Die haben sich gestern noch mal derart volllaufen lassen, als müssten sie persönlich die nächste Sintflut verhindern. Diese Helden!«

Brian lachte, dass es schallte. »Ich selbst hätte dem Jungen, der mich wach bekommen sollte, fast ein blaues

Auge verpasst, so wie der mich durchgerüttelt hat. Sein Glück, dass mir noch rechtzeitig eingefallen ist, dass der Knirps auch nur seine Arbeit macht, sonst hätte ich meine Faust wohl doch nicht mehr rechtzeitig stoppen können.«

Brian lachte erneut.

»Schön und gut, was habt ihr nun entschieden?«, drängte Avery.

Brian wurde wieder ernst. »Ich vermute, es wird dir nicht gefallen«, sagte er und senkte den Blick.

Jeder Muskel in Averys Körper spannte sich an. Sie ahnte längst, dass die Chieftains sie nicht wollten. Das hatten einige schon am Abend zuvor nur zu deutlich gemacht.

»Sprich. Wie lautet die Entscheidung?«, sagte sie ungehalten, denn sie wollte es endlich hinter sich bringen. »Hat sich Amus durchgesetzt?«

Brian schüttelte den Kopf. Dann grinste er von einem Ohr bis zum anderen. »Sie haben sich für dich entschieden.«

Averys Gesicht hellte sich mit einem Mal auf. Wie war es nur zu diesem Sinneswandel gekommen? Sie hätte vor Freude in die Luft springen mögen. »Ist das wirklich wahr?«

»Sie haben letztlich auf deinen Vater gehört. Auch wenn ihnen das nicht wirklich gefiel.«

Das holte sie wieder auf den Boden der Tatsachen zurück. Sie vertrauten also nicht ihr. Sie beugten sich nur dem Willen Williams. »Was bedeutet das?«

»Nichts, außer das die verdammten Sturköpfe endlich zur Besinnung gekommen sind. Einen Haken hat das Ganze aber.«

»Welchen?« Sie lief unruhig auf und ab. »Soll ich mich als Mann verkleiden?«

Brian hob verdutzt eine Augenbraue und lächelte. »Das hätte ich vorschlagen sollen. Ich hätte nur zu gern die Gesichter der Chieftains gesehen.«

»Spann mich nicht auf die Folter. Was verlangen sie?«

Brian beruhigte sich, straffte die Schultern und blickte sie verschwörerisch an. »Sie wollen, dass der Tod deines Vaters geheim bleibt«, berichtete er.

Dann bewegte er sich zur Tafel, setzte sich auf einen Stuhl und köpfte eine Flasche Ale, deren Inhalt er sich in den Rachen kippte. »Slàinte!«

Avery setzte sich zu ihm und beobachtete ihn amüsiert. »Er soll also offiziell der Chief bleiben.«

»Aye.«

Avery wiegte nachdenklich den Kopf hin und her. Es behagte ihr nicht recht, sich hinter dem Namen ihres Vaters zu verstecken.

»Das war nötig, Ave, nur so waren die Chieftains zur Vernunft zu bringen. Sie meinten, dass du den Clan Ansehen und Stärke kosten wirst.«

»Der Clan würde unter meinem Namen weder das eine noch das andere einbüßen, so wahr ich hier vor dir stehe«, polterte sie.

»Versteh doch, Ave. Jeder Neue, der die dritte Feder an sein Bonnet stecken will, muss sich erst mal beweisen und zeigen, was in ihm steckt. So bekommt man heraus, ob er ein guter Chief oder bloß so ein verdammter Hundsfott ist, der sich aufspielen will.«

Sie kam ins Grübeln. Anführer nennen konnte sich im Grunde genommen jeder. Erst das Handeln, die Entscheidungen, die jemand fällte, zeigten, ob er ein guter oder ein schlechter Chief war. Das musste es sein, was Brian ihr in seiner eigentümlichen Weise sagen wollte.

»Ich sollte dir danken, anstatt mich aufzuregen. Ohne dein Zutun hätten sie gewiss eine andere Entscheidung getroffen.«

Brian nickte bedächtig. »Es gibt noch etwas, worüber wir reden müssen. Der Rat wird sich stärker einmischen als unter deinem Vater. Du wirst dich also auch weiter mit den anderen Chieftains herumschlagen müssen.«

»Der Rat hatte schon immer das Recht, seine Bedenken vorzutragen.«

»Aye, aber nun wollen sie mitentscheiden.«

»Wozu brauchen wir noch einen Chief, wenn ihm alle Fäden aus der Hand genommen werden?«

»Damit musst du dich abfinden, Ave. Dafür bist du nun der erste Chief, der sich nach dem Essen nicht die Suppe aus dem Bart streichen muss. Du wirst dich erst beweisen müssen, und es wird schwer sein. Doch wenn es dir gelingt … Aye, dann wird sich der Rat auch wieder zurückhalten.«

»Mehr kann ich im Augenblick nicht erwarten.« Sie lächelte ihn versöhnlich an. »Danke. Wäre Athair noch am Leben, er wäre froh, einen Freund wie dich zu haben.«

Brian winkte ab. »Nay, du brauchst mir nicht zu danken, Ave. Die Wahl ist einfach, das sieht jeder mit etwas Verstand in seinem Schädel. Amus als Anführer? Da könnten wir auch dem ersten Hund folgen, der da draußen bellt. Der Bursche ist mir zu schnell mit der Hand am Schwert. Er weiß nicht, wann man abwarten muss, und ist noch grüner hinter den Ohren als du, mein Kind. Der als Chief.« Er machte eine abfällige Geste. »Den will ich auf keinen Fall höher sehen, als ich spucken kann.«

»Ich werde auch oft Heißsporn genannt. Warum glaubst du, ich hätte Amus etwas voraus?«

»Du hast zumindest Verstand da drinnen.« Er klopfte mit der Faust sacht gegen ihre Stirn. »Und du gebrauchst ihn auch. Das haben wir bei der Versammlung alle gesehen. Selbst wenn die meisten Sturköpfe wahrscheinlich zu viel gesoffen haben, um sich noch daran zu erinnern. Aber du wirst es ihnen schon wieder in Erinnerung rufen.«

Brians Worte berührten sie tief. Er glaubte an sie, und das machte sie sehr glücklich. Sie hoffte inständig, dass sie weder ihn noch ihren Clan enttäuschen würde.

Eine Woche später

Fàilte! Ich begrüße euch und freue mich, dass wir diesen großen Tag im kleinen Kreis feiern. Es ist nicht nur dein Geburtstag, Athair«, Malcolms Blick fiel auf Brian, »sondern auch der meiner Tochter, die heute Morgen das Licht der Welt erblickte.« Malcolm hob seinen Kelch und wandte sich der jungen Hebamme zu, die zu seiner Rechten an der Tafel stand. Sie hatte ein Bündel auf dem Arm, das sie sanft wiegte.

»Möge ein langes und glückliches Leben vor dir liegen, Andra. Auf dich und auf deine stolze Mutter, meine Gemahlin Ann.«

Die Anwesenden erhoben sich und ließen ihre Becher aneinanderklirren, während zwei Mägde die Speisen hereintrugen. Brian und Malcolm wurden von allen Seiten beglückwünscht. Jeder wollte das Baby als Erster sehen, so dass ein regelrechter Tumult entstand. Als die Kleine aufwachte und zu weinen begann, trug die Hebamme sie bald hinaus.

Avery hatte sich bewusst zurückgehalten, um dem kleinen Wesen nicht noch mehr Angst zu machen, und tat sich einen gefüllten Schafsmagen auf. Sie hatte

Ann ihre Glückwünsche bereits überbracht, als sie ihre Schwester in deren Zimmer aufgesucht hatte.

Sie hatte noch immer etwas blass und erschöpft, aber glücklich ausgesehen. Die Anstrengung der Geburt war ihr kaum noch anzumerken gewesen. Es war alles gutgegangen, und sie war rasch wieder zu Kräften gekommen, sollte aber noch im Bett bleiben.

Kenlynn ließ sich neben Avery nieder. »Andra ist ein bildhübsches Mädchen. Ich sage dir, sie ist Ann wie aus dem Gesicht geschnitten«, flüsterte sie ihr zu. »Warum hast du sie dir nicht angesehen?«

»Das habe ich, Màthair, als ich Ann besuchte.«

Avery war früher als die anderen Familienmitglieder angereist, und sie hatte auch vor, früher heimzukehren. Feste behagten ihr nicht. Sie fühlte sich nicht wohl bei Tanz und Gesang. Auch wenn sie die Menschen, die sich hier versammelt hatten, von Herzen liebte – es war ihr einfach zu viel.

Ihr gegenüber nahm Anola Platz und daneben Amus, den ihre jüngste Schwester scherzhaft als ihren Schatten bezeichnete. Er wich wirklich nicht von ihrer Seite. Amus schien äußerst interessiert und in seinem grenzenlosen Selbstbewusstsein auch davon überzeugt, dass sie ihn eines Tages erhören würde.

Anola hingegen machte kein Geheimnis daraus, dass sie ihn nicht sonderlich anziehend fand. Aber Amus ging davon aus, dass sie sich nur zierte, und vergnügte sich derweil mit den Mägden, ohne sein langfristiges Ziel aus den Augen zu verlieren.

»Ich will euch allen auch noch was sagen«, ergriff Brian das Wort, ohne sich von der Tafel zu erheben.

Als sich alle Aufmerksamkeit auf ihn richtete, fuhr er mit stolzgeschwellter Brust fort: »Meine Männer haben Williams Mörder gefunden.«

Ein überraschtes Raunen ging durch den Raum.

»Wer war es?« Averys Hand schloss sich von selbst zu einer Faust, um das Zittern zu beherrschen, das sie ergriffen hatte. Sollte es tatsächlich stimmen, so waren es wahrlich gute Nachrichten. Vielleicht konnte sie nun endlich ihren Frieden finden, genauso wie Vater.

»Dummes Räuberpack, das in der Taverne mit seiner Tat prahlte. Stellt euch vor, die Trottel wussten nicht mal, wen sie erschossen haben!«

»Wir sollten diese Bastarde hängen«, schlug Amus unumwunden vor.

»Aye! Hängt diese Schweine«, rief Liam und ballte die erhobene Hand zur Faust.

»Bitte, über solche Themen möchte ich nicht bei Tisch sprechen.« Der Einwand kam von Brians Frau Mary, die sich bisher im Hintergrund gehalten hatte. Kenlynn und die anderen Frauen stimmten ihr zu und schauten besorgt drein, als die Männer einfach fortfuhren.

»Sie wollten natürlich abhauen, aber meine Männer haben sie festgehalten. Das hat denen gar nicht gefallen.« Brian presste selbstgefällig die Fingerspitzen beider Hände aneinander und blickte zu Amus. »Diese Schmeißfliegen hatten Eier so groß wie Erbsen. Die haben sich fast ins Hemd gemacht. Mit ihren Pistolen fühlen sie sich groß, aber ohne die sind sie wie Babys.

Und Muskeln haben sie auch keine. Sahen fast aus wie unser Amus hier.«

Amus blieb der Mund offen stehen, so dass ein Stück Schafsmagen herausfiel.

»Als die anderen Gäste kapiert haben, was los war, kam richtig Leben in die Bude. Die haben die Räuber umzingelt und auf sie eingedroschen, dass ihnen schwindelig wurde. Gewimmert haben die wie geschlagene Hunde. Nur lauter. Und erbärmlicher. Einem haben sie den Stuhl über den Schädel gezogen. Das hat vielleicht geknackt! Der ist am Boden liegen geblieben, da war nichts mehr zu machen.«

»Oh bitte, Brian.« Mary hielt sich die Hand vor den Mund. Sie war blass geworden. »Nicht schon wieder eine dieser blutrünstigen Geschichten beim Essen.«

»Die Geschichte ist gleich zu Ende, Weib.«

Sie verzog das Gesicht und legte das Besteck beiseite.

»Der andere hatte ein Gesicht, so hässlich wie die Nacht. Mit Brandnarben überall. Dem haben sie den Dolch in die Brust gestoßen.«

»Zu schade. Ich hätte sie gern öffentlich baumeln sehen. Das hätte die Leute abgeschreckt«, sagte Amus.

»Jetzt hört endlich auf.« Marys Stimme überschlug sich, und sie bebte am ganzen Körper. Abrupt kehrte Ruhe ein. Demonstrativ steckte sie sich ein Stück Haggis in den Mund und kaute darauf herum. Nachdem sie es heruntergeschluckt hatte, erklärte sie in einem harschen Tonfall: »Wir sind jetzt beim Essen. Und da möchte ich solche Sachen nicht hören. Schlimm genug, wenn ihr sie sonst bei jeder Gelegenheit erzählt.«

»Aye. Mary hat völlig recht. Erzählt euch davon, wenn ihr in die Taverne geht. Aber hier könntet ihr etwas Rücksicht nehmen«, sagte Kenlynn.

Die Männer verdrehten die Augen und lachten.

Avery widmete sich ihrem Mahl. Hin und wieder ließ sie ihren Blick durch den Raum gleiten. Da bemerkte sie plötzlich durch das Fensterglas, dass das Dach des Hauses auf der anderen Straßenseite brannte.

Just in diesem Augenblick stürmte eine aufgeregte Magd in den Wohnbereich des Hauses. »Rasch, Herr, rasch! Das Dorf steht in Flammen. Sie greifen uns an.«

»Das ist wohl ein Scherz«, sagte Amus und lachte. Doch er merkte schnell, dass das nicht der Fall war.

»Zu den Waffen«, rief Avery und sprang auf. Die Männer erhoben sich, griffen nach ihren Schwertern und folgten ihr.

In den Straßen tobte ein schrecklicher Kampf. Dächer brannten, Häuser standen in Flammen, Frauen und Kinder versuchten, sich in Sicherheit zu bringen, während sich ihre Männer mit Schwertern, Mistgabeln und allem, was sie sonst noch in die Hände bekamen, bewaffneten. Rauch stieg auf, bildete eine dunkle Wolke über dem Dorf, die Luft flirrte vor Hitze.

Avery gab ihren Männern ein Handzeichen, und sie teilten sich in kleine Gruppen auf, die in alle Richtungen ausschwärmten, um die Angreifer zu stellen. Wer auch immer sie waren, sie würden es bereuen, dass sie sich mit den MacBaines angelegt hatten!

Avery hörte einen Hilfeschrei und bog rasch um eine Hausecke. Dort hielten drei Männer eine junge Frau an den Armen und Beinen fest. Sie lag am Boden, wehrte sich nach Kräften und versuchte, sich loszureißen. Doch die Bastarde waren zu stark. Gegen diese Überzahl konnte sie nichts ausrichten. Die dreckigen Hände der Männer berührten sie überall, und Avery erkannte im Licht der Flammen, wie der Ekel sich in ihrem Gesicht abzeichnete.

Zornig verstärkte sie den Griff um ihr Schwert. »Fort mit euch, ihr Dreckspack«, schrie sie die Männer an.

Die drehten sich sichtlich überrascht zu ihr um. Als sie das Schwert in ihrer Hand sahen, hielten sie einen Moment inne. Dann aber lachten sie lauthals los, als wäre ihr Anblick das Lustigste, was sie seit langer Zeit gesehen hatten. Nun, das Lachen würde ihnen bald vergehen.

Das Mädchen, das die Männer für kurze Zeit aus den Augen gelassen hatten, nutzte seine Chance. Es kam schnell auf die Beine und rannte davon, während die Krieger langsam auf Avery zukamen und ihre Schwerter gegen sie erhoben. »Das soll wohl ein Scherz sein«, sagte einer von ihnen.

»Sieh dir das an, Allistor. Die MacBaines schicken jetzt sogar schon ihre Weiber in den Kampf. Was für armselige Taugenichtse!«

Ihre Gesichter waren mit schwarzem Sand bedeckt, aber sie erkannte den Tartan der MacCallens auf ihren Plaids. Also steckte der Laird hinter diesem Überfall.

»Verfluchter Hurensohn, die Frist ist noch nicht einmal abgelaufen!«, brüllte sie und riss ihre Waffe hoch, um ihre Gegner anzugreifen.

Amus stand abseits und beobachtete die Kämpfe und die verzweifelten Löschaktionen in den Straßen. Einige Frauen rannten mit wehenden Gewändern zum Dorfbrunnen, um Eimer mit Wasser zu füllen und das Feuer zu bändigen. Aber sie bekamen die Situation einfach nicht in den Griff.

Grelle Flammenzungen griffen die Krieger an. Lodernde Glut verteilte sich auf den Straßen. Es war unerträglich heiß, und die ersten Hütten stürzten ein.

MacCallens hinterhältiger Plan schien aufzugehen. Allerdings hatte er wohl nicht damit gerechnet, dass das Dorf sich derart entschlossen verteidigen würde.

Amus empfand eine gewisse Genugtuung, als er die ersten MacCallens flüchten sah. Er wünschte, er hätte Ewan MacCallens Gesicht sehen können, wenn er vom Sieg der MacBaines erfuhr.

Nun, von einem Sieg zu sprechen wäre allerdings allzu vermessen gewesen, denn wie es aussah, waren die MacCallens dabei, das Dorf in Schutt und Asche zu legen. Dennoch würden die MacBaines dem Feind einige üble Wunden zufügen. Sozusagen als kleinen Vorgeschmack auf das, was ihnen blühte, wenn sie sich mit den MacBaines anlegten.

Das Beste daran war, dass Amus sich nicht einmal selbst die Hände schmutzig machen musste. Die MacBaines hielten ihre Gegner so gut in Schach, dass seine Hilfe nicht gebraucht wurde.

Er lief ein Stück die Straße hinauf. Immer wieder musste er brennenden Strohbüscheln ausweichen, die von den Dächern hinabsegelten, Als er in eine Seitenstraße blickte, sah er Avery. Er erstarrte. Sie hatte sich gleich mit drei Kriegern angelegt, und er musste ihr erstaunt zugestehen, dass sie ihnen allem Anschein nach tatsächlich gewachsen war.

Aye, William MacBaine hatte dieses Mannweib hervorragend ausgebildet. Sie führte das Schwert, als sei sie mit ihm in der Hand auf die Welt gekommen.

Gekonnt wirbelte sie herum, parierte einen Schlag, fuhr mit dem Schwert durch die Luft und wich blitzschnell dem nächsten Mann aus, um dann anzugreifen. Mit einem Schrei stürzte sie sich auf den Gegner. Der ging, die Klinge in der Brust, zu Boden. Avery verkörperte eine Stärke und Entschlossenheit, die Amus förmlich die Luft anhalten ließ.

Dennoch, es ziemte sich nicht für eine Frau. Sie hatte ihn lächerlich gemacht. Sie war noch schlimmer als diese verfluchten Bastarde aus dem Nordwesten. Sie hatte ihm sein Amt entrissen, denn nur ihm stand es zu, den Clan zu führen. Nur er konnte die Tradition der MacBaines aufrechterhalten. Avery hatte ihre eigene Sippe mit Dreck beschmiert. Allen voran ihn, ihren Vetter.

Unglaublich, dass diese Narren sich für sie entschieden hatten! Er lachte leise. Sie würden noch sehen, was sie davon hatten.

Amus grub die Zähne so tief in seine Unterlippe, dass ein warmer Blutstropfen hervorquoll. Himmel, dieser Zorn fraß ihn allmählich auf. Er fühlte sich so schrecklich machtlos.

Die Männer drängten Avery zurück. Sie rannte um

das Haus herum, das inzwischen lichterloh brannte. Vom Dach stiegen Rauchsäulen zum Himmel auf.

Oh, er wünschte, diese MacCallens würden dieses elende Weib in Stücke hacken. Und wenn sie am Boden liegen und ihm ins Gesicht sehen würde, ihn um Hilfe anflehend, dann würde er lachen. Er würde nichts tun, gar nichts. Nur zusehen, wie sie langsam und qualvoll verendete. Welch schmutzige Fantasie. Er schüttelte den Kopf über sich selbst. So weit würde er niemals gehen.

Oder etwa doch? Das hier sah nach Schicksal aus. Es konnte kein Zufall sein, dass ihm diese Gelegenheit auf dem Silbertablett präsentiert wurde: Er konnte jetzt, sofort, seine lästige Gegenspielerin loswerden, und zwar für immer.

Amus erzitterte. Das war die Lösung. So sollte es sein. Er war keine Memme!

Wie fremdgesteuert grub er seine Hände in den dunklen Sandgrund und wischte sich schwarze Erde auf die Wangen, um sein Gesicht unkenntlich zu machen. Avery mochte eine bessere Kämpferin sein als er, aber er war der Klügere.

Avery rang nach Luft. Diese verfluchten Mistkerle kämpften tapferer, als sie erwartet hatte. Wahrscheinlich hatte sie sich selbst überschätzt. Ein unverzeihlicher Fehler, vor dem sie ihr Vater mehr als einmal gewarnt hatte.

Sie blickte sich nach ihren Verfolgern um. Die kamen gerade um die Ecke. Das brennende Stroh, das vom

Dach brach, nahm ihr die Sicht. Immerhin konnten so umgekehrt auch ihre Feinde sie nicht sehen.

Als sie sich wieder umdrehte, stieß sie plötzlich mit jemandem zusammen. Benommen taumelte sie zurück und blickte in ein schwarzes Gesicht. Gefährliche Augen starrten sie hasserfüllt an.

Im nächsten Augenblick spürte sie eine Faust, die ihr mit voller Wucht auf das Nasenbein schlug. Der stechende Schmerz schien sie beinahe zu zerreißen. Ihr wurde plötzlich schwarz vor Augen. Dann drehte sich alles, und sie stürzte haltlos zu Boden. Keuchend hielt sie sich die Nase. Allein diese kurze Berührung tat höllisch weh. Aber sie durfte sich jetzt nicht gehen lassen. Ihre Verfolger näherten sich. Der Boden unter ihrem Körper vibrierte von den donnernden Schritten. Und das Vibrieren wurde immer stärker! Das war nicht die Zeit, sich um ihre Wunde zu kümmern.

Sie umschloss ihr Schwert fest mit der Hand. Jeden Augenblick konnte ein Angriff von vorne kommen. Und der Kerl, der sie niedergeschlagen hatte, drehte seine Runden um sie herum wie ein Raubtier, das seine Beute umkreiste. Plötzlich stand er direkt hinter ihr.

Avery versuchte aufzustehen, irgendwie auf die Beine zu kommen, aber sie schaffte es nicht. Ihr schwindelte noch stärker, und da war dieser unerträgliche Druck, als ob ihr Kopf gleich platzen würde. Auf ihren Lippen schmeckte sie Blut. Ein leises Lachen drang an ihr Ohr. Neben sich sah sie den langen, dunklen Schatten ihres Angreifers. Er trat gegen den Pfosten des Vordaches, das mit ächzendem Knacken einstürzte.

Avery rollte sich zur Seite, so schnell sie nur konnte. Sie musste die höllischen Schmerzen, die ihren Schädel marterten, einfach ignorieren. Doch sie war nicht schnell genug. Das Holzwerk begrub sie unter sich. Brennendes Stroh segelte auf sie nieder und setzte es in Flammen.

Sie bekam keine Luft mehr, denn die Angst schnürte ihr die Kehle zu. Sie würde ersticken! Oder schlimmer noch, lebendig verbrennen.

Verzweifelt bäumte sie sich auf, aber die Massen über ihr drückten sie zu Boden. Es wurde immer heißer. Sie hustete. Vor ihren Augen flirrte alles. Dann wurde es dunkel.

Ewan MacCallen nahm einen kräftigen Schluck Ale und blickte über das weite Land, das im Licht der Morgensonne erstrahlte. Er liebte das kräftige Bier und die schier endlosen Gebirgszüge, deren Anblick er nirgends besser genießen konnte als vom Fenster des Westturms aus.

Ein gutes Bier und eine feurige Schlacht, das war so ziemlich alles, woran sich der Hüne noch erfreuen konnte. Dass er ein Krieger mit Leib und Seele war, bestätigten die zahlreichen Narben, die seinen Körper zierten. Sie stammten aus der Zeit, als sein Vater noch gelebt und den Clan gegen die MacDovers in die Schlacht geführt hatte. Es war eine blutige Zeit gewesen. Viele Männer waren gefallen. Viele waren verletzt worden, und Ewan hätte fast sein Auge verloren. Aber Schweiß und Blut hatten sich ausgezahlt. Sie hatten die Insel erobert.

Seitdem zierte eine unschöne sichelförmige Narbe seine linke Wange. Sie bedeckte die gesamte Gesichtshälfte. Mit der Hand zeichnete er die Form der Narbe nach. Sie fühlte sich eigenartig hart an und war heller als die restliche Haut.

Die Weiber fanden ihn trotzdem attraktiv, zumindest jene, die es auf seinen Geldbeutel abgesehen hatten. Es störte sie nicht, dass er seinen Körper kaum pflegte und sich kaum noch daran erinnerte, wie man ein Rasiermesser benutzte.

Eine kühle Brise strich über sein Gesicht und lenkte seine Aufmerksamkeit auf die grünen Bens und Glens, die sich prachtvoll vor seinen Augen erstreckten.

Er atmete die gute Luft ein und stieß sie mit einem gedehnten Seufzen wieder aus. Nay, es gab kaum etwas, das mit der Schönheit des Hochlandes vergleichbar war.

Sein Blick glitt zum Himmel, wo schwarze Wolken aufzogen. Spätestens am Abend würde das Unwetter das Hochland erreichen, und dann würde es ungemütlich werden. Nicht, dass es ihn kümmerte.

Vereinzelte Sonnenstrahlen drangen durch die dichte Wolkendecke und durchfluteten den Hof von Stonewall Castle. In der Ferne bemerkte er drei Männer, die sich rasch näherten. Es waren Chieftain Borgas' Leute. In ihrer Mitte machte er eine Gestalt aus, die sie an einer

Kette führten. Er schätzte, dass der Jüngling nicht älter als 18 Jahre alt war.

Ewan spülte das restliche Ale in einem Zug hinunter. Dann stellte er den Krug auf den kleinen Holztisch, der die Mitte des Raumes zierte, und lief gemächlichen Schrittes zur Tür. Er stieß sie nachlässig mit dem Fuß auf, um sogleich die steinerne Wendeltreppe hinabzusteigen.

Vielleicht handelte es sich um einen dieser verfluchten Schafdiebe, die seit geraumer Zeit ihr Unwesen auf seinen Feldern trieben. Das Blut rauschte in seinen Ohren, als er an Geschwindigkeit zulegte, mehrere Stufen gleichzeitig nahm und schließlich durch das offene Tor auf den Hof gelangte.

Seine Hand wanderte zu dem Dolch, der an seinem Gürtel befestigt war. Der Junge konnte dankbar sein, wenn Ewan ihm lediglich ein Ohr abschnitt und es vor seinen Augen den Hunden zum Fraß vorwarf.

Vielleicht ließ er ihn auch auspeitschen. Schließlich sollte er seine Lektion lernen. Er konnte ihn ebenso gut ins Verlies werfen, bei Wasser und schimmeligem Brot, bis er entschied, ihn wieder ziehen zu lassen. Und in seiner jetzigen Stimmung würde das frühestens im nächsten Herbst der Fall sein.

Die Männer traten zur Seite, als sie Ewan bemerkten, und gaben die Sicht auf ihren Gefangenen frei. Ewans Vorfreude auf die Bestrafung schwand mit einem Schlag. Stattdessen blieb ihm der Atem weg, denn er blickte in zwei große blaue Augen, die ihn furchtlos, nay, geradezu trotzig anstarrten.

Sie besaßen die Farbe klaren Wassers in der Frühlingssonne und waren eingebettet in ein schmales Gesicht mit einem unerwartet herben Kinn und einer ebenso strengen Nase. Es war vollkommen verdreckt, genauso wie die dichten Locken, die in einem kräftigen Goldrot schimmerten und bis zu ihren schmalen Hüften reichten. Der muskulöse Körper und die kleinen Brüste ließen an einen Knaben denken, der erst im Begriff war, ein Mann zu werden. Aber dies war kein Knabe.

Ewan kannte diese Frau! MacBaines Tochter. Sie sah schrecklich aus. Offenbar war sie verwundet und arg entkräftet, denn ihre Beine zitterten vor Anstrengung. Ihr Plaid roch nach verbranntem Stoff und hing in Fetzen an ihrem Leib hinab. Das Hemd darunter war stark verkohlt.

Hätte er es nicht besser gewusst, er hätte gedacht, sie wäre einer Hexenverbrennung entronnen oder käme direkt vom Schlachtfeld. Aber Himmel, das war kein Ort für eine Frau!

Er wusste, dass Avery eine Wildkatze war, die sich nichts vorschreiben ließ. Möglicherweise führte sie auch das Schwert gut – für ein Weib –, aber ein Weib war eben kein Mann!

»Was ist mit dir passiert?«, brachte Ewan fassungslos hervor. Die Sorge, die in seiner Stimme mitschwang, überraschte nicht nur seine Männer, sondern auch ihn selbst.

»Na los, nehmt ihr die Ketten ab«, fuhr er die überraschten Krieger an. Sie konnte doch kaum auf den

Beinen stehen! Glaubten sie ernstlich, sie würde einen Fluchtversuch wagen? Warum hatten sie Avery überhaupt gefangen genommen?

»Das ist MacBaines Tochter.«

»Ich weiß, wer sie ist! Erklärt mir besser, warum ihr sie hergebracht habt.«

»Diese Furie hat Rowan attackiert.«

»Das stimmt. Um ein Haar hätte mir diese Hexe den Kopf abgeschlagen.«

Ewans Blick glitt von Rowan, der neben ihm stand und tatsächlich etwas eingeschüchtert wirkte, zu Averys Handgelenken.

»Nun macht schon, ab mit den Ketten.«

Percy, der jüngste der drei Männer, beeilte sich, seinem Befehl zu folgen.

Avery sank erschöpft auf die Knie und starrte auf den staubigen Boden. Die Wut der Männer auf diese Frau war förmlich zu spüren. Besonders der alte Allistor funkelte sie an, als wollte er ihr am liebsten an die Kehle springen.

»Sie sollte uns dankbar sein, dass wir sie aus diesem Bretterhaufen befreit haben. Der hatte schon Feuer gefangen. Stattdessen hat sie den ganzen Weg über um sich geschlagen und getreten. Wir hatten keine andere Wahl, als sie an die Kette zu legen. Hätte sie uns keinen Ärger gemacht, wären wir viel früher angekommen.«

»Wovon sprecht ihr?«

»Eine lange Geschichte, Chief.«

»Dann sollten wir reden. Bringt sie auf ein Zimmer.

Cathee soll ihr ein Bett zurechtmachen, damit sie sich ausruhen kann.« Ewan nickte in Richtung Hauptgebäude.

Da drang eine leise, aber wütende Stimme zu ihm vor. »Ein überraschend frühes Wiedersehen. Das habt Ihr Euch fein ausgedacht, Laird.« Avery klang heiser und angestrengt. Sie hatte den Kopf erhoben, und ein stummer Vorwurf lag in ihren tiefblauen Augen, als sie ihn nun unverwandt ansah. Er ertappte sich dabei, wie er ihrem Blick auswich. Sie dachte wirklich, er sei schuld an ihrer Situation. Dabei wusste er nicht einmal, was überhaupt vorgefallen war.

»Du hättest dich besser nicht mit meinen Männern anlegen sollen«, stellte er klar.

»Eure Männer sind ein armseliges Pack. Seht sie Euch an. Sie mussten zu dritt gegen mich antreten, diese Feiglinge.«

Im nächsten Moment riss Allistor ihren Kopf an ihren dicken Haaren nach hinten. Ein greller Schrei drang aus ihrer Kehle.

»An deiner Stelle wäre ich vorsichtig mit deinen Worten«, erwiderte Allistor und weidete sich am Anblick der Frau, die die Zähne fest zusammenbeißen musste, um der Schmerzen Herr zu werden.

Doch ihr Zorn galt nicht ihm, sondern Ewan. Er war es, den sie voller Hass anstarrte. Oh, wenn ihr Blick hätte töten können, er wäre augenblicklich leblos zusammengebrochen. Selten hatte er so viel Wut in so schönen Augen gesehen.

Allistor ließ ihren Schopf los und stieß sie von sich, so

dass sie beinahe vornüberfiel. In letzter Minute fing sie den Sturz mit ihren Händen ab.

»Sie hat gekämpft wie eine Löwin. Bei Gott, ich schwöre dir, Ewan, ich habe nie eine Frau so gut mit dem Schwert umgehen sehen«, sagte Rowan ehrfürchtig.

»Sie hatte Glück, mehr nicht«, brüllte Allistor. »Für eine Frau kämpft sie nicht schlecht. Mit einem Mann kann sie es aber nicht aufnehmen.«

»Und doch brauchte es mehrere von deiner Sorte, um gegen mich anzutreten«, sagte sie selbstbewusst.

Erneut riss Allistor an ihren Haaren.

»Lass den Unsinn«, fuhr Ewan ihn an.

Avery landete auf allen vieren. Ihr Atem ging rasch und laut. »Ich werde mit jedem von euch fertig. Selbst mit Laird MacCallen. Gebt mir nur ein Schwert, und ihr werdet sehen, dass es alles andere als Glück war.«

Diese Frau hatte zweifelsohne Mut. Und Mut imponierte Ewan. Völlig gleich, ob es ein Mann war, der ihn unter Beweis stellte, oder eine Frau.

»Man sollte ihr links und rechts eins hinter die Ohren geben. So ein aufmüpfiges Ding«, knurrte Allistor. »Ich habe nie so ein vorlautes Weib gesehen. Wir sollten sie aufknüpfen.«

Ewan lächelte. Er fand dieses vorlaute Weib faszinierend. »Du bist erschöpft, Mädchen«, nahm er ihr den Wind aus den Segeln. In ihrem Zustand konnte sie niemals kämpfen, schon gar nicht gegen einen Mann wie ihn, der in seinem Leben unzählige Schlachten geschlagen hatte.

Dennoch machte sie ihn neugierig. Er wollte nur zu

gern wissen, wie sie mit dem Schwert umging. Aber dazu würde es später vielleicht noch Gelegenheit geben. Nun mussten erst einmal ihre Wunden versorgt werden.

»Bringt sie auf ein Zimmer«, ordnete er erneut an.

Rowan und Allistor griffen sie bei den Armen. Sie wehrte sich, musste aber schnell einsehen, dass sie zu entkräftet war, um Widerstand zu leisten.

»Glaubt nicht, dass sich meine Leute einschüchtern lassen. Wir werden diese verfluchte Pacht nicht zahlen. Es ist unser Land! Ihr könnt noch so viele Dörfer niederbrennen, ohne auch nur Eure eigenen Fristen einzuhalten, Ihr werdet unsere Gegenwehr damit nur noch verstärken.«

Ewan sah ihr nach. Er hatte nicht die geringste Ahnung, wovon sie sprach, aber er würde es herausfinden. Und vielleicht sogar diese kleine Wildkatze zähmen.

Das Zimmer war klein, aber gemütlich. Über der Tür hing ein großes Bild, das eine edle Dame zeigte, die Avery freundlich anlächelte. Der Teppich fühlte sich unter ihren dünnen Schuhsohlen weich an und gab dem Zimmer eine angenehme Wärme, so als hätte bis vor kurzem jemand hier gewohnt.

Am Fenster stand ein Bett ohne Decke und Kissen, das gewiss schon bessere Zeiten gesehen hatte. Die Männer setzten sie unsanft darauf ab, ehe sie den Raum verließen und die Tür lautstark hinter sich zuschlugen. Sie hörte das Geräusch des Schlüssels, der sich im Schloss herumdrehte.

Sie stand auf und lief unruhig im Zimmer hin und her.

Sie war MacCallens Gefangene. Als Nächstes würde er versuchen, ihren Clan zu erpressen. Entweder würde er auf seinen Forderungen beharren – und um diese durchzusetzen, hatte er nun das geeignete Druckmittel. Oder er würde gar zusätzlich ein Lösegeld fordern.

In jedem Fall durfte er nicht erfahren, dass sie in Wahrheit nicht nur die Tochter des alten Chiefs war, sondern der Chief persönlich. Andernfalls würde dieser Bastard das Lösegeld gewiss ins Maßlose erhöhen, ihren Clan ruinieren oder sie unter Folter dazu zwingen, alles Mögliche zu unterzeichnen, nur um seine Machtansprüche durchzusetzen. Sie schüttelte sich angewidert.

Außerdem hatte sie dem Rat zugesagt, den Tod ihres Vaters geheim zu halten, bis sie sich im neuen Amt bewiesen hatte. Das war gründlich schiefgegangen. Ein gefundenes Fressen für ihre Gegner. Kaum im Amt, hatte sie sich schon gefangen nehmen lassen und brachte ihren Clan damit in Schwierigkeiten. Ärgerlich trat sie mit dem Fuß gegen die Wand. Sie konnte erst einmal nichts tun, außer abzuwarten.

Als sie sich gerade auf die Bettkante gesetzt hatte, drehte sich der Schlüssel erneut. Ein Mann trat herein. Ihm folgten zwei junge Mädchen. Das eine brachte ihr Bettsachen und ging wieder. Das andere blieb vor ihrem Bett stehen, seine Haare unter einer weißen Haube versteckt, die es an ihrem Kinn zusammengebunden hatte. Alles an dem Mädchen war zierlich, von der Statur bis hin zu seinen feingliedrigen Händen. Niedliche Grübchen zeichneten sich auf den rosigen Wangen ab, und die kleine Nasenspitze zeigte leicht gen Himmel. Vorsichtig legte sie Tücher und eine Waschschüssel auf den Boden.

»Gib acht, Cathee, sie ist eine Furie«, warnte der Mann die junge Frau und verschwand dann wieder.

Das Mädchen kam näher. Es mochte nicht älter als 18 Lenze sein. Wahrscheinlich war sie sogar jünger.

Sie hatte diese Frische in ihrem Gesicht, die man nur von sehr jungen Frauen kannte. Sie blieb vor dem Bett stehen und musterte Avery eingehend. Dabei presste sie ihre Lippen nachdenklich zusammen.

»Was starrst du mich so an?«, fragte Avery, die sich unter dem Blick des Mädchens wie ein Pferd auf dem Markt fühlte. Sie spielte mit dem Gedanken, die Kleine anzugreifen und als Geisel zu nehmen, um ihre Freiheit zu erpressen. Doch sie verwarf diesen Plan schnell wieder. Sie war so erschöpft, dass sie leicht von der Wache vor der Tür überwältigt worden wäre. Außerdem wusste sie nicht, ob MacCallen das Leben der Magd überhaupt genug wert war, um Avery freizulassen. Nicht zuletzt wäre es unehrenhaft, das Mädchen zu bedrohen. Sie war deutlich schwächer als Avery, und außerdem war sie gekommen, um ihr zu helfen.

Nun lächelte die junge Frau verlegen. Die rosigen Wangen schienen förmlich zu glühen. Doch auch das tiefe Rot stand ihr gut zu Gesicht.

»Verzeiht mir, ich wollte nicht unhöflich erscheinen. Doch ich sah nie eine … Lady in solch einem … Gewand.«

Aha. Gewand nannte sie also diesen Fetzen. Avery blickte an sich hinab und lachte amüsiert. Der Tartan ihres Plaids war nicht mehr zu erkennen. Ihr Gewand sah vielmehr wie eine Sammlung von dunkelgrauen bis schwarzen Stoffbahnen aus, die jemand notdürftig zusammengenäht hatte. Aye, sie konnte die Überraschung des Mädchens verstehen. So stellte sie sich ebenfalls keine Lady vor.

Wortlos kniete sich das Mädchen an ihrem Bett nieder, tunkte ein Stück Stoff in die gefüllte Wasserschüssel und wrang es aus. Plätschernd tropfte das Wasser in die Schüssel zurück.

»Was soll das werden?«

»Ich bin hier, um Eure Wunden zu versorgen.« Sie sah Avery nicht an, während sie mit ihr sprach.

»Ah. Wie aufmerksam von Laird MacCallen. Man könnte fast meinen, er sei um mein Wohlergehen besorgt.«

»Wenn Ihr Euch bitte frei machen würdet?« Noch immer hielt sie den Blick gesenkt.

Avery streifte den zerschlissenen Plaid und ihr stark verschmutztes Hemd über den Kopf, so dass sie schließlich gänzlich unbekleidet auf dem Bett lag.

»Ihr habt Euch verletzt«, stellte die Magd sachlich fest, als sie die geröteten Schwellungen, so groß wie Walnüsse, an Averys Oberarm und an der Schulter entdeckte.

»Verbrannt«, verbesserte Avery sie. »Außerdem hat mir dieser verfluchte Bastard beinahe die Nase gebrochen. Sollte ich jemals herausfinden, wer er war, mach ich ihn einen Kopf kürzer.« Sie lachte heiser.

Das Mädchen wich erschrocken zurück.

»Ich schätze, da helfen auch deine nassen Tücher nicht.«

Jetzt hob Cathee den Kopf, um Avery ins Gesicht zu blicken. Die hatte sich seit dem Angriff nicht mehr im Spiegel gesehen und wusste gar nicht, wie sie aussah. Doch ihr Nasenbein fühlte sich dick an. Sie hatte gewiss schon bessere Tage gesehen. Da das Mädchen sie aber so offen anblickte, musste sie noch immer einigermaßen menschlich aussehen.

Während Cathee die Verbrennungen kühlte, ließ Avery ihren Blick durch den Raum schweifen. Dieses Zimmer sah gewiss nicht wie ein Gefängnis aus. Nay. Irgendjemand hatte es mit viel Liebe ausgestattet. Es war sogar schöner als ihr Zimmer auf Green Castle. »Wer hat hier gelebt? Weißt du das?«

Cathee schüttelte den Kopf. »Ich glaube, niemand, Lady.«

»Glaubst du es, oder weißt du es?«

»Es ist das Musikzimmer von Lady Elisabeth. Früher stand hier auch eine Harfe, auf der sie gern spielte. Es klang wunderschön.«

»Verstehe.«

Avery fragte sich, wo die Harfe wohl geblieben war, als ihr Blick noch einmal auf das Gemälde der hübschen Lady fiel, das über der Tür hing.

Sie war eine anmutige Gestalt mit einem Schwanenhals, braunen treuen Augen und hochgestecktem Haar. Einzelne Locken fielen ihr verspielt ins zarte Gesicht, das an jenes einer Puppe erinnerte, und ihr Lächeln war nicht anders als hinreißend schön zu nennen.

»Wer ist sie?«

Das Mädchen wandte sich um und betrachtete das Gemälde. »Lady Elisabeth.«

»Tatsächlich?« Avery fand es merkwürdig, dass die Lady in ihrem Lieblingsraum Bilder von sich selbst aufhängte.

Avery hätte keinen Gefallen daran gefunden, jeden Tag in ihr Gesicht blicken zu müssen. Andererseits fand sie ihr Gesicht auch nicht annähernd so lieblich wie das von Lady Elisabeth.

In dem Moment pochte eine Faust gegen die hölzerne Tür. Das Mädchen schrak hoch. »Wer ist da?«

»Laird MacCallen.«

Avery erschrak. Was wollte er von ihr? Sie war nackt, vollkommen schutzlos!

»Rasch, deckt Euch zu.« Geistesgegenwärtig schnappte Cathee sich die Bettdecke und warf sie über Avery, die durch die Berührung des Stoffes auf ihrer Haut ein stechendes Brennen an verschiedensten Stellen ihres Körpers verspürte und ärgerlich zischte.

»Kommt herein«, rief Cathee.

Schon ging die Tür mit einem Ruck auf, als hätte es MacCallen kaum abwarten können einzudringen.

Unauffällig wie ein Mäuschen schlich sich Cathee mitsamt der Waschschüssel und den übriggebliebenen Tüchern an ihm vorbei nach draußen. Avery wünschte inständig, die Magd wäre dageblieben. Nun war sie mit dem Hünen allein, was ihr Wohlbefinden nicht eben steigerte. Was mochte er nur mit ihr vorhaben? Ihr fielen einige Szenarien ein. Und keines davon gefiel ihr.

Er trat vor ihr Bett und wirkte eigenartig starr, fast wie ein Soldat. Natürlich, er hatte die Kontrolle, und sie war seine Gefangene. Sie zog die Decke höher.

Aber seine dunklen Augen strahlten eine angenehme Wärme aus, die sie beruhigte. Ein wenig erinnerte er sie in diesem Augenblick an den MacCallen, der sich ohne jegliches Zögern in das kühle Nass von Lochan Lor gestürzt hatte, um sie vor einer vermeintlichen Gefahr zu retten. Ausgerechnet er, ihr Feind, war der erste Mann gewesen, der sich ihr gegenüber wie ein Gentleman verhalten hatte. In ihr keimte Hoffnung auf. Womöglich gab es diesen Jüngling noch, wenn auch um Jahre gealtert?

Sie musterte ihn. Seine Augen waren also nicht schwarz, sondern von einem so dunklen Blau, dass sie wie zwei Bergseen aussahen. Faszinierend. Aye, er sah noch immer auf verwirrende Weise attraktiv aus. Selbst der Bart konnte dieses Bild nicht zerstören, obgleich sie Bärte eigentlich nicht ausstehen konnte.

Die rabenschwarzen Haare hingen in einem langen Zopf über seine breiten Schultern und reichten bis zu seinen Hüften. Und seine Muskeln zeichneten sich wohlgeformt unter seinem Plaid ab, das besonders um seine Lenden sehr eng gebunden war. Er strahlte Stärke aus, aber noch irgendetwas anderes, das sie schwer in Worte fassen konnte. Etwas, das ihr die Angst nahm, aber auch ihren Zorn. Das mochte allerdings daran liegen, dass sie ohnehin zu erschöpft war, um ihm freien Lauf zu lassen.

»Es geht um den Vorfall in deinem Dorf«, sagte er

und zog einen Stuhl heran, der unter seinem Gewicht ächzte, als er sich auf ihn fallen ließ. Avery war gespannt, was er zu sagen hatte.

Da glitt sein Blick zu ihrer verbrannten Kleidung, die auf dem Boden lag. Er räusperte sich. »Ich wusste nicht, dass du gerade nicht auf Besuch vorbereitet bist. Ich gehe noch einmal vor die Tür.«

Er erhob sich, rief nach dem Mädchen, flüsterte ihr etwas ins Ohr und verließ mit ihr zusammen den Raum. Avery ließ er verwirrt zurück. Warum war er so freundlich zu ihr? Waren sie nicht Feinde?

Kurz darauf kam Cathee wieder herein und reichte ihr ein Kleid in rosé, das die junge Magd ganz entzückend fand, aber aus Averys Sicht eindeutig die Bezeichnung »scheußlich« verdiente.

»Nay. Das werde ich nicht tragen«, protestierte sie.

»Ihr müsst, Lady. Ihr habt sonst nichts anzuziehen.«

Oh, sie hasste Kleider. Sie sahen schrecklich an ihr aus, und man konnte sich nicht richtig in ihnen bewegen. Aber das Mädchen hatte recht. Es gab im Augenblick keine Alternative, und sehen würde sie ja sowieso niemand. Außer den Bewohnern der Burg. Widerwillig nahm Avery ihr das Gewand ab und zog es ungeschickt über den Kopf. Cathee musste ihr helfen, in die Ärmel zu schlüpfen. Als dies geschafft war, strich sie die Falten glatt.

»Ihr seht schön aus«, sagte die Kleine, aber Avery war sicher, dass es sich nur um eine Höflichkeitsfloskel handelte.

»Ich richte dem Laird aus, dass Ihr nun bereit seid.«

Sie ging hinaus, und Laird MacCallen kam keinen Wimpernschlag später hinein. Er betrachtete Avery lächelnd.

»Worüber wolltet Ihr mit mir sprechen?«, hakte sie nach.

»Der Vorfall in deinem Dorf ist bedauerlich, geschah aber ohne mein Zutun. Der verantwortliche Chieftain wird zur Rechenschaft gezogen.«

Da MacCallen keinen Grund hatte, sie anzulügen, glaubte sie ihm, obwohl seine Worte sie erstaunten.

»Aber das baut unsere Häuser auch nicht wieder auf.« Zumindest konnte sie jetzt wieder klar denken.

»Ihr werdet eine Wiedergutmachung bekommen. Ich verzichte dieses Mal auf einen Teil der Pacht. Das sollte euch die Möglichkeit geben, die Schäden zu reparieren. Ich habe bereits einen Boten zu deinem Vater gesandt, um ihn davon zu unterrichten und ihm mitzuteilen, dass du bis zur Ablauf der Frist mein Gast bist.«

»Ich soll für zwei Wochen Eure Gefangene sein?« Die Vorstellung war unerträglich für sie. Avery brauchte Bewegung, Freiheit. Sie würde es nicht aushalten, zwei Wochen in einem Zimmer zu bleiben, zu dem MacCallens Männer jederzeit Zugang hatten.

»Ich möchte sichergehen, dass sich die MacBaines nicht einfallen lassen, Gleiches mit Gleichem zu vergelten, und eines meiner Dörfer zerstören. Doch wenn die Tochter des Chiefs mein Gast ist – nur vorübergehend selbstverständlich –, wähne ich mich vor Übergriffen sicher. Ich strebe eine friedliche Lösung an.«

»So friedlich wie das Niederbrennen von weiteren Dörfern?«

»Es gibt Chieftains unter meinen Leuten, die am liebsten noch heute gegen euch ins Feld ziehen würden. Meine Männer sind euch an Zahl und Ausrüstung deutlich überlegen. Unser Clan ist reich, und wir könnten darüber hinaus auch die Männer des Königs zu Hilfe rufen. Immerhin haben wir eine Urkunde vorzuweisen.«

»Warum macht Ihr das nicht einfach, wenn Ihr uns so überlegen seid, wie Ihr mich glauben machen wollt?«

»Oh, das wäre ein Leichtes. Doch was habe ich davon? Das Land, das deine Familie bewohnt, nutzt mir nichts, wenn es brachliegt. In einer Schlacht würden unweigerlich viele Männer fallen. Womöglich wären Mitglieder deines Clans dickköpfig genug, selbst nach einer Schlacht noch weiterzukämpfen. Ich müsste einiges an Männern abstellen, um bei euch für Ordnung zu sorgen. Doch wer soll sich dann um das Land und die Herden kümmern? Ich herrsche über ein großes Gebiet und brauche meine Männer an anderer Stelle als auf dem Feld.«

»Ich verstehe. Trotzdem werden meine Leute ihr Land notfalls mit dem Schwert verteidigen. Ich bin sicher, Ihr versteht, warum.«

»Diese Entscheidung liegt ganz bei deinem Vater. Ich bin auf alles vorbereitet.« Er ging zur Tür. »Bis es so weit ist, fühle dich wie zu Hause. Niemand soll sagen, Ewan MacCallen würde schottische Traditionen wie die Gastfreundschaft missachten. Dir soll es an nichts mangeln.«

›An nichts außer meiner Freiheit‹, dachte Avery verbittert.

Er ging.

Sie stellte sich ans Fenster, durch das sie auf den Hof blicken konnte. Hatte er von einem Lösegeld gesprochen? Nay, sie konnte sich zumindest nicht daran erinnern. Es schien ihm tatsächlich nur um diese Pacht zu gehen. Sie hatte Schlimmeres erwartet. Dass er über sie herfiel, sie misshandelte, vielleicht sogar folterte. Aber MacCallen schien daran kein Interesse zu haben. Im Gegenteil, er flößte ihr Respekt ein, erschien ihr aber gleichzeitig freundlich. Sie beobachtete einen Vogel, der sich auf einer der Zinnen niederließ, und ein Lächeln huschte über ihr Gesicht. Sie hätte es wahrlich schlimmer treffen können.

Dass sie allerdings tatenlos in ihrem Zimmer hockte und sich darauf verließ, dass der Rat sie irgendwie freibekam, konnte er nicht von ihr erwarten.

Kurz vor Sonnenuntergang betrat Cathee noch einmal Averys Zimmer und brachte ihr einen Beutel mit Heilkräutern.

Behutsam verteilte sie die zu Pulver zerriebenen Pflänzchen auf Averys wunde Stellen, und tatsächlich spürte die schon nach kurzer Zeit eine Linderung.

Danach brachte man ihr eine warme Mahlzeit und Mürbeteiggebäck, das köstlich schmeckte und sie an zu Hause erinnerte.

Mit Einbruch der Nacht tobte draußen ein stürmisches Unwetter. Sie konnte nicht schlafen. Wann immer ein greller Blitz ihr Zimmer erhellte, sah sie das Antlitz der Lady Elisabeth, die mit ihrem freundlichen Lächeln auf Avery hinabblickte. Es war ein warmes Lächeln, dessen Anblick sie tröstete. Zwischen dem Grollen und Donnern hörte sie ein schreckliches Heulen, das sie zusammenzucken ließ. Es klang, als würde jemand weinen.

Ewan hatte auch in dieser Nacht keine Ruhe gefunden. Seine Gedanken waren jedoch nicht wie sonst um jenen schwarzen Tag gekreist, an dem er Elisabeth verloren hatte, sondern um diese kleine Wildkatze Avery MacBaine.

Es war weder ihre herbe Schönheit noch ihr Mut, an die er hatte denken müssen. Eine andere Frage hatte ihn viel mehr beschäftigt: Wie gut konnte sie mit dem Schwert umgehen? War es möglich, sie zu zähmen?

Seine Krieger waren gestandene Männer, die viel erlebt und gesehen hatten. Sie hatten gegen ganze Heerscharen feindlicher Clanmänner gekämpft. Und selbst sie hatten nicht verbergen können, dass Avery sie beeindruckt hatte. Unfassbar, dass eine Frau ihr Schwert derart führte, dass seine Männer ihre gewohnte Gelassenheit verloren. Er musste einfach wissen, wie sie sich im Kampf machte. Er brannte förmlich darauf, das Schwert mit ihrem zu kreuzen. Aye, es wuchs sich zu einem Verlangen aus, das er kaum beherrschen konnte. Fast so, wie wenn er mit einer Hure schlafen musste. Es war, als hätte er keine Kontrolle darüber.

Der Schwertkampf war für ihn die größte Kunst. Und er hatte noch nie eine kämpfende Frau gesehen. Die meisten waren zu schwach, um ein Schwert überhaupt zu halten. Auch war er im Grunde der Ansicht, dass Waffen nicht in die unschuldigen Hände von Frauen gehörten. Aber Avery war rauer, kräftiger als andere ihres Geschlechts. Sie sah nicht aus, als würde sie unter dem Gewicht eines Claymores zusammenbrechen. Was für eine einmalige Erscheinung! Wozu sie wohl sonst noch fähig war? Wie viel sie wohl ertragen konnte?

Als die ersten warmen Strahlen sanft durch das Fenster zu ihm vordrangen, kam ihm eine Idee. Er legte sich seinen Plaid an und blickte auf den Hof.

Es hatte aufgehört zu regnen, doch die großen Pfützen bildeten keinen optimalen Grund.

Er musste einen besseren Ort finden. Die große Halle bot sich an. Dort bestand weder Sturz- noch Rutschgefahr, und man war vor neugierigen Blicken geschützt. Sein Weg führte ihn direkt zu Averys Zimmer.

Der Wachmann Aidan saß schlaftrunken auf einem Stuhl vor der Tür. Den Rücken durchgestreckt und den dicken Bauch vorgewölbt, schmatzte er leise vor sich hin. Ewan räusperte sich kaum merklich. Der Mann schlug die Augen auf und rappelte sich eilig hoch.

»Morgen, Chief. So früh schon wach?«

Wahrscheinlich hatte er die ganze Nacht durchgeschlafen, anstatt Wache zu halten. Aidan sollte wissen, was Ewan davon hielt. Aber im Augenblick stand ihm der Sinn nicht nach einer Auseinandersetzung.

»Aye. Ich will nach unserem Gast sehen.«

Erstaunen spiegelte sich im Blick des Wachmanns, dessen Hand rasch zum Schlüssel glitt, der im Schlüsselloch steckte. Wahrscheinlich war er nicht allein deshalb so verwundert, weil Ewan zu dieser unselig frühen Stunde hergekommen war, sondern weil man ihn in den letzten Jahren nur äußerst selten in der Nähe des Musikzimmers gesehen hatte. Aye, er hatte immer einen großen Bogen um diesen Raum gemacht, ja sogar den Flur gemieden, in dem er lag. Am Tag zuvor hatte er es seit langer Zeit zum ersten Mal wieder betreten.

Ewan legte der Wache eine Hand auf den Arm und bedeutete ihm innezuhalten. Der Fettwanstige ließ sofort den Schlüssel los.

Es war seltsam gewesen, wieder in *ihrem* Zimmer zu sein. Die Gefühle von damals waren kurz in ihm aufgewallt, jedoch nicht so stark wie früher. Obgleich alles in diesem Raum ihn an sie erinnerte, schienen sie in den Hintergrund getreten zu sein.

Avery hatte ihr Kleid getragen. Beide Frauen hatten eine ähnliche Größe, nur war Avery deutlich kräftiger.

Es hatte ihm nicht das Herz zerrissen, sie in dem Gewand zu sehen, das er in einer Truhe in einer kleinen Kammer aufbewahrt hatte, genauso wie all ihre anderen Kleider. Er war ruhig geblieben, die Trauer hatte ihn nicht übermannt.

Lange Zeit hatte das anders ausgesehen. Deshalb hatte er den Ratschlag seines Bruders Rory befolgt und ihre Harfe im Hof verbrennen lassen. Als er sie jedoch in Flammen hatte aufgehen sehen, hatte er diesen Anblick kaum ertragen können. Er hatte den Plan, ihre Möbel, ihr Bild und ihre Kleider ebenso zu verbrennen, verworfen.

»Ist alles in Ordnung, Chief?« Ein lautes Gähnen drang aus Aidans Kehle.

Ewans Blick wanderte zur Wache. »Aye.«

Himmel, es war wahrlich früh am Morgen. Er hatte verlernt, ruhig zu schlafen. Manchmal gelang es ihm, einige Stunden durchzuschlafen, doch er war immer früher wach als alle anderen.

»Ich habe es mir anders überlegt. Lass sie noch etwas ruhen. Bring die Frau in die große Halle, sobald sie aufgewacht ist. Ich erwarte sie dort.«

»Aye, Chief.«

Der stinkende Klotz von einem Mann stieß Avery die Treppe hinunter. Dank ihres ausgezeichneten Gleichgewichtssinns konnte sie sich an der Wand abfangen und einen schmerzhaften Sturz verhindern.

»Pass doch auf, du Grobian«, knurrte sie. Wenn er es noch ein Mal wagte, sie zu berühren, würde er ihre Faust zu spüren bekommen.

Ihr war klar, dass er stärker und um einiges größer war und dass er nach der ersten Ohrfeige vermutlich auf sie einprügeln würde, aber zumindest würde sie ihm ihren Handabdruck auf der Wange als Erinnerung hinterlassen. Und das wäre ihr eine Genugtuung.

»Mach schon«, grollte er und packte ihren Arm.

»Wohin bringst du mich? Was soll das?«

Er zerrte sie hinter sich her in die Halle der Hauptburg, die beeindruckend groß war.

Ewan MacCallen stand in der Mitte des Raums und kam langsam auf sie zugeschlendert. Er nickte dem Wachmann zu, der daraufhin verschwand. Laird MacCallens beeindruckende Größe flößte ihr Respekt ein. Er war wahrlich ein Bild von einem Mann. Und da war noch etwas anderes. Er strahlte etwas Düsteres, Geheimnisvolles, Gefährliches aus, das sie nicht ganz begriff.

»Ihr?«

»Aye. Hast du jemand anderen erwartet?« Er lächelte.

Avery gelang es kaum, ihr Misstrauen zu verbergen. Was wollte er jetzt wieder von ihr? Warum hatte er sie herbringen lassen?

»Ich warne Euch. Was immer Ihr mit mir vorhabt, ich werde mich zur Wehr setzen!« Ihre Stimme bebte, aus Angst, dass er jeden Augenblick wild über sie herfallen würde.

»Nicht doch.« Er hob beide Hände und grinste. »Ich dachte, du hättest mich anders kennengelernt.«

Aye, das hatte sie. Doch wer wusste schon, ob er nicht seine Meinung über Nacht geändert hatte?

»Was wollt Ihr?«

»Du bist nicht gerade passend gekleidet.«

Sie nickte zustimmend. Wie gut, dass sie einer Meinung waren. Das Kleid war die reinste Katastrophe. Zumindest an ihr.

»Ich werde sehen, dass ich dir einen Plaid organisiere. Wie geht es deinen Wunden?« Er musterte sie kritisch.

»Ich spüre nur noch einen leichten Schmerz. Nicht der Rede wert. Aber dies wird wohl kaum der Grund sein, warum Ihr mich sehen wollt.«

»Richtig. Lass uns beginnen.«

»Womit? Ich verstehe nicht …«

Ewan ging zur Tafel und hob ein Schwert aus Holz hoch – eine Spezialanfertigung, wie sie Avery noch nie gesehen hatte. Sicherlich sehr praktisch, wenn man den Schwertkampf erlernen wollte. Er warf es ihr zu, und sie fing es geschickt auf.

»Die Reflexe einer Wildkatze«, sagte er anerkennend und nahm ein zweites Schwert in die Hand, das er elegant durch die Luft gleiten ließ. Es klang wie stürmischer Wind. Kraftvoll und mächtig.

»Ihr wollt mit mir kämpfen?«, dämmerte es ihr allmählich. »Ist das Euer Ernst?«

»Ich möchte sehen, was du kannst.«

Avery lachte leise. Dieser MacCallen war verrückt. Auf eine ungewöhnliche, fast schon sympathische Weise, doch eindeutig verrückt. »Weswegen die Holzschwerter? Fürchtet Ihr, ich könnte Euch verletzen?«

Ewan hob amüsiert eine Augenbraue. »Diese Möglichkeit habe ich noch gar nicht in Betracht gezogen. Ich hatte bei der Wahl der Waffen an deine Sicherheit gedacht.«

»Warum sollte ich mich darauf einlassen?«

»Wolltest du nicht beweisen, dass du es mit jedem

aufnehmen kannst, selbst mit mir, dem besten Schwertkämpfer des Hochlandes?«

»Ihr seid ziemlich von Euch eingenommen.«

»Ich weiß, was ich kann.« Es gab keinen Mann, der ihn je besiegt hatte. Von Russell MacDover abgesehen, aber der war längst tot.

»Dann wisst Ihr hoffentlich auch, dass Ihr mir gegenüber einen Vorteil habt. Ich müsste nun eigentlich darauf bestehen, dass auch Ihr Euch ein derart unpraktisches Gewand überstreift.« Sie deutete auf das bodenlange Kleid, das ihren Körper schmückte.

Ihre Worte zauberten ein Lächeln auf seine Lippen. Sie ließen ihn sogar vergessen, wem das Stück einst gehörte, und er schüttelte belustigt den Kopf. »Ich fürchte, es wird sich keines in meiner Größe finden lassen.«

»Da mögt Ihr recht haben. So ganz überzeugt bin ich auch nicht, ob es Euch zu Gesicht stünde.«

Er lachte. Diese Frau hatte einen ungewöhnlich guten Humor.

»Also gut, wagen wir es. Aber sollte ich Euch weh tun, beklagt Euch hinterher nicht. Seid Ihr bereit?«, fragte sie.

Sein Lachen wurde lauter. Verdammt, sie hatte wirklich eine große Klappe. Er wusste nicht, ob er die MacBaines um dieses Weib beneiden oder sie bedauern sollte.

Unzufrieden strich sie über die Falten des Kleides. Er musterte sie. In dem roséfarbenen Gewand sah sie ganz zauberhaft aus. Und die Tatsache, dass sie in der Rechten ein Holzschwert hielt, machte sie in seinen Augen nur noch interessanter. Sie wirkte weiblich, grazil, aber auf ihre Weise auch stark und gefährlich. Ein ungewöhnlicher Kontrast.

Ewan nickte langsam. In diesem Moment schoss sie auf ihn zu. Mit einer Hand hob sie das Schwert in die Höhe, in der Absicht, es sogleich auf ihn niedersausen zu lassen. Mit der anderen zog sie ihr Kleid auf Kniehöhe, um nicht darüberzufallen.

Ewan riss gekonnt seine eigene Klinge hoch und fing damit den Aufprall scheppernd ab.

»Du bist wahrlich schnell«, sagte er beeindruckt.

Aber *er* war noch schneller. Er stieß sie ein Stück zurück, und Avery drohte über ihr Kleid zu stolpern, fing sich aber noch im rechten Moment. Sie umkreiste ihn wie eine Raubkatze, die in ihm eine lohnende Beute sah.

»Ihr seid aber auch nicht zu verachten.«

Sie griff erneut an. Dieses Mal schlugen die Schwerter in schneller Folge aufeinander. Ihr leises Keuchen und der verbissene Gesichtsausdruck verrieten, dass sie der Angriff deutlich mehr Kraft kostete als ihn und dass sie sich stärker verausgabte. Aber das lag auch an ihrem Gewand, das musste er ihr zugestehen.

»Deine Stärke ist die Geschwindigkeit, doch es mangelt dir an Kraft.«

»So, meint Ihr?«

Die Spitze ihrer Klinge raste auf seinen ungeschützten Bauch zu. Mit einem gekonnten Schlag wirbelte er ihr Schwert herum. Sie versäumte, es zu parieren, und wandte ihm stattdessen ihre ungeschützte Seite zu. Er erkannte diese Schwäche, die er bei jedem anderen Gegner zu seinem Vorteil genutzt hätte. In ihrem Fall zögerte er zu lange.

Er ließ von ihr ab, so dass sie ihre Ausgangspositionen wieder einnehmen konnten. »Ich könnte dich unterrichten.«

Sie hielt inne und legte den Kopf schief. »Ich bin bereits ausgebildet worden.«

»Das ist nicht zu übersehen. Dennoch kannst du deinen Kampfstil noch verbessern.«

Sie ließ das Schwert sinken und kam auf ihn zu. »Warum solltet Ihr Eure Feindin unterrichten?«

»Ich suche einen Trainingsgegner, der mir gewachsen ist. An dem ich mich messen kann. Der ab und an sogar eine Herausforderung darstellt.«

»Und was, denkt Ihr, könnt Ihr mir beibringen, was ich noch nicht kann?«

»Wir bauen deine Muskeln auf. Du brauchst mehr Kraft. Ausdauer und Geschwindigkeit sind nicht alles. Du musst dazu in der Lage sein, harte Schläge abzufangen. Hätte ich meine ganze Kraft eingesetzt, lägst du am Boden.«

»Pah, das sagt Ihr.«

»Wir können es gern ausprobieren. Aber es ist sinnvoller, wenn du dich schonst, damit du bald mit deinem Training beginnen kannst.«

»Mehr Kraft also – was noch?«

»Ich werde dir ein paar Tricks zeigen, die im Ernstfall dein Leben retten können.«

»Von welchen Tricks sprecht Ihr?«

»Die schnelle Entwaffnung des Gegners. Ich zeige es dir. Greif mich an.« Er legte demonstrativ sein Holzschwert auf den Boden.

Avery runzelte die Stirn. »Seid Ihr Euch sicher, dass ich das tun soll?«

»Aye.«

»Nun gut. Auf Eure Verantwortung.« Sie zuckte mit den Schultern und stürmte auf ihn zu. Sie holte seitlich aus und ließ das Schwert auf seine rechte Schulter zusausen.

Ewan kam ihr mit einem großen Schritt entgegen. Plötzlich standen sie sich Brust an Brust gegenüber, und ihr Schwert erreichte seinen Körper nicht mehr. Mit beiden Händen hielt er ihren Arm fest. Verblüfft starrte sie ihn an. Er vollzog eine rasche Drehung, so dass er ihr den Rücken zuwandte, und drehte ihr Handgelenk leicht um. Sie hatte keine andere Wahl, als die Klinge fallen zu lassen.

»Wie habt Ihr das gemacht?«

»Das war der MacCallen-Trick. Ich gebe zu, ich habe ihn nicht selbst entwickelt, aber ich habe ihn schon mehr als einmal erfolgreich angewendet.«

»Beeindruckend.« Sie starrte noch immer auf das Schwert am Boden. »Ihr habt mich vollkommen überrascht.«

»Aye. Das war der Sinn der Übung. Habe ich dich überzeugt?«

»Der Schwertkampf ist mein Leben. Jeder Mann, der mit dem Schwert besser umzugehen vermag als ich, hat meinen vollen Respekt. Und wenn es möglich ist, meine Techniken unter Eurer Anleitung zu verbessern, werde ich alles tun, was dafür nötig ist. Nur frage ich mich immer noch: Warum wollt Ihr Eure eigene Feindin stärken? Es gibt gewiss auf Eurer Burg genügend Trainingsgegner, die ebenso eine Herausforderung für Euch wären.«

Diese Frage konnte er nicht ehrlich beantworten. Er konnte ihr schwerlich sagen, dass ihn seine Neugierde trieb. Dass ihm ihre ehrliche, offene Art gefiel, ihr Ehrgeiz. Dass er gern mit ihr zusammen war. Stattdessen erklärte er gelassen: »Ich kenne die Techniken und Tricks aller meiner Männer. Sie fordern mich nicht mehr.«

Avery gab sich damit zufrieden.

»Wir fangen heute noch an. Deine erste Aufgabe wird es sein, den Stall auszumisten.«

Ihr Blick verhärtete sich abrupt. »Ich bin doch kein Stallbursche.«

Ihre Reaktion amüsierte ihn. »Unterschätze die Arbeit im Stall nicht. Es ist eine gute Methode, die Armmuskeln aufzubauen.«

Avery kräuselte skeptisch die Lippen. »Wenn Ihr einen muskulösen Gegner wünscht, nehmt besser doch einen Eurer Männer.«

»Meine Krieger behaupten, du hättest sie ordentlich ins Schwitzen gebracht. Und du sagtest selbst, es hätte mehrere von Allistors Sorte gebraucht, um dich niederzuringen. Ich denke, einen besseren Kämpfer als dich kann ich nicht finden.«

»Wenn Ihr meint. Doch ich werde wohl das schöne Kleid bei der Arbeit ruinieren.«

»Wie ich schon sagte, ich besorge dir einen Plaid. Man wird dich danach zum Stall führen. Und heute Abend sehen wir, wie es dir ergangen ist.«

Avery fühlte sich wie neugeboren in ihrem Plaid. Er war zwar etwas zu groß geraten, da er Ewan MacCallen gehörte, fühlte sich aber auf ihrer Haut weit besser an als dieses schreckliche Kleid. Neben ihr wuchtete sich ihr ständiger Begleiter über den Hof. Sie sah dem Hünen, der selbst MacCallen um einen Kopf überragte, an, dass er nicht gerade begeistert davon war, ihren Aufpasser zu spielen. Ihr ging es nicht anders. Dieser breitschultrige Klotz würde jeden Fluchtversuch im Keim ersticken.

Der Stall lag im Burghof. Schon aus der Ferne roch es streng nach Tier, und je näher sie ihrem Ziel kamen, desto schlimmer wurde es.

Ihr Aufpasser öffnete die Stalltür und schob sie hinein. »Beeil dich«, grollte er. »Wir haben nicht den ganzen Tag Zeit.« Dann knallte er die Tür hinter ihr zu und lehnte sich schwungvoll von außen dagegen. Das gesamte Gebäude knarrte und ächzte verdächtig, als würde es jeden Augenblick zusammenstürzen.

Vorsichtig ging sie ein paar Schritte hinein und blickte sich um. Durch die Spalten zwischen den einzelnen Brettern fiel gerade so viel Sonnenlicht, dass sie das Innenleben des Stalles erkennen konnte. Die Boxen waren zu dieser Tageszeit leer. Kein Wunder. Bei schönem Wetter standen die Tiere auf der Weide.

Die Luft war schwül und dick. Überall roch es derart penetrant nach Kot und Urin, dass sogar ihr Schweißgeruch vom morgendlichen Training übertüncht wurde. Widerlich!

Sie musste würgen. Wie hielten es die armen Tiere nur in diesem Loch aus? Und warum stellte MacCallen keinen Stallburschen ein, der sich verdammt noch mal um seine Pferde kümmerte?

Avery kniff sich die Nase zu und ging zu der Schubkarre, neben der eine Mistgabel am Boden lag. Wenigstens gab es brauchbares Werkzeug, um den Unrat zu beseitigen. Sie hatte schon befürchtet, mit bloßen Händen anpacken zu müssen.

Seufzend machte sie sich ans Werk. Niemals hätte sie sich träumen lassen, dass sie eines Tages den Dreck der Tiere wegkehren würde! Sie ging durch die Stallgasse, um die erste Box in Angriff zu nehmen. Da spürte sie etwas Weiches, das unter ihrem dünnen Schuh nachgab.

Oje, nicht auch das noch. Ein frischer Pferdeapfel, den eines der Tiere auf dem Weg nach draußen fallen gelassen hatte! Das fing ja gut an.

Verärgert lehnte sie sich gegen eine Schiebetür, zog den Schuh aus und versuchte, das platt gedrückte Exkrement mit einem Heuhalm zu entfernen. Was nicht ganz einfach war, da der Pferdeapfel zäh an ihrer Sohle klebte. Er wollte sich einfach nicht abkratzen lassen.

Als sie schließlich zurück in die Box stapfte und anfing, die Schubkarre mit Mist zu beladen, hatte sie es immerhin geschafft, den Schuh so weit zu säubern, dass kein strenger Geruch mehr von den eigenen Füßen hochzog. Es reichte ja schließlich, den Kot mit der Gabel zu hieven!

Von nun an machte sie einen Bogen um den Haufen, in dem ihr Abdruck prangte, und strich mit der Sohle ihres Schuhs immer wieder über das Heu, um die letzten Reste nach und nach abzustreifen.

Nachdem die erste Box sauber war, legte sie eine kurze Pause ein, ging einmal den Gang hoch und wieder hinunter, während sie ihre Arme ausschüttelte. Bei der vorletzten Box blieb sie stehen. An ihrer hinteren Wand hing ein grauer Stofffetzen, der lose mit zwei Nägeln angebracht war.

Sie sah sich vorsichtig um. Ja, sie war ganz alleine. Sie ging in die Box hinein. Dann bückte sie sich, hob den Stoff hoch und fand tatsächlich, was sie erhofft hatte: ein Loch in der Wand, durch das vielleicht kein ausgewachsener Krieger ins Freie schlüpfen konnte, womöglich aber jemand, der von zierlicher Statur war. Sie schätzte allerdings, dass ihre Schultern zu breit wären. Vielleicht konnte sie das Loch irgendwie vergrößern? War dies ihr Weg in die Freiheit? In ihrem Kopf spielte sie mehrere Fluchtszenarien durch, die jedoch alle vor dem bewachten Burgtor scheiterten.

Da vernahm sie auf der anderen Seite der Wand plötzlich Stimmen. Vorsichtig steckte sie ihren Kopf durch das Loch und prallte mit der Stirn um ein Haar gegen Rowans Beine, der dort mit einem breitschultrigen Mann stand, den sie nicht kannte.

Erschrocken zog sie den Kopf wieder ein.

»Aye. Wir brechen gleich nach Neviston auf. Ich habe für heute genug vom Chief. Aber vorher möchte ich noch jemandem ein Abschiedsgeschenk geben«, sagte der Unbekannte.

Ein finsteres Lachen erklang, gefolgt von Schritten. Plötzlich hörte sie ein Rumpeln und einen unterdrückten Fluch, der sich nach ihrem Aufpasser anhörte, gefolgt von einem Schlag. Dann ging die Stalltür auf, und drei Männer traten ein. Sie kannte sie alle, diese grässlichen Visagen – bis auf eine.

Allistor stellte sich vor die Tür, während Rowan sich auf die Abgrenzung einer Stallbox schwang. Der Fremde aber kam bedrohlich näher.

Er war von stattlicher Größe. Sein vorstehender Unterkiefer verlieh ihm einen animalischen Ausdruck. Kalt starrte er sie aus seinen eisblauen Augen an. Avery richtete sich gerade auf und versuchte, ihr Kinn möglichst hoch zu recken und seinem Blick standzuhalten.

»Fleißig bei der Arbeit?«, fragte er und grinste teuflisch. Sie ärgerte sich, dass sie die Mistgabel am Boden liegen gelassen hatte, zu weit entfernt, als dass sie das Gerät mit der Hand hätte greifen können. Stattdessen wich sie an die Stallwand zurück.

»Wer seid Ihr, und was wollt Ihr von mir?«

»Chieftain Borgas.«

»Ihr seid der Mann, der den Überfall auf mein Dorf verübt hat. Habe ich recht?«

Er nickte nur.

Also hatte Laird MacCallen sein Versprechen gehalten und den Chieftain abgeurteilt. Sie war erleichtert, sehr erleichtert sogar. Augenscheinlich war er doch ein Mann des Wortes. Der rötliche Schatten, der über dem linken Auge des Chieftains lag, verriet, dass es nicht nur bei einem Gespräch geblieben war.

»Was wollt Ihr von mir?«, wiederholte sie ihre Frage, obgleich sie fürchtete, die Antwort längst zu kennen.

»Der gute Allistor hat mir geflüstert, dass du nicht ganz unschuldig am Streit zwischen dem Chief und mir bist.« Ein verächtliches Grollen klang von der Tür zu ihr herüber. »Ich wollte sehen, welches Weibsstück mich in derartige Schwierigkeiten bringt und meint, damit ungeschoren davonzukommen.«

Der Glanz in Borgas' Augen, sein lüsterner Gesichtsausdruck und die unverkennbare Beule, die sich unter dem Stoff seines Plaids abzeichnete, ließen sie innerlich erzittern.

»Da du gerade so fleißig bist, vielleicht kannst du mir ein wenig ... zur Hand gehen«, sagte er und grinste sie mit offenem Mund an, so dass sie seine fauligen Zähne sehen konnte. Seine Hand wanderte zu der sichtbaren Ausbuchtung zwischen seinen Beinen.

»Dann verzeihe ich dir womöglich sogar. Ich bin schließlich nicht nachtragend.«

Nur noch wenige Schritte trennten sie voneinander, als Avery ein schmatzendes Geräusch vernahm, das vor kurzem ihr eigener Stiefel genauso verursacht hatte. Sie unterdrückte ein Schmunzeln.

Angewidert blickte er nach unten und rümpfte die

Nase. »So ein Scheißdreck!«, knurrte er. Dann funkelte er sie zornig an, als sei es ihre Schuld, dass er in Pferdemist getreten war.

Nun, eigentlich war es das sogar, schließlich sollte sie den Stall saubermachen. Umso besser, dass sie noch nicht damit fertig war. Denn amüsant war das Schauspiel, das sich ihr bot, durchaus. Chieftain Borgas versuchte ungeduldig, den Mist unter seinem Schuh am Boden abzustreifen. Auch an seinen Sohlen klebte der Dreck hartnäckig fest. Seine Flüche wurden immer derber und lauter, so dass Averys Schadenfreude langsam einer wachsenden Unruhe wich.

Sie wünschte, sie hätte durch das Loch gepasst, aber sie war einfach zu kräftig. Also blieb ihr nur die Flucht nach vorne. »Ich miste hier die Ställe des Laird aus. Für deinen Mist bin ich nicht zuständig. Hast du keine eigene Hand?«, fauchte sie den Chieftain an.

Dieser hielt inne, nur um kurz darauf seine Hand unter seinen Plaid zu schieben und sein Gemächt zu schaukeln. Avery verzog das Gesicht.

»Habe ich«, sagte er grinsend. »Deine würde sich hier unten aber viel besser anfühlen.«

Seine Kumpanen brachen in schallendes Gelächter aus. »Und wenn du mit ihm fertig bist, darfst du bei mir ran«, rief ihr Allistor zu.

»Moment, Leute. Sie kämpft wie ein Mann. Woher wollen wir wissen, dass sie keiner ist? Vielleicht hat sie Eier?«, mischte sich Rowan ein.

»Du hast recht, mein Charaid. Das sollten wir überprüfen. Ich lasse keinen Kerl an meine edlen Teile.«

»Lieber würde ich Pferdemist anfassen!«, brüllte Avery und meinte es todernst.

Ebenso ernst war Borgas' Blick. Langsam zog er sein Schwert aus der Scheide und richtete die Spitze auf sie. »Genug mit den Zicken. Zieh dich aus. Mach schon, oder du wirst meine Klinge spüren.«

Ihr Blut geriet in Wallung, und die Hitze stieg ihr ins Gesicht. Was fiel dem Kerl ein? Und doch gab es keinen Ausweg. Sie zwang sich, ruhig zu atmen, sich zu sammeln.

»Wenn du deinen hässlichen Kopf behalten willst, solltest du mich nicht länger warten lassen«, schrie er sie unbeherrscht an und schwang seine Waffe über ihrem Kopf.

Avery duckte sich blitzschnell, rannte unter dem Schwert durch und griff nach der Mistgabel. Als ihr Allistor und Rowan entgegenkamen, bog sie in die nächste Box ein.

Sie richtete die Gabel auf ihre Verfolger. »Ich bin nur hier, um meine Arbeit zu machen«, presste sie mit bebender Stimme hervor. »Lasst mich in Ruhe.«

Schon drängte Borgas die Männer zur Seite und stellte sich breitbeinig vor ihr auf. Von ihrer Waffe schien er nicht im Geringsten beeindruckt. Im Gegenteil: Ein teuflisches Lächeln breitete sich auf seinem Gesicht aus.

»Sperr die Ohren auf, Mädchen. Du hast gerade eine neue Aufgabe bekommen. Leg den morschen Stab auf den Boden und zieh den Plaid hoch. Wird's bald? Ich will sehen, ob du untenherum so haarig bist, wie es deine Fratze vermuten lässt.«

»He, Borgas, warum willst du sie überhaupt rannehmen, wenn sie dir nicht gefällt? Ich würde die Kleine nicht von der Bettkante stoßen. Warum lässt du nicht mir den Vortritt?«, mischte sich Allistor ein.

»Nichts da.«

»Lässt deine Frau dich nicht mehr ran, oder warum bist du so geil wie ein räudiger Köter?«

Borgas leckte sich gierig über die Lippen, während er das Schwert auf Avery richtete. So wie sie ihn einschätzte, hatte er tatsächlich nicht das geringste Problem damit, sie zu entehren. Und diese Mistgabel fühlte sich wahrlich an, als könne sie schon nach dem ersten Treffer des Schwertes zersplittern. Keine gute Ausgangsposition.

Wenn Ewan MacCallen fragte, was vorgefallen war, würde Borgas sagen, das Weib hätte ihn angegriffen. Zwei Zeugen würden seine Geschichte bestätigen, und der Fall wäre für MacCallen erledigt. Warum sollte er an den Worten seiner Männer zweifeln?

»Ich rieche eine Jungfrau aus fünf Meilen Entfernung. Dieses Blümchen hat noch keiner bestäubt. Ich will der Erste sein.«

Avery schluckte. Himmel, der Gedanke, Borgas zwischen ihren Schenkeln zu spüren, ließ sie würgen.

In diesem Moment stieß jemand das Tor mit brachialer Gewalt auf und stürmte in den Stall.

»Fort mit euch, ihr dreckiges Gesindel!«, vernahm sie eine tiefe männliche Stimme, deren Klang ihr mittlerweile vertraut geworden war.

Ewan MacCallen betrat die Box, packte den verblüfften Borgas an der Schulter und riss ihn nach hinten, so dass er rücklings zu Boden stürzte und das Schwert fallen ließ. Ewan zog seine Klinge und richtete sie auf den erschrockenen Chieftain, der eingeschüchtert die Hände hob.

Avery ließ die Mistgabel sinken und stieß erleichtert die Luft aus. Er hatte sie das zweite Mal gerettet. Wie seltsam.

»Chief … wir … haben nur … Spaß gemacht.«

»Das sehe ich. Macht, dass ihr rauskommt! Und wagt es nicht noch einmal, euch an ihr zu vergreifen!«

»In Ordnung, Chief. Wir wollten ohnehin gerade aufbrechen, nicht wahr, Borgas?«, versuchte Rowan, den Hünen zu besänftigen.

Borgas erhob sich, nicht ohne Avery noch einen finsteren Blick zuzuwerfen, nahm sein Schwert und folgte den anderen beiden Männern zähneknirschend nach draußen.

»Fort mit euch!«, brüllte Ewan ihnen nach.

Avery sah voll Erstaunen, dass seine Hände leicht zitterten. Und noch etwas fiel ihr auf: Er trug keinen Ring mehr. Seltsam, dass sie in diesem Moment ausgerechnet darauf achtete.

Langsam drehte er sich zu ihr um. In seinen Augen las sie ehrliches Bedauern. Wortlos ließ er sein Schwert sinken und fuhr sich mit seiner großen Hand über das Gesicht, das wie versteinert schien.

»Es tut mir leid«, sagte er erschöpft.

»Es ist nicht Eure Schuld. Ihr habt mich beschützt.« Aye, das hatte er tatsächlich. Er hatte sich doch nicht so sehr verändert, wie sie zu Beginn geglaubt hatte.

»Du brauchst keine Angst mehr zu haben. Ich sorge dafür, dass dich kein Mann unsittlich berührt, solange du auf Stonewall Castle bist.«

Sie stützte sich auf die Mistgabel. Langsam beruhigte sich ihr Puls, und sie fühlte sich seltsam sicher. »Woher habt Ihr gewusst, was im Stall vor sich ging? Wie konntet Ihr wissen, dass ich in Not geraten bin?«

Ewan sah sie nachdenklich an und zuckte die Schultern. »Ich hatte kein gutes Gefühl dabei, als ich Borgas zum Stall gehen sah. Also bin ich ihm gefolgt.«

»Und warum wart Ihr in der Nähe des Stalls? Dieser Ort stinkt.« Sie hielt sich demonstrativ die Nase zu. Aber dann kam ihr ein Verdacht. »Ihr wolltet mir doch nicht etwa dabei zusehen, wie ich mich mit all dem Mist abmühe?«

Er lachte leise. »Das ist legitim. Ich muss doch überprüfen, ob du die dir gestellten Aufgaben zu meiner Zufriedenheit erfüllst.« In einem raueren Tonfall fügte er hinzu: »Und nun solltest du dich wieder an die Arbeit machen. Bis heute Abend will ich einen ausgemisteten Stall sehen.« Er schenkte ihr ein warmes Lächeln, das seinen Worten jegliche Strenge nahm. Dann wandte er sich von ihr ab, um den Rückweg anzutreten.

»Ich danke Euch«, sagte sie leise, hauchte es fast.

Er blieb an der Stalltür stehen und drehte sich noch einmal zu ihr um. »Wenn es in meiner Macht liegt, werde ich dich schützen, sei es vor wild gewordenen Chieftains oder vor spitzen Steinen im trüben Seewasser.« Er zwinkerte ihr zu und ging.

Avery blieb sprachlos zurück. Er wusste doch, wer

sie war! Himmel, er hatte sie erkannt. Besser noch, er hatte ihre erste Begegnung, die ihr einst so viel bedeutet hatte, nicht vergessen. Ein Lächeln schlich sich auf ihr Gesicht, und plötzlich schien ihr die Arbeit nicht mehr ganz so schwer.

Der Rest des Tages wollte einfach nicht vergehen. Immer wieder sah Avery zur Stalltür. Bei jedem Geräusch hielt sie inne, und jeden Schritt auf dem Hof hielt sie für den von Ewan MacCallen. Wenn es dann wieder nur einer seiner Bediensteten war, der am Stall vorbeilief, wurde ihr seltsam flau im Magen. Hatte er nicht angedeutet, dass er sie noch einmal besuchen würde?

Ansonsten war die Arbeit weiterhin härter, als sie es sich ausgemalt hatte. Der Schweiß rann ihr an Stirn und Rücken hinunter, und an den Händen zeigten sich erste Schwielen. Sie keuchte und zeterte, während sie immer wieder von neuem altes Heu mit der Mistgabel in die Schubkarre lud. Wenn eine Ladung voll war, klopfte sie an die Tür, wo nun wieder ihr Aufpasser stand, dem Borgas ein blaues Auge verpasst hatte. Der öffnete, nickte ihr zu und begleitete sie zu dem stinkenden Haufen, auf dem sie den Dreck ablud. Dafür mussten sie durch den ganzen Hof und bis zur nördlichen Ecke der Burg gehen.

Der Gestank war ekelerregend. Vielleicht hatte sie eine empfindlichere Nase als die Männer, an denen sie vorbeiliefen. Die beklagten sich zumindest nicht, sondern lächelten sie vielmehr freundlich an, womöglich erleichtert, ihre Arbeit kurz zu unterbrechen. Avery sah, dass einige von ihnen schwere Bretter über ihren Schultern trugen, während andere ein hölzernes Gerüst entlang der Mauer aufbauten. Sie vermutete, dass die Männer Ausbesserungen vornehmen wollten, hatte jedoch nicht die Zeit, sie dabei zu beobachten, denn ihr Aufpasser trieb sie voran. Avery musste jedes Mal leicht würgen, wenn sie sich dem Misthaufen näherte. Sie hoffte inständig, dass sie den Unrat bald auf die Felder bringen würden.

Nachdem sie den Stall von dem gesamten Mist – es waren mehr als zehn Karren gewesen – befreit hatte, musste sie die Boxen mit frischem Heu auslegen, das sie vom Heuboden holte. Auch das war keine leichte Arbeit: Sie musste es auf dem Rücken ballenweise eine Leiter hinabtransportieren, nachdem sie es jeweils selbst zusammengebunden hatte.

Immerhin blieb ihr Wachhund vor dem Stalltor stehen, so dass sie ungestört ihren Gedanken nachhängen konnte. Nachdem der Wächter von dem Angriff Borgas' in Mitleidenschaft gezogen worden war, schien er ihr etwas sympathischer als noch am Morgen. Nur redete er immer noch kein Wort mit ihr. Nicht einmal seinen Namen hatte er ihr verraten. Sie fragte sich, ob er damit einem Befehl gehorchte.

Gen Nachmittag legte sie eine Pause ein, setzte sich auf einen kleinen Haufen Heu und lehnte sich mit dem Rücken gegen die Boxtür. Die meisten Boxen waren inzwischen mit frischem Heu ausgestreut. Es fehlten nur noch die letzten beiden.

Müde streckte sie die Beine aus, die genauso schmerzten wie ihre Arme und der Rücken. Es fühlte sich an, als hätte man sie einer grausamen Streckfolter unterzogen. Hoffentlich würde sich diese Schinderei am Ende auszahlen!

Während sie ein Butterbrot aß, das ihr der Wächter übergeben hatte, starrte sie vor sich auf den Boden und beobachtete, wie die hellen Lichtflecken, die die Sonne durch die Spalten zwischen den Holzleisten warf, langsam verschwanden. Der Himmel musste sich verdunkelt haben. Ein Donnern und Grollen bestätigte kurz darauf ihre Vermutung. Schon prasselte der Regen auf das Stalldach.

Auch das noch. Nun, das Wetter war genauso düster wie ihre Stimmung, also konnte es ihr egal sein. Nur der Wächter musste ganz nass werden. Bei dem Gedanken lachte sie kurz auf.

Als sie das Brot gegessen hatte, warf sie einen Blick zu den letzten beiden Boxen und entschied, dass sie für heute genug getan hatte. Sollten die MacCallens ihren Mist doch allein machen. Sie würde heute keinen Finger mehr rühren. Sie blieb einfach sitzen, atmete tief durch und schloss die Augen.

Da vernahm sie plötzlich ein leises Geräusch, ein Weinen oder Wimmern. Es klang genauso wie in der letzten Nacht. Auch da hatte ein Gewitter getobt. Es schien vom Heuboden zu kommen und wurde mit zunehmendem Regen lauter. Die Stimme klang wie die eines Kindes. Aber was hatte ein Kind hier im Stall zu suchen? Sie musste der Sache auf den Grund gehen.

»He, komm jetzt. Genug für heute. Der Regen wird

immer stärker«, rief ihr der Wachhund zu, der gerade seinen Kopf durch das Tor steckte. Na, der merkte auch alles.

»Ich komme gleich. Ich bringe nur noch etwas in Ordnung.«

»Ich hoffe, es dauert nicht zu lange«, sagte er und schlug das Tor scheppernd zu.

Avery kletterte die Leiter zum Heuboden hinauf. Auf ihrem Kopf landeten sogleich einige kühle Tropfen, die durch das undichte Dach drangen. Sie ignorierte den kalten Schauer einfach und blickte sich in der Dunkelheit um. Doch sie konnte keine Menschenseele entdecken.

»Ist da jemand?«, rief sie gegen das Gewitter an.

Keine Antwort.

Da zuckte ein Blitz auf und erhellte den Stall gerade so lang, dass Avery den Heuboden einmal mit den Augen absuchen konnte. Vor Schreck blieb Avery fast das Herz stehen. In der hinteren Ecke des Bodens saß jemand! Es war eine kleine zusammengekauerte Gestalt. Ein Mädchen.

Avery atmete tief durch. Nur ein Mädchen. Kein Unhold, kein Borgas.

»Du brauchst keine Angst vor mir zu haben«, sagte sie, wie sie hoffte, auf beruhigende Weise, jedoch laut genug, dass die Kleine sie verstehen konnte. Behutsam näherte sie sich ihr. Zumindest nahm sie das an, denn es war nun wieder so dunkel, dass sie nicht sehen konnte, ob das Mädchen noch da war, wo sie es vermutete.

Der Regen peitschte gegen das Dach und rann nun in wahren Sturzbächen durch die undichten Stellen auf sie herab. Es war ganz und gar ungemütlich hier oben.

Dass ein solches Unwetter ein Kind verschreckte, konnte sie gut verstehen. Aber wie war die Kleine überhaupt hier heraufgekommen? Und seit wann war sie hier? Avery hätte sie sehen müssen, als sie hereinkam, genauso wie ihr Wächter.

Kurz bevor Avery die Ecke erreichte, blitzte es erneut. Noch einmal wurde jener dunkle Winkel beleuchtet, in dem bis eben noch das Mädchen gesessen hatte. Es war verschwunden.

Avery blickte sich suchend um. In der Mitte des Heubodens ragte ein Haufen frischen Heus auf. Von diesem abgesehen, gab es hier oben nicht sonderlich viel. Entweder versteckte sich die Kleine dort, oder sie war längst die Leiter hinuntergeklettert. Was in dieser Dunkelheit allerdings gar nicht so einfach sein dürfte.

Avery ging über den Heuboden, bemüht, keine lauten Geräusche zu machen. Doch die Bretter knarrten und ächzten unter ihr, als würden sie jeden Augenblick durchbrechen. Ihre Augen gewöhnten sich allmählich an das ungemütliche Halbdunkel.

Da rannte ihr plötzlich etwas Kleines, Pelziges zwischen die Beine. Beinahe wäre sie darüber gestolpert.

Erschrocken wich sie zurück. Vor ihr saß ein Kätzchen, das so kläglich maunzte, dass es ihr Herz erwärmte. Avery nahm es auf den Arm.

»Wo kommst du denn her?«, fragte sie, während sich das rot-weiß getigerte Tier schnurrend an ihre Brust schmiegte. Sein Pelz war vom Regen ganz aufgeweicht.

Wo das Kätzchen war, musste auch das Mädchen stecken. Avery schlich um den Heuhaufen herum, in der Hoffnung, irgendeine Spur von der Kleinen zu finden. Tatsächlich, ganz oben ragte ein kleiner Fuß aus dem Berg heraus. Avery blieb stehen und musterte ihn. Ein Lächeln huschte über ihr Gesicht.

Eines musste man dem Mädchen lassen: Es war nicht auf den Kopf gefallen. Hätte es sich besser getarnt, Avery hätte sie vermutlich nicht gefunden. Aber die Halme mussten schrecklich piken! Der winzige Fuß bewegte sich kein bisschen. Avery hörte kein Rascheln, keinen Atem, nichts außer dem Grollen des Donners, das sich langsam zu entfernen schien.

Sie hockte sich hin. Wie verlockend es war, den Fuß einfach zu kitzeln! Doch das würde das schüchterne Kind nur unnötig erschrecken.

»Das ist ein sehr gutes Versteck«, sagte sie stattdessen, in der Hoffnung, das Vertrauen des Mädchens zu gewinnen. »Ich hätte kein besseres gefunden.«

Der Fuß zog sich raschelnd in den Heuhaufen zurück. Das war wohl gründlich danebengegangen. Avery überlegte, ob sie die Kleine einfach allein lassen sollte. Sie wollte sie nicht ängstigen. Andererseits würde sie sich hier oben gewiss erkälten, da es an allen Ecken und Enden durch das Dach regnete. Es wäre besser, wenn sie das Mädchen nach Hause bringen könnte.

»He, ich tu dir nichts. Du brauchst keine Angst vor

mir zu haben. Sieh mal, ich habe dein Kätzchen gefunden.«

Das Mädchen regte sich nicht.

»Oder fürchtest du dich vor diesem Haudegen? Der ist vor dem Stalltor. Er wird dir nichts tun.«

Langsam hob sich die Heudecke an, und ein kleines, blasses Gesicht lugte heraus. Das neuerliche Aufzucken eines Blitzes erlaubte Avery einen kurzen Blick auf das Mädchen. Die dunklen Augen, die sie vorsichtig anblickten, kamen ihr vertraut vor, aber sie konnte sie nicht einordnen. Da fiel es ihr ein: Auch die Mundpartie und die Gesichtsform der Kleinen sahen genauso aus wie die von der Frau auf dem Gemälde in ihrem Zimmer. Es musste sich um die Tochter von Lady Elisabeth handeln. Aber wo war diese Frau? Sie hatte sie bisher noch kein einziges Mal zu Gesicht bekommen. Ob sie vielleicht auf Reisen war?

Avery hielt dem Mädchen das Kätzchen vor die Nase, um zu beweisen, dass sie nicht log. »Siehst du, hier ist es. Möchtest du es haben?«

Die Kleine nickte zögerlich.

»Willst du nicht herauskommen? Ich glaube, die Halme piksen ganz schön, oder?«

Die Kleine nickte erneut und machte einen Satz ins Freie, blickte sich aber misstrauisch im Dunkeln um.

»Aidan ist wirklich nicht hier?«

»Wer ist Aidan?«

»Der Mann mit der bösen Stimme.«

Avery verstand. Ihr Wachhund hieß also Aidan. Gut, dass das endlich geklärt war. Dieser verbohrte Kerl!

»Mach dir keine Gedanken wegen ihm. Woher kennst du ihn denn?«

»Ich seh ihn manchmal im Hof. Und er ist immer schlecht gelaunt und böse.« Sie reckte ihre Unterlippe vor, um den Gesichtsausdruck Aidans nachzuahmen. Avery musste über die Ähnlichkeit grinsen.

»Ich bin Avery. Und wie heißt du?«

»Vicky«, sagte das Mädchen leise.

»Du hast vorhin geweint, nicht wahr? Und heute Nacht auch. Ich habe dich gehört.«

Vicky drückte die Katze fest an sich und schabte mit dem nackten Fuß verlegen am Boden.

»Warum denn?«

»Eigentlich möchte ich nicht weinen. Ich bin doch schon groß. Aber das Gewitter macht mir Angst. Es ist laut und unheimlich. Aidan hat mal gesagt, Gott schimpft mit den Menschen. Deswegen grollt und donnert es so fürchterlich.«

»Oh.« Was für eine schreckliche Geschichte! Kein Wunder, dass Vicky so große Angst vor diesem Aidan hatte.

»Man weiß nicht so genau, woher die Blitze kommen. Aber Gott ist es sicherlich nicht. Er hat schon lange keine Sintflut mehr über die Welt gesandt. Doch bei dem Unwetter solltest du nicht im Stall spielen. Sieh nur, du bist ganz durchnässt. Wie bist du denn überhaupt hier hereingekommen?«

»Ich habe einen Geheimgang.«

»Einen Geheimgang? Wo ist der denn?« Kurz dachte sie an eine Fluchtmöglichkeit, aber dann erinnerte sie sich an das Loch in der Stallwand. Das war also Vickys »Geheimgang«. Sie war ja klein genug.

»Soll ich dich zu deinen Eltern bringen?«

Sie nieste leise. Dann nickte sie.

MacCallen gab seinem Pferd die Sporen, bis es in einem wilden Galopp auf Stonewall Castle zupreschte. Normalerweise genügte ein kleiner Ausritt durch das Hochland, um seine Wut zu bändigen. Aber heute war das anders. Ewan MacCallen kochte immer noch innerlich. Und dass er solch ein Tempo zulegte, lag beileibe nicht daran, dass es regnete. An Regen war er gewohnt.

Er konnte nicht aufhören, an Borgas zu denken. Der Kerl hatte mehr als eine Grenze überschritten. Ein Dorf in Flammen zu setzen war eine Sache. Soweit er wusste, war dabei niemand ums Leben gekommen; lediglich Häuser und Besitz waren zu Schaden gekommen. Heute aber war er eindeutig zu weit gegangen. Ewan konnte es immer noch nicht fassen. Avery zu bedrohen, mit der Absicht, sie zu entehren! Er war mit Borgas und seinen Mannen hart ins Gericht gegangen.

Borgas war seines Amtes enthoben worden, und der Nachfolger stand bereits fest. Borgas' ältester Sohn Patrick würde von nun an der neue Chieftain sein. Patrick war ein guter Junge, der Verantwortungsgefühl besaß und Ewan gewiss nicht enttäuschen würde.

Borgas hatte den Beschluss erstaunlich gefasst aufgenommen, zumal Ewan um der alten Freundschaft willen auf eine weitere Bestrafung verzichtet hatte. Das galt auch für Allistor und Rowan.

Trotzdem machte ihm der Vorfall im Stall noch immer zu schaffen. Was wäre geschehen, wenn er nicht rechtzeitig dazwischengegangen wäre? Er wollte gar nicht daran denken, aber es ließ ihn nicht los.

Die Situation erinnerte ihn an den schrecklichen Tag, an dem Elisabeth ermordet worden war. Er hatte zusehen müssen, wie dieser Bastard ihr den Dolch in die Kehle gestoßen hatte. Und er hatte ihr nicht helfen können. So etwas Schreckliches durfte nicht noch einmal geschehen. Er würde sich nie verzeihen, wenn noch eine Frau wegen ihm verletzt oder getötet wurde.

Zugegeben, Avery war stärker als Elisabeth. Bis zu einem gewissen Grad konnte sie sich selbst schützen. Aber das machte die Sache nicht besser.

Elizabeth und Avery, die beiden Frauen waren so unterschiedlich wie Tag und Nacht. Seine Frau war eine zarte, von innen heraus strahlende Person gewesen, zwar von stattlicher Größe, aber doch zerbrechlich. Sie war gütig gewesen und stolz, elegant und stets offenherzig. Avery hingegen wirkte wie ein Knabe. Manchmal noch etwas unsicher, meistens jedoch ungestüm und voller Tatendrang. So wie sie war auch er früher gewesen.

Ein Heißsporn, der kein Wagnis scheute, der keinem Risiko aus dem Weg ging, völlig gleich, ob ihn das in Schwierigkeiten brachte.

Sein Draufgängertum hätte ihn oft beinahe mehr gekostet als nur einen gebrochenen Arm. Einst hätte er fast sein Auge verloren. Er hatte sich für unbesiegbar gehalten, und deswegen hatte er nicht aufgepasst, als er eigentlich Wache am Lagerfeuer hatte halten sollen. Er war kurz eingenickt, und als er erwachte, stand eine dunkle Gestalt direkt vor ihm, und etwas blitzte vor seinem Gesicht auf. Ohne nachzudenken, hatte er sofort das Schwert an seiner Seite gegriffen und seinen Gegner zurückgestoßen. Hätte er auch nur eine Sekunde gezögert, wäre es vielleicht zu spät gewesen.

Das Erlebnis hatte ihn zur Besinnung gebracht, ihn angespornt, besonnener zu handeln und wachsamer zu sein, jederzeit mit einem Angriff zu rechnen.

Avery war genau so, wie er als Jüngling gewesen war. Und sie hatte ihre Lektion noch nicht gelernt. Er wusste nur zu gut, wie vieler schmerzhafter Erlebnisse es bedurfte, um aus einem Heißsporn einen besonnenen Kämpfer zu machen.

Mit dem Unterschied, dass sie kein Jüngling war. Obwohl er so etwas wie Brüderlichkeit für sie empfand. Dass unter ihrem Plaid zwei zarte Brüste schlummerten, machte die Sache allerdings kompliziert. Sie sprach eine dunkle, tief verborgene Region in seinem Inneren an. War es Neugierde? Faszination? Aye. Aber da war noch etwas anderes. Was immer es war, er hatte es noch nie empfunden.

Ewan schüttelte sein schweres Haupt, so dass sein nasses Haar durch die Luft flog und eine Spur aus Wasserperlen nach sich zog, während er in den Hof von Stonewall Castle gelangte. Er stieg vom Pferd und führte es zum Stall, wo er auf Avery zu treffen hoffte. Aye, er *hoffte*, sie zu sehen. Seit er losgeritten war, hatte er nur auf diesen Moment gewartet.

Natürlich war er auch gespannt darauf, wie weit sie mit ihrer Aufgabe gekommen war. Er wusste nur zu gut, wie viel Kraft das Ausmisten eines Stalles erforderte. Sein Vater hatte ihn und Rory ebenfalls mit dieser Aufgabe betraut, als sie noch Jungen gewesen waren. Von Anfang an hatte er darauf geachtet, dass seine Söhne ihre Muskeln stählten. Und dafür war ihm fast jedes Mittel recht gewesen.

Die Methoden seines Vaters hatten seinen Ehrgeiz geschult. Und auch Avery war ehrgeizig. Wenn er sie richtig einschätzte, hatte sie mehr als die Hälfte der Boxen geschafft.

Der Regen hatte im Hof der Burg kleine Seen gebildet. Ewan führte sein Pferd um sie herum und brachte es zum Stall. Dort angekommen, stutzte er, weil Aidan nicht vor der Tür stand und Wache hielt, wie er es ihm aufgetragen hatte.

Etwas drückte schwer auf seinen Magen. Der Schmerz wurde schnell so groß, dass er seine Schritte verlangsamte.

Wo war Aidan? Es sah ihm nicht ähnlich, seinen Posten zu verlassen. Ewan brachte das Pferd in seine Box und blickte sich im Stall um.

Wie er befürchtet hatte, war auch Avery nirgends zu sehen. Sein Herz trommelte gegen seine Brust. War sie fort? Geflohen?

In seiner Fantasie malte er sich aus, wie Avery einen Weg gefunden hatte, Aidan auszutricksen oder gar niederzustrecken. War sie am Ende längst auf dem Weg zu ihrem Clan? War es ihr etwa gelungen, sich auch an seinen Torwächtern vorbeizuschleichen?

Ewan wusste, dass es irrational war, sich von einer Gefangenen verraten zu fühlen, weil sie geflohen war. Aber genau so fühlte es sich an.

War er ihr gegenüber nicht immer freundlich und höflich gewesen? Hatte er sie nicht wie einen Gast behandelt? War dies ihre Art, ihm ihre Dankbarkeit zu zeigen?

Seine Hände ballten sich unweigerlich zu Fäusten. Wütend sauste eine von ihnen in Richtung eines Stützpfostens, der unter der Wucht gefährlich knarrte.

Erschöpft und unendlich müde schleppte sich Ewan über den Hof zur Hauptburg. Er spürte weder die Kälte, die an seinem nassen Körper hochkroch, noch den erneut einsetzenden Regen, der nun immer stärker auf ihn niederprasselte.

Was hatte er eigentlich erwartet? Dass sie aus Dankbarkeit hierblieb? Er lachte leise. Nur ein Narr würde auf solch eine Idee kommen. Avery kämpfte für ihre Familie. Das war es, was ihn so sehr an ihr beeindruckt hatte. Und sie sah diese durch ihn bedroht. Natürlich hegte sie einen Groll gegen ihn und würde jede Gelegenheit nutzen, so schnell wie möglich von ihm fortzukommen.

Ewan betrat die Halle, als ihn ein kehliges Lachen unversehens aus seinen Gedanken riss. Rasch hob er den Kopf und blickte sich hoffnungsvoll um. Avery. Er spürte seinen Herzschlag bis in die Schläfen.

Sie saß auf einer Decke in der Mitte der Halle. Neben ihr hockte ein kleines Mädchen in einem grün-schwarzen Kleid, das mit einem tropfnassen Kätzchen spielte. Aidan lehnte rücklings an der Tafel, eine Lammkeule in der Hand, an der er genüsslich knabberte, und winkte ihm zu.

»Victoria«, entfuhr es ihm erstaunt. »Mädchen, was machst du denn hier?« Sie war völlig durchnässt. »Ich hatte dir verboten, dein Zimmer zu verlassen, solange ich nicht zu Hause bin.«

Vielleicht war das übertrieben, doch sie war ihm das Wichtigste auf der Welt, und er war lieber etwas strenger mit ihr, als dass er sie durch eine Unachtsamkeit in Gefahr brachte. Er hatte viele Feinde und wusste nicht, ob er all seinen Männern wirklich vertrauen konnte. Daher passte stets ihre Amme auf sie auf, wenn er auf Reisen ging oder geschäftlich unterwegs war. Er fragte sich, wie sie der guten Frau entkommen war.

Avery und Vicky blickten überrascht zu ihm hoch. Offenbar hatten sie ihn nicht kommen hören.

»Athair!«, rief Vicky, die mit dem rot-weißen Kätzchen spielte, und streckte ihm einen Arm entgegen. »Tut mir leid, Athair.«

Athair? Avery staunte über Vickys Worte. Aber die Ähnlichkeit war nun nicht mehr zu verkennen. Laird MacCallen hatte eine Tochter und war mit Lady Elisabeth verheiratet. So sahen die Familienverhältnisse auf

Stonewall Castle aus. Sie meinte, sich an den Ring zu erinnern, den sie damals bei ihrer ersten Begegnung an seinem Finger gesehen hatte. Warum trug er ihn nicht mehr?

Vielleicht hatte er ihn verloren oder vergessen aufzustecken. Es gab sicherlich eine einleuchtende Erklärung.

Sie sah zu Vicky und MacCallen und war auf merkwürdige Weise gerührt. Aber in ihr regte sich noch ein anderes Gefühl, das allmählich an Stärke gewann. Eine eigenartige Unzufriedenheit. Auch Enttäuschung, die sie sich nicht erklären konnte.

Eilig hob er die Kleine hoch und drückte sie fest an sich. Ein Stein fiel ihm von Herzen. Sie war wohlauf! Bei diesem Unwetter hätte ihr etwas Schreckliches zustoßen können. Er würde die Sicherheitsmaßnahmen verstärken. Vielleicht sollte er ihr eine zweite Aufpasserin zur Seite stellen.

»Macht Euch keine Sorgen, es ist ihr nichts zugestoßen«, sagte Avery und erhob sich ebenfalls. Mit der Hand streichelte sie über Vickys nassen Schopf. »Sie ist sehr nass geworden. Ich habe sie mit der Decke etwas abgetrocknet, aber Ihr solltet besser dafür sorgen, dass sie ein neues Kleid bekommt. Bei diesem Unwetter fängt man sich schnell einen Schnupfen ein.«

Ewan starrte Avery ungläubig an, und als sie ihn anlächelte, wurde ihm warm ums Herz. Wie liebevoll sie sich um seine Tochter gekümmert hatte, obgleich er sie auf Stonewall Castle gefangen hielt!

»Ich danke dir.«

Averys Lächeln erfüllte nun ihr ganzes Gesicht.

Vicky legte ihre kleinen, dünnen Ärmchen um seinen Hals und küsste ihn auf die Wange. »Avery und ich haben das Kätzchen aus dem Stall gerettet«, erklärte sie stolz. »Dort hat es nämlich reingeregnet. Avery sagt, dass seine Mutter wahrscheinlich auf der Jagd ist. Wir bringen das Kleine nachher zu ihr zurück, damit sie es nicht vermisst.«

»Wie bist du überhaupt aus deinem Zimmer gekommen?«, unterbrach Ewan Vickys Redeschwall.

»Ich habe den Schlüssel von Hilda genommen. Sie ist eingeschlafen und hat nicht mal gemerkt, dass ich sie eingesperrt habe.«

Seine Tochter war mit ihren neun Jahren zwar naiv genug, ihm all dies zu offenbaren, hatte es aber gleichzeitig faustdick hinter den Ohren, wenn es darum ging, ihren Willen durchzusetzen.

Er hätte ihr böse sein müssen, konnte es aber nicht. Er war einfach froh, dass ihr nichts zugestoßen war und dass es ihr gutging. Und das hatte er nicht zuletzt Avery zu verdanken.

»Ich war genauso überrascht wie Ihr, als plötzlich die kleine Maus vor mir im Heuhaufen steckte«, sagte Avery und lachte.

»Ich wollte mit der Katze spielen und wusste doch gar nicht, wer du bist. Aidan hat so viel mit dir geschimpft. Da habe ich Angst bekommen und mich versteckt.«

Aidan hob rasch abwehrend eine Hand, ohne dabei die Keule aus der anderen zu legen. »Das kann man so nicht sagen«, wandte er ein, während er an einem zähen Stück Fleisch kaute.

»Dein Kätzchen bringt Aidan nachher in den Stall zurück. Es ist schon sehr spät, kleine Dame. Zeit, ins Bett zu gehen.«

Vicky verzog unglücklich das Gesicht. »Ich bin noch gar nicht müde.«

»Wir können deine Amme unmöglich noch länger eingesperrt lassen, oder?«

Nun musste die Kleine grinsen. »Na gut, das stimmt.«

Aidan, der inzwischen das Fleisch von seiner Lammkeule genagt hatte, warf den Knochen achtlos in eine Ecke und versuchte, das Kätzchen einzufangen. »Komm schon her, Pelzgesicht«, sagte er mürrisch, während er unentwegt nieste. Die Arme nach unten ausgestreckt und wie ein alter Mann mit Hexenschuss vornübergebeugt, verfolgte er das winzige Tierchen durch die große Halle. Es entwischte ihm immer wieder.

MacCallen ließ Vicky von Cathee in ihr Zimmer bringen und wandte sich Avery zu, die gerade die Decke sorgsam zusammenlegte.

»Du scheinst trotz der harten Arbeit noch immer gut in Form«, sagte er und trat dicht hinter sie, so dass sie seinen warmen Atem in ihrem Nacken spüren konnte. Es kitzelte.

Sie drehte sich um, musterte seine imposante Gestalt und legte die Decke auf die Steintafel. Das Wasser tropfte aus seinen langen Haaren, und auch sein Plaid war völlig durchnässt. Sie konnte ihren Blick nicht von seinen Muskeln abwenden, die sich unter dem Stoff abzeichneten. Der Anblick ließ sie rascher atmen. Seine Brust war breit und athletisch, die Hüften hingegen waren schmal und wohlgeformt.

Vor allem aber mochte sie seine Augen. Sie erinnerten sie an zwei tiefe dunkle Seen, unergründlich und geheimnisvoll. Vielleicht stimmte es, was die Menschen sagten, nämlich dass die Augen der Spiegel der Seele seien. Ewans jedenfalls war genauso unergründlich und undurchschaubar wie sein dunkler Blick.

»Wir machen noch einen Übungskampf.« Er stemmte die Hände in die Seiten. Kampfeslust spiegelte sich in seinen Augen. Dieses Funkeln kannte Avery nur zu gut. Sie hatte es oft in den Blicken ihrer Leute gesehen, wenn sie an Wettkämpfen teilnahmen oder sich mit den Betrunkenen in der Taverne anlegten. Es war das Funkeln von Männern, denen der Kampf im Blut steckte.

»Ich fühle mich erschöpft, auch wenn es nach außen hin nicht den Anschein haben mag. Glaubt Ihr, nach einem Tag harter Stallarbeit wäre ich Euch eine würdigere Gegnerin als heute Morgen?«

Ihre Arme und Beine schmerzten noch immer. Dafür spürte sie die leichten Verbrennungen nicht mehr.

»Es geht darum, in Übung zu bleiben. Das Gelernte umzusetzen. Du bist kräftiger, als ich dachte. Immerhin stehst du noch aufrecht.«

Aye, noch war das der Fall. Aber ihr graute vor dem morgigen Tag. Sicherlich würde sie ein schlimmer Muskelkater plagen. Und dann war sie erst recht zu nichts mehr zu gebrauchen. Schon gar nicht für einen Übungskampf, der sicherlich auch auf dem Plan stand. Dieser MacCallen schien auf das Kämpfen noch versessener zu sein als sie selbst.

»Außerdem, und das ist wohl der wichtigste Punkt, fragt dich niemand auf dem Schlachtfeld, ob du erschöpft bist oder nicht. Ob du gut geschlafen oder ausreichend gegessen hast. Du musst funktionieren, sonst bist du verloren.«

Sie musste zugeben, dass sie das noch nie so gesehen hatte. Aber er hatte recht.

»Das ist keine Option. Es ist eine Anordnung«, fügte er hinzu.

Reine Schikane war das. Er wollte sie offenbar mürbe machen. Aber gut, wenn er diesen Kampf wollte, konnte er ihn haben. Vielleicht würde ihre Kraft ja zurückkehren, wenn sie erst das Schwert in der Hand hielt. Der bloße Gedanke an einen Kampf ließ ihre Lebensgeister zurückkehren.

Ewan hatte sicherlich einen ebenso anstrengenden Tag hinter sich. Dadurch wäre der Kampf ausgeglichen.

»Aidan, bring uns die Übungsschwerter!«

Aidan kämpfte mit seiner tropfenden Nase und dem Kätzchen, das alles Mögliche wollte, nur nicht auf seinem Arm bleiben. »Aye, Chief!«

Ewan musste wohl ihren lustlosen Gesichtsausdruck bei der Erwähnung der Übungsschwerter bemerkt haben. Jedenfalls änderte er seine Meinung.

»Ich habe eine bessere Idee. Kümmere dich nur um

die Katze, und sorge dafür, dass die Pferde in den Stall zurückgehen.«

Aidan nickte.

»Komm mit«, sagte Ewan, nahm eine Fackel aus ihrer Halterung und führte Avery durch eine seitliche Tür die Treppe hinunter. Sie kamen in eine finstere Kammer, in der Fackeln verteilt waren, die er sogleich anzündete. Ihr flackerndes Licht gab den Blick frei auf die Schwerter, die in verschiedensten Größen an den Wänden hingen.

»Was ist das für ein Raum?« Der Anblick der blitzenden Klingen versetzte sie in helle Aufregung. Ganz besonders das Claymore hatte es ihr angetan. Sie erinnerte sich daran, dass er es damals am See völlig mühelos geführt hatte.

»Das ist meine Trainingshalle.«

Er besaß eine eigene Trainingshalle? Aye, sie war beeindruckt. Auf Green Castle gab es nichts Vergleichbares. Es musste ungemein praktisch sein, sich jederzeit hierher zurückziehen und trainieren zu können.

»Früher trainierte ich oft allein hier unten.«

»Warum habt Ihr keinen Eurer Männer gefragt? Ich dachte, Ihr würdet jede ihrer Kampftechniken kennen?«

»Aye, das tue ich. Doch jeder von ihnen wollte nur ein Mal gegen mich kämpfen. Sie merkten schnell, dass sie gegen mich keine Chance hatten.« Er grinste.

Ob er das ernst meinte? Auf der gegenüberliegenden Seite entdeckte sie einen Trainingspfosten, den einige tiefe Kerben zierten. Dies musste wohl sein Partnerersatz sein.

»Eine Zeitlang habe ich jeden Tag hier verbracht. Ich vergaß über meinem Training zu essen, zu trinken und ...«

»... Eure Tochter.«

Ewan schüttelte den Kopf. »Vicky war immer das Wichtigste in meinem Leben. Ich wollte auf die weibliche Gesellschaft anspielen. Und damit meine ich eine wirkliche Gesellschaft, keine Hure, die abends in mein Bett steigt und morgens wieder geht.«

Er warf ihr einen eigenartigen Blick zu, unter dem sich ihre Nackenhärchen kräuselten. Eine seltsame Mischung aus Wildheit und einer Spur Sehnsucht. Doch er sagte nichts Weiteres, sondern ging zu einem kleinen Schrank, der hinter der Tür stand, und holte etwas heraus.

»Was ist das?«

Er reichte ihr einen wattierten Rock. »Zieh das über.«

Schutzkleidung. Sie begriff, worauf das alles hinauslief. Dieses Mal würden sie keine Holzschwerter kreuzen.

»Für den Fall der Fälle«, fügte er hinzu.

»Und Ihr, tragt Ihr keinen Schutz?«

»Sehe ich aus, als ob ich Verwundungen fürchte? Meine Narben sprechen da wohl eine andere Sprache.«

»Wie Ihr meint.« Ganz wohl fühlte sie sich nicht in ihrer Haut. Er gewährte ihr einen unschätzbaren Vorteil. Hielt er sich für unbezwingbar? Oder war sie in seinen Augen eine derart schlechte Kämpferin, dass er keine Schutzkleidung brauchte?

Ewan zog ein Schwert von der Wand, gab es ihr und schnappte sich ebenfalls eines. Dann ging er in Kampfstellung. Avery tat es ihm gleich.

Beim Anblick seiner ungeschützten Arme und Beine ließ sie das Schwert wieder sinken. Sie konnte ihn nicht angreifen. Nicht so. »Ich bitte Euch, tragt mir zuliebe auch einen Schutz. Wozu ein Risiko eingehen? Es ist doch nur ein Training.«

Ewan hob erstaunt eine Augenbraue. »Das klingt, als würdest du dich um meine Gesundheit sorgen.« Weil er gerade im Licht einer Fackel stand, sah sie sehr deutlich das Lächeln, das sich auf seinen Lippen bildete, und die kleinen Lachfalten rings um seine Augen.

»Aye. Ich mache mir Sorgen um Eure Sicherheit. Wenn ich Euch verwunde, was, denkt Ihr, werden Eure Männer dann mit mir tun? Sie werden glauben, ich hätte Euch ermorden wollen, und mich dafür hängen.«

Ewan lachte. »Das wird gewiss nicht geschehen.«

»Ihr seid sehr von Euch überzeugt.«

Sie gab auf. Wenn er es partout nicht anders wollte, dann würde sie eben darauf achten, dass sie keinen zu festen Schlag ausführte, und sich darauf beschränken, lediglich seine Attacken zu parieren. Bester Kämpfer in den Highlands hin oder her.

Wie schon am Morgen überließ er ihr den Vortritt. Aber Avery weigerte sich, die Waffe gegen ihn zu erheben. Wahrscheinlich war sie nicht konzentriert genug. Ihre Bewegungen erschienen ihm verlangsamt. Er konnte es ihr kaum verdenken. Nach der harten Stallarbeit war sie sicherlich hundemüde.

Aber genau dies stellte ein Problem im Kampf dar. Man durfte sich nicht seiner Trägheit hingeben. Man musste wachsam bleiben, koste es, was es wolle. Oh, er wusste nur zu gut, was geschehen konnte, wenn man unausgeruht in die Schlacht zog. Diesen Fehler hatte er einmal gemacht, und noch heute war das Resultat für jedermann sichtbar.

Sie musste diese Lektion lernen, wenn sie in dieser rauen Welt überleben wollte. Sie hatte sich für den Weg der Kriegerin entschieden und konnte nicht darauf hoffen, dass sie eine Sonderbehandlung auf dem Schlachtfeld erhielt, weil sie eine Frau war.

Er eröffnete den Kampf.

Rasch ging er auf sie zu. Sie spannte jeden Muskeln an, gleich einer Raubkatze, die zum Sprung ansetzte. Wuchtig schlug sein Schwert auf sie nieder, und es gelang ihr gerade noch rechtzeitig, mit ihrer Klinge dagegenzuhalten. Im Licht der Fackeln schienen die Schwerter silberne Funken zu sprühen.

Sie versuchte, ihn zurückzustoßen. Als dies nicht gelang, duckte sie sich seitlich und wich aus. Erst dann ließ sie von seiner Klinge ab.

»Wie ein Kaninchen auf der Flucht«, sagte er lachend.

Er startete eine zweite Attacke, holte seitlich aus, und sein Schwert glitt wie ein Greif gefährlich schnell durch die Luft auf sie zu. Doch sie konterte seinen Hieb mit einer Parade, der ein Gegenangriff ihrerseits folgte. Gerade noch rechtzeitig, dafür aber wenig elegant, sprang er zur Seite. Er rang nur einen Sekundenbruchteil um sein Gleichgewicht, dann hob er das Schwert erneut hoch über den Kopf, um es auf sie niedersausen zu lassen. Sein Kampfschrei hallte durch den ganzen Raum.

Aber auch diesmal gelang es Avery zu parieren. Sie keuchte und schnaubte voller Wut. So sollte es sein. Die Wut gab ihr neue Kraft.

»Sehr gut«, lobte er sie. »Aber du kannst es noch besser. Du musst dich stärker konzentrieren.«

Es folgte ein Ausfall seinerseits, der Avery bis an die Wand zurücktrieb. Atemlos blickte sie ihn an, während sich die Klingen vor ihrer Brust kreuzten.

»Konzentriere dich«, ermahnte er sie streng. »Im Ernstfall wärst du jetzt tot.« Nur wenige Zentimeter trennten sie voneinander. Er konnte ihre Wärme spüren. Es war ihm, als würde er ihren Herzschlag hören, fast schon ihre sinnlichen Lippen kosten. So einen Kampf hatte er noch nie erlebt.

Irgendetwas an seinem Blick musste ihn wohl verraten haben, denn Avery lachte plötzlich. »Und Ihr? Worauf konzentriert Ihr Euch?«

Er ließ von ihr ab und ging in die Mitte des Raumes zurück. »Auf den Kampf natürlich.«

Avery folgte ihm. Ihr Atem ging rasch und in einem, wie er fand, erregenden Rhythmus. Nein, diese Assoziationen waren vollkommen unpassend.

Er bemühte sich, seine Gedanken auf den Kampf zurückzulenken. Es ging nicht um sein körperliches Verlangen, sondern darum, sie auf einen Ernstfall vorzubereiten, der früher oder später wieder eintreten würde. Sie musste erkennen, dass der Schwertkampf kein Spiel, sondern bitterer Ernst war. Es ging um Leben und Tod.

»Bist du bereit?«

»Aye.«

Er rannte auf sie zu und ließ das Schwert gleich einer riesigen tödlichen Klaue in die Richtung ihres Hauptes gleiten. Sie riss ihre Klinge in die Höhe, um ihn abzuwehren. Doch ihre Reaktionen waren deutlich verlangsamt. Die Parade erfolgte zu spät, und seine Waffe sauste haarscharf an ihrer Schläfe vorbei, während ihre eigene ins Leere glitt. Einige Haarsträhnen segelten zu Boden. Bevor sein Schwert ihre Schulter zerbersten konnte, riss er es herum, während sie sich zur entgegengesetzten Seite warf.

Avery lag am Boden.

Das heftige Pochen seines Herzens übertönte jedes andere Geräusch. Der Schrecken saß ihm in allen Gliedern. Um ein Haar wäre aus der Übung bitterer Ernst geworden.

Avery versuchte, sich zu erheben. Am liebsten hätte er sie in die Arme genommen, sie geschützt und gehalten. Doch der Krieger in ihm mahnte ihn dazu weiterzumachen. Wenn ein Gegner am Boden lag, hieß das noch lange nicht, dass er geschont wurde. Der Kampf musste weitergehen.

Ewan holte aus und versuchte, die am Boden liegende Avery zu treffen. Aber in ihm sträubte sich alles dagegen, so dass er seine Bewegungen nicht schnell genug ausführte. Avery rollte sich zur Seite. Sie wich seinen

Schlägen immer wieder aus, bis sie zur Mitte des Raums gelangte, wo sie einen weiteren Schlag mit ihrer Klinge abfing.

Die Schwerter kreuzten sich über ihrem Kopf. Ewan sah, dass ihr Arm zitterte.

»Du schlägst dich gut«, versuchte er sie zu motivieren. Doch ihr ging sichtlich die Kraft aus.

»Genug für heute«, entschied er und löste die Stellung auf. Das Schwert glitt zu Boden, und er reichte ihr beide Hände, um ihr aufzuhelfen.

Avery legte ihr eigenes Schwert zur Seite und ließ sich von ihm hochziehen. Ihr Gesicht war bleich, als sie wieder auf beiden Beinen stand.

»Alles in Ordnung?«, fragte er besorgt.

»Ich denke schon.« Avery blickte an sich hinab. Sie hatte keine Wunde davongetragen. Sie ließ seine Hände los.

»Machen wir weiter«, sagte sie plötzlich.

»Ist das dein Ernst?«

Ewan hielt das für keine gute Idee. »Du bist übermüdet. Jetzt noch zu kämpfen wäre verantwortungslos. Ein Krieger muss wissen, wann es Zeit ist aufzuhören.«

»Eben hast du noch anders gesprochen. Auf dem Schlachtfeld fragt niemand, ob ich übermüdet bin.«

Aye, sie hatte ja recht. Aber Ewan machte sich Sorgen um sie. Sie hatte wahrlich einen anstrengenden Tag hinter sich. Nun sollte sie sich besser schonen.

»Morgen ist auch noch ein Tag.«

»Gibst du schon auf?«, fragte sie überrascht, während sie ihr Schwert aufhob und in ihre Ausgangsposition zurückkehrte.

»Wir beenden jetzt den Kampf.«

»Also gibst du auf.«

Averys Augen blitzten. Dann stürmte sie plötzlich auf ihn zu, aber Ewan hatte nicht vor, sich eine weitere Runde mit ihr zu liefern. Er hob nicht einmal sein Schwert auf. Gelassen blieb er stehen und wartete, bis sie nah genug herankam. Dann machte er eine rasche Bewegung in sie hinein, drehte sich dabei, bis er mit dem Rücken zu ihr stand, und griff nach ihrem Schwertarm.

Ihr Arm war ausgestreckt, und ihre Klinge konnte ihn nun nicht mehr erreichen.

Avery schnappte erschrocken nach Luft.

»Ich sagte dir doch, der Kampf ist vorbei«, sagte er, während er ihren Schwertarm mit einer Hand kontrollierte. Er drückte ihr Handgelenk so fest, dass sie die Waffe fallen ließ. Klirrend glitt das Schwert zu Boden.

Avery versuchte, sich durch hektische Bewegungen aus der Umklammerung zu befreien, aber er wirbelte sie plötzlich herum, drehte sie wie eine Tänzerin ein, packte sie an den Schultern und zog sie eng an sich heran. Ihr Rücken stieß gegen seine Brust.

»Wer wird denn gleich fortlaufen?«, neckte er sie.

»Das ist unfair«, entgegnete Avery wütend.

Nun hatte er sie sogar in einer noch besseren Position. Das gefiel ihm.

Ihr Gesäß drückte sich gegen eine äußerst empfindliche Stelle. Hitze brandete durch Ewans Körper. Einen Moment lang überlegte er, ob er sie besser loslassen sollte. Doch ihre Nähe fühlte sich zu gut an. Er konnte einfach nicht anders, als den Griff um sie zu verstärken.

Avery schwieg mit angehaltenem Atem. Sie schien genau zu wissen, was in ihm vorging.

Ihr Leib fühlte sich heiß an. Unweigerlich wuchs etwas in seinem Schritt, dort, wo er immer noch ihren festen Po spürte. Ob sie mitbekam, wie die kleine Beule unaufhörlich wuchs?

Avery sagte nichts. Sie harrte aus.

Seine Hände hielten sie fest an sich gepresst. Sie machte einen halbherzigen Versuch, sich loszureißen, doch der misslang.

»Scht. Ganz ruhig«, flüsterte er ihr ins Ohr.

Sie hielt still. Seltsamerweise hatte sie keine Angst vor ihm. Vielmehr schien ihr Körper alle Aufmerksamkeit auf ihn zu richten, aber nicht auf ihn als Gegner.

Der Druck seiner Hände ließ plötzlich nach, und sie schlossen sich geradezu sanft um ihren Körper, legten sich auf ihre Hüften und zogen dort ihre Kreise. Ein wohliges Zittern ging durch ihren Leib.

Ewans Atem an ihrem Nacken jagte ihr einen heißkalten Schauer den Rücken hinab. Seine Hände wanderten weiter zu ihrem Bauch, massierten ihn immer fester.

Die Stimme der Vernunft riet ihr, ihm Einhalt zu gebieten, doch sie konnte es nicht. Kein einziges Wort kam ihr über die Lippen.

Zärtlich glitten seine Hände bis zu ihrem Bauchnabel hinab, drifteten dann, als sich zwischen ihren Beinen schon eine ungekannte Hitze ausbreitete, nach hinten, bis sie ihren Po erreichten. Dort verharrten sie.

Zuerst war es ein zartes, fragendes Streicheln. Da sie aber keinen Protest erhob, wurde er zusehends mutiger und forscher.

Sie schloss die Augen. Noch nie zuvor hatte sie sich so benommen und zugleich hellwach gefühlt, so geborgen und zugleich erregt. Es war, als erlebte sie etwas, worauf sie schon lange gewartet hatte. Nur dass sie vorher keine Ahnung davon gehabt hatte, was es war. Dieses Gefühl war neu, und es machte sie unglaublich glücklich.

Sie in den Armen zu halten versetzte ihn in unglaubliche Euphorie. Es war lange her, dass er eine Frau zärtlich in den Arm genommen hatte. Natürlich hatte er mit Huren geschlafen, um seine Lust zu befriedigen. Mit dem Herzen aber war er nie dabei gewesen.

Mit Avery war es anders, unvergleichbar. Er verzehrte sich danach, ihren Körper überall zu streicheln, ihn mit Küssen zu bedecken, ihre Brüste unter seinen Händen zu spüren. Wie sie sich wohl anfühlten? Sie waren klein und fest. Er hatte schon viele Brüste berührt, viele schöne Brüste. Aber er konnte sich nicht daran erinnern, wann er sich das letzte Mal so sehr danach gesehnt hatte.

Seine Männlichkeit pochte heftig unter seinem Plaid. Er wollte mehr. Er wollte sie ganz und gar. Oh, es war kaum auszuhalten.

Sein Atem wurde schneller. Er sah, wie ein Schauer sie

durchlief, und noch einer, immer wieder. Er zog sie noch fester an sich, spürte mit ihr. Es war wie ein Rausch, der sie beide erfasste.

Es verlangte ihn danach, mit ihr zu Boden zu gleiten, sie unter sich zu fühlen, hier auf dem Boden. Wie gern hätte er sie seine Männlichkeit spüren lassen!

Er war sicher, dass sie es ebenso wild und leidenschaftlich mögen würde wie er. So, wie sie kämpfte, konnte es nicht anders sein. Nie hatte er es für möglich gehalten, dass er einer Frau begegnen könnte, die ihm so ähnlich war.

Aber er durfte nichts überstürzen. Ewans Lippen berührten zärtlich ihren Hals. Er fürchtete, sie könnte ihn zurückweisen. Aber das tat sie nicht. Stattdessen warf sie den Kopf seufzend in den Nacken.

Seine Lippen wanderten hoch zu ihrem Ohr, dann drehte er Avery zu sich herum und nahm ihr Gesicht in beide Hände.

Von diesem Augenblick hatte sie immer geträumt. Wie hatte sie ihre Schwestern darum beneidet, dass jemand sie geküsst hatte, dass jemand sie begehrte. Sie hatte lange warten müssen. Dieser Kuss war ihr erster, und er würde ihr ganz allein gehören.

Er mochte ihr Feind sein, doch das war ihr gleich. Gierig näherten sich seine Lippen ihrem Mund, bis sie ihn gänzlich bedeckten. Sie öffnete sich, und er glitt mit harter Zunge in sie hinein.

Oh, er schmeckte so köstlich, und er war so hungrig wie sie. Avery konnte nicht genug von ihm bekommen, begann ebenfalls, voller Neugier seinen Mund zu erforschen.

Doch plötzlich tauchte vor ihrem geistigen Auge Vickys Gesicht auf. Es traf sie wie ein derber Schlag gegen den Kopf. Egal, wie sehr sie es wollte, das hier durfte nicht sein.

Sie löste sich aus seinen Armen und drehte ihm den Rücken zu, um sicherzugehen, dass sie seinen wundervollen Lippen nicht noch einmal erlag.

»Was ist?« Ewan legte beide Hände auf ihre Schultern, aber sie stieß ihn sacht zurück.

»Ich glaube kaum, dass die Mutter deiner … Eurer Tochter gutheißt, was Ihr getan habt«, brachte Avery schließlich stockend hervor und strich den unteren Teil ihres Schutzrocks hektisch glatt. Darunter war es so furchtbar heiß. Sie musste sich abkühlen, und zwar so schnell wie möglich. Wie hatte sie nur einen verheirateten Mann küssen können?

Averys Worte versetzten ihm einen brennenden Stich in die Brust. Die Erwähnung Elisabeths riss die alten Wunden auf, von denen er gehofft hatte, sie seien verheilt. Gequält schloss er die Augen. Würde der Schmerz jemals vergehen? Würde er jemals ihren Tod hinnehmen können?

»Es ist anders, als du denkst. Elisabeth, Vickys Mutter, ist vor einigen Jahren verstorben«, sagte er leise. Dann öffnete er wieder die Augen.

Avery drehte sich langsam zu ihm um. Er fürchtete ihren Blick, doch er suchte ihn auch. Als er ihm begegnete, fand er zu seiner Überraschung und grenzenloser Erleichterung Verständnis.

»Das tut mir aufrichtig leid.« Sie senkte ihr Haupt. »Verzeiht, dass ich Euch angeherrscht habe.«

Er wollte sie wieder zu sich heranziehen, aber sie rührte sich nicht.

Erst nach einer Weile fuhr sie fort: »Ich weiß, was Ihr empfindet, denn auch ich habe jemanden verloren, der mir sehr wichtig war.« Sie wandte sich von ihm ab und starrte zur Decke hinauf. Ihre rotgoldenen Locken fielen auf ihre Hüften und schimmerten seidig im Licht der Fackeln.

»Ich kenne die Hilflosigkeit, die Wut, die Verzweiflung. Ich konnte mich nicht einmal von ihm verabschieden.«

»War er Euer Verlobter?«

Avery sah ihn wieder an und wiegte den Kopf hin und her. »Sagen wir, jemand, dem ich viel zu verdanken habe.«

Sie wollte offenbar nicht darüber sprechen. Genaugenommen ging es ihn auch nichts an. Dennoch hätte er zu gerne erfahren, wer dieser Mann war, der ihr so viel bedeutet hatte, dem sie, wie sie sagte, so viel verdankte. Fast überkam ihn so etwas wie Eifersucht.

»Möchtet Ihr darüber sprechen, wie Ihr Eure Frau verloren habt? Es hilft. Glaubt mir.«

Ewan war verblüfft über ihre offenen Worte, darüber, wie entspannt sie neben ihm lag, mit einem freundlichen Lächeln auf den Lippen. Die Hitze hatte einer wohligen Wärme Platz gemacht, die auf ihn abstrahlte.

Im Laufe der Jahre war er ein Einzelgänger geworden. Die Menschen um ihn schienen stets weit entfernt. Diese Frau war dabei, eine dicke Mauer zu durchbrechen, ohne dass sie es wusste.

Und doch konnte auch sie ihn nicht wirklich verstehen. Ganz sicher traf Avery keine Schuld am Tod dieses Mannes.

Ihre Hand schreckte ihn aus seinen Gedanken, legte sich federleicht auf seine Wange. Ewan zuckte zusammen. Sie hatte seine Narbe berührt. Gerührt und erstaunt hauchte er einen zarten Kuss auf ihre Handfläche.

»Die Wut darf Euch nicht zerfressen. Ihr müsst sie freilassen.«

Aye, sie hatte recht. Aber er wusste nicht, wie er das anstellen sollte. Und ob er überhaupt bereit dazu war.

»Wir können woanders hingehen. Völlig gleich, wohin, ich werde Euch zuhören.«

Avery hatte zum ersten Mal, seit sie auf Stonewall Castle war, das Gefühl, dem wahren MacCallen gegenüberzustehen. Doch nun, da sie glaubte, zu ihm vorgedrungen zu sein, schüttelte er den Kopf und wiegelte sie ab: »Ich bringe dich besser in dein Zimmer.«

Sie nickte, bemüht, sich ihre Enttäuschung nicht anmerken zu lassen. Wortlos streifte sie ihre Schutzkleidung ab und hob beide Schwerter vom Boden auf. Er nahm sie ihr ab, ohne sie dabei zu berühren, und hängte sie zurück an die Wand.

Wortlos gingen sie die Treppen hinauf in Averys Gemach, das ehemalige Musikzimmer.

Dort angekommen, setzte sich Avery auf das Bett. »Ich möchte mich bedanken«, sagte sie.

Ewan war schon auf dem Weg zur Tür. Er drehte sich noch einmal um. »Wofür?«

»Dass Ihr mich gut behandelt.«

Ewan sagte nichts, doch er lächelte sie an. Dieses Lächeln war genug. Es jagte ihr abermals wohlige Schauer über den Rücken. Wenn ihre Clans nicht verfeindet gewesen wären, hätten sie gemeinsam viel bewegen können.

Ihr Blick glitt zu dem Gemälde Elisabeths. »Sie war schön.« Eine so hübsche Frau hatte er gewiss sehr geliebt.

»Aye. Das war sie. Kein Bild kann ihre Schönheit einfangen. Aber dieses kommt recht nah heran.«

Der Klang seiner Stimme, die voller Sehnsucht war, versetzte ihr einen merkwürdigen Stich in die Brust.

»Wir sehen uns morgen«, sagte Ewan. »Ruh dich aus. Es wird ein harter Tag werden.«

Amus MacBaine trat hinter die zierliche Gestalt seiner Vetterin Anola, die sich vor dem Burgtor von Green Castle ins Gras gesetzt hatte. Mit gefalteten Händen blickte sie zum trüben Himmel auf, an dem allmählich dunkle Wolken aufzogen.

Noch ahnte Anola nichts von seinen Heiratsplänen. Und das war besser so, denn wie die Dinge im Augenblick standen, würde sie einen Antrag ablehnen. Amus warb schon so unerträglich lange um sie. Er hielt es für äußerst unwahrscheinlich, dass sie die von ihm gesandten Zeichen übersah. Nein, sie wollte sie einfach nicht sehen. Er ballte die Fäuste in den Taschen und mahnte sich zur Ruhe. Denn egal, wie sehr sie ihn ignorierte: Bald schon würde sie ihm gehören.

Zu einer Heirat zwingen konnte er sie nicht, das wusste er wohl, auch wenn er es zu gern getan hätte. Er wollte ihre Familie nicht gegen sich aufbringen, denn dazu war sie zu mächtig. Im Gegenteil: Er musste den Clan und den Rat von sich überzeugen, so dass sie seinem Antrag die Zustimmung erteilen würden. Dann hätte Anola kaum eine andere Wahl, als ihn zu heiraten.

Sein Begehren war nicht allein körperlicher Natur, obwohl sich schwerlich leugnen ließ, dass sein Unterleib stets ungewöhnlich stark auf die weiblichen Rundungen ihres wohlgeformten Körpers reagierte.

Eine Verbindung mit der jüngsten Tochter des verstorbenen Chiefs würde außerdem und vor allem seine Position im Clan sichern. Noch immer gab es unter seinen Männern welche, die ihm die dritte Feder am Bonnet nicht gönnten. Mit dieser Heirat wäre gesichert, dass die ignoranten Kameraden kein Komplott gegen ihn schmieden würden.

Er trat näher an Anola heran und versuchte, ihrem Flüstern zu lauschen, doch er verstand sie kaum. Seit Avery verschwunden war, betete sie jeden Tag und jede

Nacht und bat um ihre Rückkehr. Amus hatte vergeblich versucht, ihr zu erklären, dass ihre Schwester im Kampf um Lincairn gefallen war. Sie war als Heldin gestorben. Schließlich hatte sie sich gleich mit drei MacCallen-Bastarden angelegt.

Doch Anola wollte ihm nicht glauben, weil man ihre Leiche nicht gefunden hatte. Dieser Umstand war beunruhigend, aber Avery musste tot sein. Schließlich fehlte jegliches Lebenszeichen von ihr.

Zumindest der Rat und der Rest der Familie hatten seinem Bericht von dem Gefecht und ihrer Niederlage Glauben geschenkt. So hatte man ihn kurzerhand zum Chief ernannt, der alten Tradition folgend, für die er sich schon immer eingesetzt hatte.

Anolas blonde Locken schimmerten unter ihrer Haube hervor und glänzten in der Farbe der Sonne. Es genügte, sie von hinten zu sehen. Allein der Anblick ihrer schmalen Schultern und der schlanken Taille erregten ein Verlangen in ihm, das keine andere Frau je entfacht hatte. Und er hatte mit genügend Mägden geschlafen, um Vergleiche zu ziehen.

Eine beinahe unerträgliche Hitze breitete sich in seinen Lenden aus. Wäre sie nicht die Tochter MacBaines, er hätte sie ohne weiteres genommen, wenn es sein musste, auch gegen ihren Willen.

»Darf ich mich zu dir setzen?«, fragte er stattdessen in seinem freundlichsten Ton und nahm neben ihr Platz, ohne ihre Antwort abzuwarten. Anola warf ihm einen kurzen, abschätzenden Blick zu. Das war er nun schon gewohnt.

Sie machte kein Geheimnis daraus, dass sie ihn nicht leiden mochte, seit er Averys Posten übernommen hatte. Das störte ihn nicht sonderlich. Er wollte sie schließlich nicht der angenehmen Konversation wegen zur Frau nehmen.

»Du suchst in den letzten Tagen oft meine Nähe«, sagte sie, ohne ihn anzusehen. »Warum?«

»Ich mache mir Sorgen um dich«, sagte er, bemüht, seine Stimme warm und aufrichtig klingen zu lassen.

»So?« Sie wandte ihm den Kopf zu und zog einen ihrer Mundwinkel hoch.

Sie schien etwas freundlicher als sonst, und so tastete er vorsichtig nach ihrer Hand, die sie im Gras abgestützt hatte. Sanft streichelte er sie, um alle Zweifel auszuräumen, die sie ihm gegenüber haben mochte.

»Aye«, sagte er und versuchte, ihren Blick auf sich zu ziehen. »Du grämst dich immer noch so sehr. Ich wünschte, ich könnte dich irgendwie aufheitern.«

Ihre Hand regte sich unter seiner, als wollte sie ihm diese entziehen. Dann aber hielt sie wieder still und atmete tief durch, den Blick erneut zu den finsteren Wolken gewandt. »Was soll mich schon aufheitern? So wie der Himmel aussieht, sieht es auch in mir aus. Athair ist tot. Avery ist verschwunden. Ich spüre eine Leere tief in meinem Inneren, die mir Angst macht. Jetzt habe ich nur noch Màthair und Ann. Wenn auch sie eines Tages von mir gehen, bin ich ganz allein.«

Sie kniff die Augen, in denen Tränen standen, zusammen und senkte das Kinn auf die Brust. Das war seine Chance, ihr Vertrauen für sich zu gewinnen.

»Du bist nicht allein, Anola.« Er legte eine Hand unter ihr Kinn und hob es an, so dass sie gezwungen war, ihm ins Gesicht zu blicken. »Ich bin für dich da«, sagte er, in der Hoffnung, sie damit für sich zu gewinnen.

»Das ist sehr freundlich«, entgegnete sie für seinen Geschmack etwas zu kühl und drehte den Kopf zur anderen Seite.

»Es klingt nicht so, als würdest du mein Mitgefühl zu schätzen wissen.« Allmählich wurde er ungeduldig. Aber er musste nach außen hin Gelassenheit bewahren. Vielleicht war es doch gut, dass Anola so in ihre Gedanken vertieft war. Sie bemerkte kaum, wie aufgewühlt er war.

Himmelherrgott, wie er diese Frau wollte!

Und das schon seit einer erheblichen Zeit. Genauer gesagt seit der prächtigen Vermählung von Ann MacBaine und Chieftain Brians Sohn Malcolm. Man hatte gelacht, musiziert und getanzt, gut gegessen, viel getrunken bis spät in die Nacht hinein. Nur Anola hatte die fröhliche Gesellschaft bald verlassen. Man hatte sich gefragt, was mit ihr los sei, darüber diskutiert, warum sie sich zurückzog, doch niemand hatte die Antwort gekannt. Niemand bis auf ihn.

Anola hatte Malcolm begehrt. Er hatte es in ihren sehnsuchtsvollen Blicken gesehen, die sie ihm am Altar zugeworfen hatte.

Wie herrlich zerbrechlich sie auf den Zinnen gestanden und zum Vollmond aufgeblickt hatte! Amus hatte sie schon den ganzen Abend beobachtet und war ihr heimlich dort hinauf gefolgt. In ihrem zarten Kleid, durch dessen Stoff er ihre wunderschönen Formen erkannte, hatte sie wie eine Elfe ausgesehen. Dies war der Moment, in dem er beschlossen hatte, dass er sie eines Tages heiraten würde.

»Doch, ich weiß sehr wohl zu schätzen, dass du mir beistehen möchtest.«

Auf ihrem Gesicht entdeckte er ein unsicheres Lächeln, das ihn mit neuem Mut erfüllte.

»Ich ziehe mich in mein Zimmer zurück«, sagte sie dann. Amus erhob sich, um ihr aufzuhelfen, und geleitete sie ins Burginnere.

»Soll ich dich nach oben begleiten?«, fragte er. Sie schüttelte abwehrend den Kopf.

Amus nahm es hin. Wahrscheinlich musste er sich noch gedulden. Schließlich hatte sie schreckliche Verluste erlitten. Ihre Trauer ließ wohl derzeit kaum andere Gefühle zu, aber das würde sich wieder ändern.

Während er noch grübelte, vernahm er das Trappeln von Hufen im Hof. Ein fremder Reiter war angekommen. Eilig stieg er vom Pferd und verbeugte sich vor ihm.

Amus musterte den Jüngling gründlich. Dem stand die Angst förmlich ins Gesicht geschrieben. Neugierig sammelten sich die MacBaines um ihn.

»Wer seid Ihr?«, fragte Amus schließlich und betrachtete mit einem Mal interessiert seine Fingernägel, die er, wie seinen gesamten Körper, gründlich pflegte.

Hastig wedelte der Fremde mit seiner Tasche. »Ich bin Jack von den MacCallens und bringe eine Nachricht für den Chief der MacBaines. Der Regen hat mich aufgehalten, daher komme ich verspätet.«

Amus trat näher. Er genoss es, dass er den Jungen um ein halbes Haupt überragte. Das passierte ihm selten genug. Er hielt lässig die Hand auf. Der Bote verstand und zog einen Brief aus der Tasche. Wie gut es sich anfühlte, dass ein MacCallen vor ihnen erzitterte.

»Gebt ihm Speis und Trank«, sagte Amus zu dem Diener, der inzwischen zu ihnen getreten war »Und wenn es sein muss, richtet ihm ein Nachtlager her.«

Er würdigte den Boten keines Blickes mehr. Aber auch wenn dieser Jack ein MacCallen war: Amus hielt schottische Traditionen wie die Gastfreundschaft sehr hoch, und der Mann war ohne Schwert gekommen. Wer in diesen rauen Zeiten Regeln und Ordnung missachtete, würde untergehen. Er fragte sich, was MacCallen von ihm wollte.

Amus zog sich mit der Nachricht in sein Gemach zurück, um sie in Ruhe zu lesen. Er setzte sich an das Fenster und faltete das Schreiben auseinander. Die förmliche Anrede übersprang er, denn etwas anderes stach ihm geradezu schmerzhaft ins Auge.

Avery MacBaine ist in meiner Gewalt!

Amus spürte mit einem Mal, wie das Blut in seinem Schädel rauschte. In seinen Schläfen pochte es so heftig, dass er fürchtete, gleich werde sein Kopf explodieren.

Avery lebte! Er hatte fest damit gerechnet, dass sie unter dem brennenden Unrat ersticken oder verbrennen würde. Und für den äußerst unwahrscheinlichen Fall, dass sie sich befreite – hatte er angenommen –, würden die barbarischen MacCallens sie niedermetzeln.

Nun, vielleicht hätten sie das auch getan, wenn Avery ein Mann gewesen wäre. So aber hatten sie sie offensichtlich in ihre Obhut genommen.

Er hatte ein Problem. Mit einer raschen Handbewegung wischte er sich den Schweiß von der Stirn und griff nach einem Becher Whisky, der auf seinem Tisch stand. Er spülte den Inhalt mit einem einzigen großen Schluck die Kehle hinunter.

Er musste nachdenken. Seine Gedanken ordnen. Es gab eine Lösung für dieses Problem. Es musste sie geben.

Avery konnte ihn nicht erkannt haben, denn er hatte schnell zugeschlagen und außerdem sein Gesicht geschwärzt. Sie würden keine Anklage gegen ihn erheben.

Am Abend rief Amus den Rat zusammen, da eine schnelle Entscheidung gefordert war. Er nahm nur zu bereitwillig in Kauf, dass aufgrund der langen Anreise nicht alle Chieftains an der Versammlung teilnehmen konnten.

Sie setzten sich an die große Tafel. Amus reichte das Schreiben MacCallens reihum, fasste den Inhalt jedoch noch einmal in eigenen Worten zusammen, da er wusste, dass nicht alle Chieftains des Lesens mächtig waren.

»Ein feiger Hund, dieser MacCallen. Aber schlau. Er weiß, dass wir ihn kaum angreifen werden, solange unser Chief in seiner Gewalt ist«, brummte Brian.

Amus' Hände, die noch das Schriftstück hielten, krallten sich so fest in das Papier, dass er es beinahe zerrissen hätte. Wann würden sie endlich einsehen, dass er ihr Chief war, niemand sonst, und am wenigsten dieses Weibsbild?

»Für den Überfall auf Lincairn ist er angeblich nicht verantwortlich. Wer will ihm das abkaufen? Er hat uns geschwächt, und nun versucht er, seinen Verrat zu vertuschen«, fuhr Liam fort.

»Wir werden nicht auf diese lächerlichen Forderungen eingehen«, sagte Amus entschlossen.

Ein Raunen ging durch den Saal.

»Wie stellst du dir das vor, Amus? Willst du Averys Leben riskieren? Am Ende verlieren wir alles. Ich finde, wir zahlen dieser verfluchten Ratte die Pacht. Dann ist das eben der Preis für den Frieden.«

»Aber genau darauf spekuliert MacCallen. Verstehst du das nicht, Brian? Wir dürfen uns nicht länger von diesem Unhold zum Narren halten lassen. Als Nächstes fordert er noch höhere Abgaben. Seiner Gier sind dann keine Grenzen mehr gesetzt. Und wir sollen uns jedes Mal von neuem fügen? Denkt an die Zerstörung von Lincairn. Diese Hurensöhne haben ein ganzes Dorf vernichtet, unser Land verwüstet, unseren Chief gefangen genommen. Ist das nicht genug? Es wird Zeit, dass wir sie in ihre Grenzen weisen.«

Ein Teil nickte zustimmend, die anderen musste er noch überzeugen. Aber dies war gewiss nicht seine schwierigste Übung.

»Schön und gut, Amus, nur, wie willst du ihm diese

Grenzen setzen? Durch einen Angriff? Die MacCallens sind uns zahlenmäßig überlegen.«

»Das ist mir bekannt. Aber bedenke, dass MacCallens Land äußerst weitflächig ist. Er hat seine Mannen nicht alle an einem Ort versammelt, sondern sie sind über eine weite Strecke verteilt. Schlagen wir zu, wird sich uns nur eine kleine Gegnerzahl entgegenstellen. Und bis die Verstärkung anrückt, sind wir längst vor Stonewall Castle angekommen.«

»Ewan MacCallen ist nicht dumm, Amus«, sagte Brian. »Er wird sicher bereits Männer bereitstehen haben, die bei einem Angriff in die Bresche springen. Doch nehmen wir an, du hast recht, und wir erreichen die Burg. Spätestens dort werden wir scheitern. Sie steht auf einem Hügel, hat dicke Mauern und ein starkes Tor. Willst du das vielleicht selbst eintreten?«

Einige Chieftains lachten schallend. »Die werden sich totlachen und von den Mauern auf dich herunterspucken. Die Burg einzunehmen kostet viel Zeit. Und seine Leute werden nicht ewig brauchen, um zu uns aufzuschließen. Mit der Burg vor uns und seinen Leuten hinter uns sind wir eingekesselt und dürfen uns dann eine Todesart aussuchen. Kein sehr guter Plan, wenn du mich fragst, Junge.«

Amus hasste es, Junge genannt zu werden. Das war respektlos. Es kostete ihn einiges, nicht die Beherrschung zu verlieren. Sicherlich war es genau das, was Brian mit seinen Attacken gegen ihn beabsichtigte, dieser unverbesserliche Stiefellecker Averys. Aber diesen Gefallen würde er dem alten Chieftain nicht tun.

»Dies bringt mich zum zweiten Punkt meines Planes. Unsere Verbündeten.« Amus presste selbstgefällig die Fingerspitzen beider Hände aneinander und genoss Brians irritierten Gesichtsausdruck.

»Von welchen Verbündeten sprichst du?«, fragte Liam.

»Von den MacAffys und den MacDouglas. Zugegeben, es sind zwei eher kleine Verbündete. Aber sie hegen einen ähnlich großen Groll gegen MacCallen, wie wir es tun. Sie müssen ihm, genau wie wir, eine Pacht dafür zahlen, dass sie ihr eigenes Land besiedeln dürfen. Ihr könnt euch vorstellen, wie sie über ihn denken.«

»Mit Flöhen gegen Hunde. Eine ganz prächtige Idee, Amus«, mischte sich Brian ein.

»Moment mal. Ich glaube, das könnte funktionieren«, sagte Liam. Zustimmung kam auch von anderer Seite.

»Nicht so schnell, meine Brüder. MacCallen hat den König als Verbündeten. Er ist es, der ihm die Urkunde ausgestellt hat, die für diesen Mist verantwortlich ist. Er steht gewiss nicht daneben und dreht Däumchen, während wir seinem Schoßhund das Fell gerben«, warf Brian ein.

Amus konnte nicht an sich halten. Er fing an zu lachen, glockenhell, wie er es immer tat. Dabei klopfte er sich auf den Oberschenkel. »Der König soll ihm helfen? Ein wahrlich guter Scherz. Jedermann weiß, dass der König sich nicht um die Fehden der Clans schert. Er hat mehr als einmal versucht, sich hier im Hochland durchzusetzen. Nie ist es ihm gelungen. Er hat sein Vorhaben längst aufgegeben. Die Urkunde bedeutet ihm gar nichts.«

»Ein guter Punkt. Davon abgesehen, kann der König nur dann eingreifen, wenn er von den Kämpfen erfährt. MacCallens Bote müsste durch das Gebiet der MacAffys, und es ist wohl klar, dass er diese Reise nicht überleben würde. Der gute MacCallen wäre umzingelt, lange bevor Hilfe eintreffen könnte.«

»Verflucht noch eins. Wo habt ihr nur eure Köpfe? Dieser Bastard würde nicht lange fackeln und Avery umbringen«, rief Brian energisch.

Amus lehnte sich in seinem Stuhl zurück, sah in die Runde und stieß, als er sich ihrer Aufmerksamkeit versichert hatte, einen vernehmlichen Seufzer aus. Nur schwer konnte er seine Freude über diese günstige Gelegenheit verbergen, aber er war ein guter Schauspieler. Wie in tiefer Verzweiflung senkte er nun den Kopf, barg ihn in seinen Händen und zählte bis zehn. Dann sprach er, zu Anfang leise, dann mit zunehmender Kraft.

»MacCallen tritt die alten Clan-Gesetze mit Füßen. Nichts ist ihm heilig. Er fordert ein Land, das ihm nie zustand. Er greift grundlos unsere Männer an. Er kämpft nicht ehrenhaft, sondern attackiert aus dem Hinterhalt. Ich werde nicht mit ihm verhandeln, denn er ist kein Mann der Ehre. Wie sollten wir ihm jemals vertrauen? Wagt er es tatsächlich, meine Vetterin zu töten, so wird meine Rache fürchterlich sein. Mein Schwert soll sein Herz durchbohren!«

Einige Männer schlugen zustimmend mit ihren Fäusten auf die Steinplatte des Tisches. Die wenigen, die anderer Meinung waren, hielten sich zurück. Selbst Brian schwieg, auch wenn sein Gesichtsausdruck keinen Hehl daraus machte, was er von Amus' Plan hielt.

»Was wird mit dem Boten geschehen? Soll er hingerichtet werden?«, fragte Liam.

»Ich bin ein Mann der Tradition. Er bleibt mein Gast. Ihm wird nichts geschehen.«

Jeder einzelne Muskel und Knochen tat ihr weh. So musste sich jemand fühlen, der gerädert worden war. Avery konnte sich kaum bewegen, geschweige denn aufstehen oder auch nur die Beine ausstrecken, ohne leise zu fluchen.

Zu früher Stunde kam Cathee in ihr Zimmer, um ihre Verbrennungen mit ihren Wunderkräutern zu versorgen.

»Kennst du nicht auch ein Mittel oder einen Zauber gegen Muskelkater?«

Cathee sah Avery mitleidig an und schüttelte den Kopf. »Vielleicht bringt Euch etwas Bewegung auf die Beine. Laird MacCallen erwartet Euch im Hof zum Morgentraining.«

»Das kann nicht sein Ernst sein.« Avery richtete sich auf. Aber ein stechender Schmerz in ihrem Rücken zwang sie aufs Kissen zurück. »Ich komme nicht einmal aus dem Bett.«

»Das sehe ich.« Cathee seufzte. »Ich werde mit ihm sprechen. In Eurem Zustand könnt Ihr nicht kämpfen.«

»Hoffentlich sieht er das ein.«

Wenige Augenblicke später stand Ewan vor ihrem Bett und begutachtete ihre Wunden mit kritischer Miene.

»Aye, das sieht schlimm aus«, befand er dann. »Ruh dich aus, wir kämpfen heute Abend.«

»Heute Abend schon? Ich bin nicht sicher, ob es mir dann bessergeht«, sagte sie, obwohl sie sich, trotz all der Schmerzen, insgeheim schon auf den nächsten Kampf mit ihm freute. Sie sehnte sich nach seiner Nähe. Ob es ihm genauso ging? Er schien Elisabeth noch immer zu lieben. So oder so, in ihrem Zustand war es sicher keine gute Idee, ein Schwert in die Hand zu nehmen.

»Auf dem Schlachtfeld fragt dich auch niemand, ob du ...«

»Ich weiß, ich weiß«, unterbrach sie ihn und nickte. »In wie vielen Schlachten habt Ihr eigentlich gekämpft?« Diese Frage interessierte sie viel brennender.

»Es gab einige, die auf Skye geschlagen wurden. Ich war maßgeblich an der Eroberung der Insel beteiligt.«

Aye. Die Geschichte kannte jeder im Hochland. Die Eroberung hatte den MacCallens einen schlechten Ruf im Nordwesten eingebracht. Nicht nur hatten die MacCallens die ganze Insel eingenommen, sie hatten auch die MacDovers, die zuvor geherrscht hatten, niedergemetzelt.

Diese Gräueltat ging auf eine uralte Fehde zurück.

Immer hatten die Clans sich seitdem gegenseitig beharkt. Und irgendwann waren diese Streitigkeiten dann eskaliert. Avery hätte gern gewusst, inwieweit Ewan daran beteiligt gewesen war, aber sie wagte nicht, ihn zu fragen.

»Ich sehe später noch einmal nach dir«, versprach er.

Am Nachmittag kam er wieder.

Avery ging es schon viel besser. Sie konnte aufstehen, aus dem Fenster sehen, sogar einige Kniebeugen machen.

»Wie fühlst du dich?«, fragte Ewan.

»Zumindest wieder wie ein Mensch.«

»Das freut mich. Ich möchte einen Ausflug mit dir machen. Denkst du, das geht?«

Das Erstaunen musste ihr buchstäblich ins Gesicht geschrieben stehen, denn Ewan schüttelte sogleich den Kopf. »Dann besser morgen«, nahm er ihr die Antwort vorweg.

»Nay. So war das nicht gemeint. Ich wundere mich lediglich über den Vorschlag, zumal zu dieser Uhrzeit.«

Ewan lächelte auf eine eigentümliche, doch hinreißende Weise. Dieses Lächeln sah ein wenig anders aus als noch am Morgen. Erst auf den zweiten Blick merkte sie erstaunt und erfreut, dass er seinen Bart gestutzt hatte.

»Du kennst mich, Avery MacBaine. Dieser Schotte hat immer seine Hintergedanken, wenn er solche Vorschläge macht. So es dein Muskelkater zulässt, können wir einen Übungskampf auf unebenem Grund austragen. Das ist eine wichtige Lektion.«

»Auf unebenem Grund? Das heißt, in den Bens?«

»Aye. Die Berglandschaft bietet sich dafür an.«

Das klang aufregend, aber auch ein wenig gefährlich. Trotzdem verspürte sie große Lust darauf. Den ganzen Tag im Bett zu verbringen war nicht eben ihre Sache.

»Gut. Wann brechen wir auf?«

Nun war es Ewan, der erstaunt dreinblickte. »Hier hat es aber jemand eilig. Nun gut. Gehen wir doch einfach sofort los.«

Der kühle Wind jagte ihr eine Gänsehaut über die Arme. Sie versuchte, die herbstliche Kälte, die allmählich im Land einzog, so weit wie möglich zu ignorieren. Glücklicherweise regnete es zumindest nicht. Der Himmel hatte sich aufgeklärt, und die dunklen Wolken waren weitergezogen.

Als sie, nach steilem Anstieg, auf einer Hochebene ankamen, löste sie das Seil um ihre Taille, dessen Ende um seine Hüften geknotet war und sie miteinander verband. Ewan tat es ihr gleich. Dann wickelte er es zusammen und legte es auf den Boden, genauso wie die beiden Schwerter, die er auf seinem Rücken transportiert hatte.

»Ein herrlicher Ausblick«, sagte Ewan, der sich auf einen Vorsprung stellte und die Arme zu beiden Seiten ausstreckte, als wollte er sich wie ein Vogel in die Lüfte erheben. Seine Rückenmuskeln spannten sich an. Er hatte ein auffallend breites Kreuz, und seine Haut war für die eines Schotten ungewöhnlich stark gebräunt. Avery trat vorsichtig an seine Seite. Das Erklimmen eines Berges stellte kein Problem für sie dar, aber sie konnte einfach nicht in die Tiefe hinabsehen. Obgleich sie in den Highlands aufgewachsen war, war es ihr nie gelungen, diese Schwäche zu überwinden.

Ihre Hände tasteten nach seinem starken Arm, während sie den Blick konzentriert geradeaus richtete. Der Himmel machte ihr ganz gewiss keine Angst.

Ewan schien ihre Unsicherheit dennoch bemerkt zu haben. Er musterte sie irritiert.

»Mir schwindelt hier oben etwas«, erklärte sie entschuldigend.

»Hast du etwa Höhenangst?«

»Nay. Nur Respekt vor der Tiefe.«

Er grinste und zog sie vorsichtig zu sich heran.

»Gewöhne dich erst einmal an die Höhe. Keine Sorge, ich halte dich fest. Und dann schau auf die Landschaft. Ist sie nicht atemberaubend?«

Avery sah zu den Bergen um sie herum und versuchte weiterhin alles, was sich unterhalb ihrer Schuhspitzen befand, zu ignorieren. »Aye.«

»Sieh, dort drüben. Das ist Stonewall Castle.«

Die Burg stand auf einem Hügel schräg unterhalb des Vorsprungs. Es kostete sie große Überwindung, sich leicht vorzubeugen. Rote Punkte tanzten vor ihren Augen und verwischten das Bild. Schon spürte sie Ewans Arm auf ihren Schultern. Dankbar lehnte sie sich ein wenig an ihn.

»Keine Angst, sieh dich ruhig um.«

Sie nahm all ihren Mut zusammen und sah in die Ferne. Ihr Blick blieb jedoch nicht auf Stonewall Castle haften, sondern wanderte weiter gen Norden, wo das Land der MacBaines begann. Sehnsucht stieg in ihr auf – nach ihrer Heimat, Green Castle, nach Mutter, Anola und Ann. Wie mochte es ihnen ergehen? Gewiss machten sie sich schreckliche Sorgen um sie, denn sie konnten nicht wissen, wie gut es ihr bei den MacCallens ging. Sie würde Ewan bitten, ihnen einen Brief schreiben zu dürfen. Nur damit sie wussten, dass sie gesund und wohlbehalten war.

Ewan schien ihre Anspannung zu spüren. Er führte sie an der Hand vom Vorsprung auf sicheres Terrain und griff nach den Schwertern. »Hier ist eine gute Stelle. Weitflächig, wie gemacht für einen Übungskampf. Von hier aus siehst du das Tal nicht. Was meinst du?«

Sie nickte. Es war sicher nicht verkehrt, sich etwas abzulenken. »Zu den Schwertern, sage ich.«

Die Waffen kreuzten sich rasend schnell. Trotz des steinigen Untergrunds hielt Avery das Gleichgewicht und wirbelte wild herum. Selbstbewusst stürmte sie mit erhobenem Schwert auf ihn zu, aber er parierte geschickt. Das feurige Funkeln in seinen Augen trieb sie noch mehr an. Attacke folgte auf Attacke, bis Avery plötzlich ausholte und ihn am Kopf traf.

Mit einem Stöhnen sank er auf die Knie.

»Ewan?«, fragte sie erschrocken.

Er verdrehte die Augen und kippte um.

Herrgott! Avery ließ ihr Schwert fallen und stürzte zu ihm. Hatte sie ihn etwa getötet? Ihr Herz raste.

»Ewan!« Voller Panik rüttelte sie ihn.

Er reagierte nicht.

Hektisch tastete sie seinen Hals ab, um nach dem Puls zu suchen. Aber in ihrer Aufregung fand sie ihn nicht sofort. Ihre Hände zitterten immer stärker. Bis sie endlich das Pochen des Blutes spürte. Erleichtert atmete sie auf.

Er lebte! Dem Himmel sei Dank.

Nun konnte sie sich seinen Kopf ansehen. Die linke Hälfte seiner Stirn war geschwollen und gerötet. Das würde eine hässliche Beule geben.

Ein leises Stöhnen kam über seine Lippen, und sie hoffte inständig, er würde aufwachen und ihr sagen, dass alles in Ordnung sei. Aber anstatt die Augen zu öffnen, drehte er lediglich den Kopf leicht zur Seite, um sich dann nicht mehr zu rühren.

»Es tut mir so leid. Das wollte ich nicht.«

Sie wünschte, sie hätte etwas gehabt, um die Schwellung zu kühlen. Aber hier oben war nichts. Keine Quelle, kein Wasserfall. Sogar das spärliche Gras war nach dem letzten Regen vollkommen vertrocknet.

Was sollte sie nur tun? Unbeholfen bettete sie seinen Kopf auf ihren Schoß und streichelte ihm das dunkle Haar aus dem Gesicht.

Ewan reagierte nicht. Es schien, als würde er tief und fest schlafen. Nichts würde ihn wecken.

Dies war der Moment, auf den Avery die ganze Zeit gewartet hatte. Die Gelegenheit zu fliehen. Niemand würde sie aufhalten, weder die Wachen von Stonewall Castle noch Ewan. Sie konnte den Berg hinabklettern, sich ein Pferd organisieren oder zu Fuß bis zur Grenze durchschlagen, um in den sicheren Schoß ihrer Familie zurückzukehren.

Ewan würde kein Druckmittel mehr gegen ihre Leute haben.

Aye, das war ihre Chance. Warum nur fühlten sich ihre Beine an, als wären sie mit dem steinernen Boden verwachsen? Warum brachte sie es nicht über sich, einfach aufzustehen und ihn hier liegen zu lassen? Er war nur leicht verwundet, würde von selbst wieder zu sich kommen. Aber etwas hielt sie. Vor ihrem inneren Auge sah sie einen Wolf, der sich ihm auf leisen Sohlen näherte, um ihn zu zerfetzen. Sie streichelte zärtlich seinen Schopf. Nay, sie konnte ihn nicht alleinlassen.

Da bewegte er sich, drehte sich leicht zur Seite. Seine Augenlider zuckten nervös.

Sie beobachtete ihn wachsam. Wenn sie fliehen wollte, musste sie das sofort tun. Ihr Blick glitt zu den Bens, die Freiheit verhießen.

Dann sah sie in sein Gesicht. Er sah so friedlich aus. Sie seufzte leise, als sie ein Lächeln auf seinen Lippen bemerkte. »Ewan?«, fragte sie leise.

»Mmh?« Er klang, als hätte er einen wunderbaren Traum gehabt. Er räkelte sich, richtete sich ein Stück weit auf, so weit, dass er sein Haupt an ihre Brust schmiegen konnte.

»Wie lange bist du schon wach?«

Er hatte etwas Jungenhaftes an sich, als er sich die Augen rieb und müde zu ihr aufblickte. »Eine Weile.« Er lächelte nun von einem Ohr zum anderen.

Eine Welle von Zärtlichkeit stieg in ihr auf, doch so leicht wollte sie es ihm nicht machen. Sie gab ihm einen Klaps auf die Schulter. »Du hast mich hereingelegt!«

»Nur ein bisschen. Es war so schön, wie du mich gestreichelt hast.«

»Ich habe mir solche Sorgen um dich gemacht.«

Er reckte die Beine. »Auch das hat sich sehr schön angefühlt. Ich wünschte, du würdest dir öfter Sorgen um mich machen.«

Avery war sprachlos.

»Aber nun gibt es noch eine wichtige Lektion für dich zu lernen«, sagte er und erhob sich, schüttelte die Beine aus und streckte den Rücken durch.

»Wovon sprichst du?«

»Du bist schon besser geworden. Führst das Schwert sehr elegant. Aber du musst darauf achten, immer einen festen Stand zu haben. Ganz besonders dann, wenn du auf unebenem Grund kämpfst.«

Sie nickte nur.

»Nun wird es Zeit, dass du den MacCallen-Trick lernst.«

Als sie diesen Namen hörte, musste sie unwillkürlich lachen.

Ewan aber schüttelte streng den Kopf. »Das ist eine sehr ernste Angelegenheit. Wenn du einem Feind gegenüberstehst und selbst keine Waffe hast, bist du verloren. Es sei denn, du weißt dir zu helfen.«

Avery riss sich zusammen. Er meinte es ernst. Außerdem wusste sie, dass Ewans Tricks tatsächlich funktionierten. Sie hatte es ja am eigenen Leib zu spüren bekommen.

»Ich werde dich jetzt angreifen«, sagte er und griff nach seinem Schwert. »Versuche, außerhalb der Reichweite meiner Klinge zu gelangen. Aber nicht, indem du ihr ausweichst, sondern indem du sehr schnell nah an mich herantrittst, noch bevor ich dich treffen kann.«

Wie angekündigt, stürmte er auf sie zu. Avery machte einen raschen Schritt nach vorne. Unvermittelt standen sie sich dicht gegenüber.

»So in der Art?«, fragte sie und blickte zu ihm hoch. Sie spürte einen warmen Hauch auf ihren Wangen. Beinahe berührten sich ihre Lippen.

Ewans Atem ging noch immer schnell, schien sich sogar noch zu beschleunigen.

»Aye«, sagte er heiser.

Er hatte so ungewöhnlich dunkle Augen. Sie hätte sich in ihnen verlieren können, ewig in diese funkelnden Bergseen blicken mögen. Aber es war nicht die Zeit.

»Nun musst du mich noch entwaffnen«, erinnerte er sie.

Avery drehte sich blitzschnell und griff mit beiden Händen nach seinem Schwertarm.

»Nimm mein Handgelenk«, wies er sie an.

Sie drückte zu. Scheppernd fiel das Holzschwert zu Boden.

»Ausgezeichnet.«

Leicht errötend ließ sie sich erschöpft auf den felsigen Untergrund sinken. »Ich könnte auf der Stelle einschlafen«, hauchte sie und schloss einen Moment lang die Augen.

Ewan setzte sich hinter sie und massierte mit beiden Händen ihre Schultern.

Es fühlte sich himmlisch an. Als wäre der Kampf nur ein Spiel gewesen, ein ermüdendes allerdings. Sie gähnte. Auf der Stelle hätte sie einschlafen können, um erst am Morgen wieder in seinen Armen zu erwachen.

»Das ist nicht gut«, sagte Ewan plötzlich.

»Was meinst du?«

»Sieh dich um.«

Das rote Licht der untergehenden Sonne erlosch hinter einem gewaltigen Berg, und eine warme Dunkelheit hüllte sie ein. Das Tal verwandelte sich in ein gewaltiges schwarzes Nichts, das sämtliche Dörfer verschluckte. Und auch Stonewall Castle.

»Wir hätten schon vor einer Stunde aufbrechen sollen. Jetzt schaffen wir es nicht mehr nach Hause. Sieht so aus, als müssten wir die Nacht hier oben verbringen.«

»Warum denn das?«

»Erkennst du den Weg hinab?«

Sie blickte in die Richtung, aus der sie gekommen waren, konnte aber nichts erkennen. »Nay.«

»Ich auch nicht. Es wäre viel zu gefährlich, in dieser Dunkelheit den Abstieg anzutreten.«

Avery seufzte. Sie sehnte sich nach ihrem weichen Bett. Wenigstens war sie nicht allein hier oben.

»Es wird kalt werden. Das heißt, wir müssen eng zusammenrücken, um uns gegenseitig zu wärmen. Leider habe ich nichts dabei, um ein Feuer zu machen.«

»Soso, Laird MacCallen.« Sie lachte. Das war gewiss wieder ein MacCallen-Trick.

Ewan aber blieb ernst. »Das ist kein Scherz. Die Nächte in den Bergen haben es auch im Spätsommer in sich. Aber wenn dir meine Nähe unangenehm ist, kannst du meinen Plaid haben, um deine Beine zuzudecken. Er wird die Wärme geben, die du brauchst.«

»Und was ist mit dir? Willst du nackt schlafen? Hast du etwa vor zu erfrieren?«

»Ich halte einiges aus.«

»Lass uns so sitzen bleiben.« Sie legte ihre Hand sanft auf seine und streichelte sie zärtlich. Kein Plaid hätte sie so wärmen können wie seine Nähe.

Ewan lächelte sie an. »Schlaf ruhig. Ich werde Wache halten.«

»Denkst du, es gibt hier Wölfe?« Wieder tauchte das Bild des Wolfes vor ihrem inneren Auge auf. Sie hatten nicht einmal richtige Waffen dabei, nur diese albernen Holzschwerter.

»Wer weiß schon, welche Gefahren hier lauern«, sagte er und zuckte die Schultern. »Ich würde so oder so Wache halten.«

»Und wenn du einschläfst?«, neckte sie ihn.

»Das wird nicht passieren«, sagte er sachlich.

»Was macht dich so sicher? Irgendwann übermannt einen der Schlaf einfach.«

»Ich bin ein einziges Mal eingeschlafen, als ich Wache halten sollte. Es endete in einer Katastrophe. Noch einmal wird mir das nicht passieren.«

Sie sah ihn überrascht an. »Wann war das?«

»Bei der Schlacht um Skye. Wir hatten unser Lager an der Küste aufgeschlagen, und die Nacht schien ruhig. Ich saß am Feuer. Das Spiel der Flammen vor meinen Augen hatte mich müde gemacht. Irgendwann bin ich eingeschlafen, und die MacDovers konnten sich uns unbemerkt nähern. Sie drangen in das Lager ein und metzelten die schlafenden Krieger nieder. Einigen von uns gelang es, rechtzeitig das Schwert zu ziehen. Ich war einer von denen, die überlebten. Doch die Verluste waren verheerend. Man muss auch funktionieren, wenn man einen Kampf hinter sich hat oder aus dem Schlaf gerissen wird. Ein klarer Verstand und geschärfte Sinne sind unabdingbar, um zu überleben.«

»Und, waren deine Sinne geschärft?«, fragte sie neugierig.

»Ich war jung und unerfahren. Der älteste Sohn MacDovers, Russell, stand plötzlich vor mir. Ich war wie in einem Rausch. Alles um mich herum bewegte sich verzögert. Ich sah seine blitzende Klinge auf mich zukommen und wusste, dass meine letzte Stunde geschlagen hatte. Aber in mir war eine Kraft, die mich zur Seite riss. Es geschah einfach. Ich wollte leben.

Ich spürte einen starken Schmerz, der mein Gesicht zu zerreißen schien. Etwas Warmes glitt über meine Wange, und ich konnte plötzlich auf einem Auge nicht mehr richtig sehen. Ehe ich begriff, was geschehen war, stand Russell MacDover über mir. Ich werde seine Fratze niemals vergessen. Dieses triumphale Grinsen, das teuflische Funkeln in seinen Augen. ›Jetzt gehört dein Kopf mir, MacCallen‹, schien es zu sagen.

Ich dachte, ich sei verloren, aber wie von selbst tastete meine Hand nach dem Griff meines Schwertes, das griffbereit neben mir lag. Als seine Klinge auf mich zusauste, riss ich es hoch und stieß ihn zurück. Er taumelte ins Feuer.«

Zärtlich zeichnete sie die sichelförmige Narbe auf seiner Wange nach. Dies war also ihre Geschichte.

»Diese Narbe wird mich ewig an meinen Fehler erinnern. Hätte ich meine Pflicht getan, wäre niemand gestorben.«

»Das ist nicht gesagt. Die MacDovers waren sicherlich gute Kämpfer.«

»Aye.«

Ewans mächtiger Kopf schmiegte sich an ihren. Sein Atem ging so schnell, als würde er den Kampf noch einmal durchleben. »Mein Auge konnte gerettet werden. Trotzdem habe ich dieses Erlebnis nie vergessen.«

Seine Lippen berührten sanft ihre Schläfe.

Avery drehte ihren Kopf und küsste ihn. Ewan wich reflexartig zurück, fast schien er erschrocken. Dann aber umschloss er ihr Gesicht leidenschaftlich mit beiden Händen und erwiderte ihren Kuss innig. Seine Lippen bedeckten ihren Mund, ihre Stirn, ihre Wangen. Es gab keine Stelle, die er ausließ. Und sie wollte ihn überall spüren. Sie sehnte sich nach seinen starken Händen auf ihren Brüsten, ihrem Bauch und noch tiefer. Dort, wo sich eine unerträgliche Hitze ausbreitete.

Es war windig, als sie zur Mittagszeit nach Stonewall Castle zurückkehrten. Der Sommer neigte sich seinem Ende zu. Jeden Tag wurde es kühler und unwirtlicher im Hochland.

Averys Magen knurrte, weil sie keinen Proviant mitgenommen und in den Bens nichts Essbares gefunden hatten. Sie hätte drei Haggis hintereinander verspeisen können.

»Ich lasse uns etwas herrichten«, sagte Ewan, während sie durch das Burgtor schritten. Als hätte er ihren Magen knurren hören!

»Oh, sehr gern.«

Da kam ein breitschultriger Mann auf Ewan zu. Er hatte ein markantes Kinn und schien ihr auf merkwürdige Weise vertraut, sie wusste jedoch nicht, woher. Ihm folgte Allistor, der Avery mit zusammengekniffenen Augen anblickte.

»Chief, na endlich. Ich muss dringend mit dir sprechen«, sagte der Fremde, während er Avery misstrauisch von der Seite musterte.

Sein Blick bereitete ihr Unbehagen. Er erinnerte sie an die gierigen Augen von Chieftain Borgas. Dies musste wohl sein Sohn und Nachfolger sein. Nun, es war zu hoffen, dass er mehr Anstand besaß als sein missratener Vater. Immerhin war es Ewan, der ihn zu dessen Nachfolger ernannt hatte.

»Patrick, Allistor, welch eine Überraschung, euch zu so früher Stunde zu sehen. Worum geht es?«

»Eine Angelegenheit, die ich gern unter vier Augen mit dir besprechen möchte.«

Patricks Blick verdeutlichte zusätzlich, wessen Anwesenheit ihn störte. Avery blitzte ihn wütend an. Nay, dieser Kerl war kein bisschen sympathischer als Borgas.

Ewan nickte nachdenklich. »In Ordnung. Ich komme gleich.« Dann legte er einen Arm um sie und führte sie in die Hauptburg, die Treppe hinauf, in den Turm.

»Wohin gehen wir? Das ist doch nicht der Weg in mein Zimmer.«

»Nay.« Er lächelte sanft. »Ich habe dir ein Mahl versprochen und dachte mir, es wäre schöner, wenn wir es in meinem Raum einnehmen. Natürlich nur, wenn du willst.«

»Aye!« Sie war wirklich neugierig darauf, wie er lebte. »Keine verriegelte Tür, keine Wachen. Fängst du am Ende gar an, mir zu vertrauen?«, neckte sie ihn.

»Das tue ich. Du hättest mich in den Bens zurücklassen können. Doch du bist bei mir geblieben. Mehr Beweise brauche ich nicht. Davon abgesehen: Bei deinem Hunger kommst du ohnehin nicht weit«, sagte er amüsiert.

»Und wann wirst du wieder bei mir sein?« Ihr Magen rumorte.

»Das kommt darauf an, was Patrick mit mir besprechen möchte. Aber ich hoffe, dass es nicht zu lange dauert. Ich kann unser Wiedersehen kaum erwarten.« Er zog sie an sich. »Soll ich dir inzwischen etwas bringen lassen?«

»Nay. Ich möchte mit dir speisen«, hauchte sie.

Er beugte sich zu ihr herunter und gab ihr einen liebevollen Kuss. Er schmeckte herrlich.

Avery versank in seinem Mund, während sie ihm mit

einer Hand durchs Haar fuhr. »Willst du nicht doch bei mir bleiben?«

»Aber ja. Nichts würde ich lieber tun.« Er streichelte ihre Wange. Sie wünschte, seine Hand würde weiterwandern, ihre Brüste umkreisen. »Aber die Pflicht ruft. Ich bin nun einmal der Chief und muss mich um die Probleme meiner Männer kümmern.«

»Ich weiß.« Sie seufzte.

Er löste sich sanft von ihr. »Ich beeile mich«, versprach er.

Sie sah in seine strahlenden dunkelblauen Augen. Leicht öffnete sie die Lippen, stellte sich auf die Zehenspitzen und küsste ihn ein letztes Mal auf den Mund.

»Du machst es mir sehr schwer«, gestand er.

Sie schmiegte sich wieder an ihn und spürte eine beachtliche Wölbung unter seinem Plaid.

»Aber ich muss nun wirklich gehen.«

»Aye, das musst du.« Sie fasste ihn am oberen Teil seines Plaids. Sein Bett stand nur einige Meter entfernt hinter ihr in der Ecke. Sie lief rückwärts, zog ihn mit sich und ließ sich elegant auf das Bett fallen.

»Oder du lässt Patrick warten. Er wird schon nicht weglaufen.« Sie spielte mit Daumen und Zeigefinger an der Spange, die ihren Plaid zusammenhielt.

»Avery«, hauchte er, den Blick auf ihre Hand gerichtet. Seine Augen leuchteten.

»Geh noch nicht. Bitte.«

Ewan wischte sich über die Stirn. Sein Blick wanderte kurz zur Tür, aber sie führte seine Hand dorthin, wo sie sie schon so lange spüren wollte.

Ewan kniete sich vor sie und öffnete die Spange. Sanft streifte er ihr das Hemd über den Kopf, schob ihre Beine auseinander. Er betrachtete sie voller Zärtlichkeit. Dann glitten seine Fingerspitzen federleicht über ihre Brüste.

Ihre Sehnsucht wurde größer. »Ewan«, hauchte sie. »Lass mich nicht länger warten. Bitte.«

Seine Hand wanderte tiefer, strich über ihren harten Bauch und hob den Stoff ihres Plaids an. Er blickte ihr noch einmal tief in die Augen, bevor er mit dem Kopf darunter verschwand.

Sie spürte seinen heißen Atem an ihrer Scham. Ein leises Stöhnen entwich ihrer Kehle. Avery schloss die Augen und spürte, wie seine Zunge ihre Perle umkreiste, mit ihr spielte. Das Blut rauschte durch ihren Körper, sammelte sich dort, wo er sie liebkoste. Es nahm ihr den Atem.

Ewans Hände hielten sich an ihren Oberschenkeln fest, während seine Zunge immer tiefer in sie eindrang.

Sie stöhnte leise, schnappte geräuschvoll nach Luft. Ein Rhythmus erfasste sie gleich einer Welle, von ihrer Perle bis hinauf in den Kopf. Plötzlich entrang sich ein Schrei ihrer Kehle. Die Zeit schien stillzustehen. Es war, als erwachte sie aus einem Traum, glücklich und erschöpft.

Als Ewan wieder unter ihrem Plaid hervorkam, schenkte er ihr ein warmes Lächeln.

»Das war schön«, flüsterte sie und strich ihm mit dem Finger über die Lippen.

Er musste nichts erwidern. Das Leuchten in seinen

Augen sagte ihr alles, was sie wissen musste. Ewan reichte ihr die Spange und erhob sich. »Ich beeile mich«, versprach er noch einmal. »Nun bin auch ich hungrig geworden.«

Avery blieb verträumt und berauscht auf seinem Bett sitzen, legte ihren Plaid wieder an und blickte sich um. Noch immer bebte sie am ganzen Körper.

Das Zimmer roch nach ihm. Sie atmete tief ein, um das Aroma von Moschus in sich aufzunehmen. Ihre Sinne waren vollkommen berauscht.

»Patrick, sag mir, was dir Sorgen bereitet. Du bist den weiten Weg hierhergekommen, also muss es etwas Ernstes sein.«

»Aye, Chief. Ich frage mich, ob sich der Plan, die MacBaines betreffend, geändert hat?«

»Wie kommst du darauf?«

Ewan ging ein Stück mit Patrick über den Hof, blieb an den Zinnen stehen und blickte über das weite Land, während Allistor einige Schritt entfernt wartete. Glens und Bens wechselten sich ab. Sie waren überzogen von einem grünen Meer aus Binsengewächsen und Heidekraut.

»Die Innigkeit, mit der du sie vorhin angesehen hast, war kaum zu übersehen, Caraid. Ich hoffe nur, du weißt, was du tust.«

»Worauf spielst du an?«

»Gut. Ich will offen mit dir sprechen. Sie wäre nicht das erste Weib, das die Sinne eines Mannes verwirrt, um dessen Pläne zu vereiteln.«

Ewan fuhr herum und spürte, wie sich sein Gesicht in Falten legte. »Wie kannst du es wagen, ihr das zu unterstellen?« Der Gedanke war völlig absurd. Avery würde ihn niemals hintergehen. Sie war keine Hure, die Spiele mit ihm trieb, sondern eine ehrenhafte Frau.

Patrick legte seine Hand beruhigend auf Ewans Oberarm. »Das liegt mir fern. Aber deine heftige Reaktion zeigt mir, dass ich nicht ganz falschliege. Sie bedeutet dir viel. Ich möchte dich nur daran erinnern, deine Ziele trotz allem nicht aus den Augen zu verlieren. Warum bereiten sich unsere Männer nicht auf den Angriff vor? Soll das am Ende heißen, wir stoßen nur leere Drohungen aus? Bald tanzen uns nicht nur die MacBaines auf der Nase herum. Wir haben ihnen eine Frist gesetzt. Halten sie diese nicht ein, müssen wir handeln, sonst verlieren wir unser Gesicht. Das kann nicht in deinem Interesse sein.«

»Ist es auch nicht«, sagte Ewan nachdenklich.

»Chief, wir sollten mit den Vorbereitungen beginnen. Die Boten aussenden, ein Treffen der Chieftains einberufen, die Truppen sammeln.«

»Es bleibt uns noch genügend Zeit. Aber ich verspreche dir, dass ich nicht von meinem Plan abrücke. Darauf hast du mein Wort.«

Patrick nickte, aber eine steile Falte zwischen seinen Augen verriet, dass er mit der Antwort nicht gänzlich zufrieden war. »Ich wünschte, wir würden nicht länger warten.«

Der Junge hatte nicht unrecht. Das musste Ewan einsehen.

»Also gut, nimm du es in die Hand. Sprich mit den Chieftains. Aber keiner von ihnen soll sich erdreisten, ohne meinen Befehl voranzustürmen. Diese Angelegenheit kann immer noch friedlich gelöst werden.«

Patrick nickte.

Ewan fühlte sich überhaupt nicht wohl in seiner Haut. Er liebte eine Frau aus dieser Familie. Er konnte und wollte ihr kein Leid zufügen. Andererseits büßte er Ansehen bei seinen Männern ein, wenn er einen Rückzieher machte oder den MacBaines gar das Land übereignete. Dabei wäre es genau das, was er tun würde, wenn er seinem Herzen folgte. Avery hatte seinem Leben einen neuen Sinn gegeben. Nicht Macht und Besitz waren das, was er begehrte, nicht mehr.

Ewan machte sich auf den Weg zum Westturm. Aber dann hielt er inne und kraulte seinen Vollbart. Er hatte eine Idee.

Cathee trug ein Tablett mit einem Laib Brot, zwei Schüsseln Fischeintopf, Heidehonig, Frischkäse und Schafswurst sowie zwei Flaschen Ale herein. Sie stellte alles auf den Tisch und wischte sich die Hände an ihrer Schürze ab.

»Willst du mich mästen?«, fragte Avery, überrascht von der Üppigkeit des Mahls.

»Laird MacCallen hat einen gesunden Appetit. Ihr müsst achtgeben, dass Ihr etwas davon abbekommt.«

Avery lachte. »Danke für den Rat. Aber wer viel trainiert, hat auch einen Bärenhunger.«

»Aye, da habt Ihr recht, Lady MacBaine.«

In diesem Moment ging die Tür auf, und Ewan MacCallen trat ein.

»Es ist angerichtet«, sagte Cathee.

»Sehr gut. Ich danke dir.«

Sie knickste und ging.

Avery musterte Ewan. Er sah irgendwie anders aus. Aber sie wusste nicht recht, was sich verändert hatte.

Die schwarzen Haare waren aus seinem charaktervollen Gesicht gekämmt und zu einem langen Zopf gebunden. So kam sein markanter Kiefer, der ihm einen Ausdruck von Entschlossenheit und Stärke verlieh, noch besser zur Geltung.

Seine Wimpern waren dicht. Sie erinnerten an einen dunklen Wald, in dem sich zwei dunkle, tiefe Seen verbargen. Die Lippen formten einen sinnlichen Mund, den ein zartes Lächeln umspielte. Ihr schien, als präsentiere er ihr sein Gesicht zum ersten Mal seit langer Zeit in seiner ganzen Schönheit.

Der Bart! Natürlich. Wie hatte ihr das nur entgehen können?

Endlich sah sie, was sich darunter verbarg: ein haarloses, kräftiges Kinn mit einem Grübchen und wundervolle Lippen, die sie bisher nur hatte erspüren können.

Fünf Jahre war es her, seit sie ihn ohne Bart gesehen hatte. Und nun, da er ihn abrasiert hatte, stellte sie fest, dass er noch genauso aussah wie damals am See.

Ewan schien ihren Blick bemerkt zu haben und fuhr

sich mit der Hand über die glatte Haut. »Ich dachte, eine Veränderung wäre dringend nötig. Gefällt es dir?«

»Aye. Es steht dir gut.« Sie lächelte ihn an. Sein Gesicht wirkte nun viel freundlicher.

»Das freut mich. Möchtest du?«, fragte er und reichte ihr eine der beiden dampfenden Schüsseln, aus denen es köstlich nach Fisch duftete.

»Gern.«

Avery genoss jeden Bissen. Zum Nachtisch gab es Mürbeteiggebäck, ganz nach ihrem Geschmack.

»Mein Bauch fühlt sich an, als würde er gleich platzen«, sagte sie, nachdem alle Teller und Schüsseln geleert waren.

Ewan schien es nicht anders zu gehen. Er legte sich erschöpft auf sein Bett.

»Ist hier noch Platz für mich?«, fragte Avery, während sie sich auf die Bettkante setzte.

Er nickte nur, und sie legte sich zu ihm. Sanft und auch ein wenig besitzergreifend schlang er seinen Arm um sie.

Ihr Herz pochte laut, doch zugleich umfing sie eine beruhigende Wärme. »Ich glaube, Vicky hat dich sehr gern«, flüsterte Ewan ihr ins Ohr, während er ihren Rücken kraulte.

»Ich mag sie auch. Sie ist ein richtiger kleiner Sonnenschein.«

»Im Gegensatz zu ihrem Vater«, sagte Ewan und lachte leise. Seine Hände liebkosten nun ihren Nacken. Avery öffnete erstaunt die Augen und drehte sich zu ihm um.

»Wieso sagst du so etwas? Im Augenblick strahlst du die Wärme von tausend Sonnen aus.«

»Nun übertreibst du aber.« Er grinste.

»Vielleicht. Aber so empfinde ich, wenn ich bei dir liegen darf.«

Seine Hand wanderte über ihre Brust, und Tränen standen in seinen Augen, als er in ihre blickte.

»Ich hätte nicht gedacht, dass ich nach Elisabeths Tod noch einmal so glücklich sein könnte.«

Seine Worte lösten einen wahren Glücksschauer in ihr aus.

»Ich habe mir so lange Vorwürfe gemacht, dass ich darüber vergessen habe, mein eigenes Leben zu leben.«

»Warum?«

Ewan senkte den Blick. Er schien ein gesteigertes Interesse für seine Bettdecke zu entwickeln.

»Ewan?«

»Ich bin schuld an ihrem Tod«, sagte er leise, ohne sie anzusehen.

»Nay, das glaube ich nicht.« Sie schüttelte energisch den Kopf. Was für ein absurder Gedanke! Ewan hatte seine Frau geliebt. Warum hätte er ihr etwas antun sollen?

»Es ist die Wahrheit.« Nun sah er sie fest an. Sein Blick war plötzlich so eisig, dass Avery die Kälte fast schon zu spüren glaubte.

Sie zögerte kurz. »Was ist passiert?«, fragte sie dann doch. Sie wollte es einfach wissen, auch wenn es schmerzvoll für ihn sein mochte, in seine Erinnerungen einzutauchen.

Ewan drehte sich auf den Rücken und starrte nun die gegenüberliegende Wand an. Er atmete tief durch. »Nach einem Besuch bei ihrer Familie ritten wir durch das Land der MacAffys. Es war eine Abkürzung, die einer der Männer vorgeschlagen hatte. Ich hätte mich dagegen verwehren müssen. Ich hätte ahnen müssen, was uns dort im Wald erwartete.«

Avery stützte ihren Kopf mit der Hand ab und beobachtete sein Gesicht, in dem sich all seine Gefühle spiegelten, während er weitererzählte.

»Räuber. Sie kamen plötzlich von allen Seiten, hinter jedem Baum und jedem Busch hervor. Sie hielten meine Männer mit Pistolen in Schach. Ihr Anführer, ein Mann mit vernarbtem Gesicht, trat an Elisabeths Pferd heran, packte sie am Arm und riss sie herunter. Sie schrie, doch als er ihr einen Dolch an die Kehle hielt, verstummte sie augenblicklich. Stattdessen begann sie, am ganzen Körper zu zittern. Nie werde ich diese schreckliche Angst in ihren Augen vergessen. Ich wollte ihr zur Hilfe eilen. Doch da rissen mich zwei Räuber von meinem Pferd und traten auf mich ein. Als ich mein Schwert zog, um sie abzuwehren, drohten sie, Elisabeth umzubringen. Ich müsse meine Klinge auf den Boden legen und meinen Männern befehlen, nicht einzuschreiten. Andernfalls würden sie ihr die Kehle durchschneiden, sagten sie. Und glaub mir, diese Bastarde meinten es ernst. Also hielt ich still. Ließ zu, dass sie mir eine Rippe brachen und meinen Kopf immer wieder auf den Boden schlugen, bis mir das Blut aus der Nase rann.«

»Oh, Ewan.« Welch furchtbare Vorstellung! Welche Schmerzen er hatte ertragen müssen! Zärtlich streichelte sie seinen Oberarm.

»Ich hoffte, diese Halunken würden endlich von uns ablassen, sich nehmen, was sie wollten, und das Weite suchen. Aber das taten sie nicht. Und bald wurde mir klar, dass es ihnen um viel mehr ging, als uns einfach nur auszurauben.

Zwei Männer hievten mich auf die Beine. Ich konnte kaum noch stehen, also schleiften sie mich zu Elisabeth. ›Erkennst du mich nicht, du dreckiger Bastard?‹, brüllte mich ihr Anführer an. Ich sah ihm ins Gesicht. Eine derart grässlich entstellte Fratze hatte ich noch nie zuvor gesehen, dessen war ich mir sicher. Trotzdem hatte er etwas Vertrautes an sich. Aber ich kam nicht darauf, was es war.

Er lachte hysterisch. ›Ich bin der, dem du alles genommen hast. Mein Land. Meine Familie. Meinen Clan. Mein Gesicht. Ich bin Russell MacDover.‹

Ich erstarrte. Das war nicht möglich. MacDover war vor meinen Augen ins Feuer gestürzt und hatte lichterloh gebrannt. Seine Mannen hatten zwar versucht, ihn zu löschen, doch ich war mir ganz sicher gewesen, dass jede Hilfe zu spät gekommen war. Wie es schien, hatte ich mich getäuscht. Und das in mehr als nur einer Hinsicht.

Mein Clan hatte die MacDovers aus dem Nordwesten vertrieben. Aber offensichtlich nicht alle.

›Wenn du dich an mir rächen willst, nur zu, aber lass diese Frau aus dem Spiel. Sie hat mit all dem nichts zu tun. Sie war nicht dabei, als wir unsere Klingen kreuzten.‹ Ich spürte den ekelhaften Geschmack meines eigenen Blutes in meinem Mund und spuckte es ihm vor die Füße.

›Irrtum, Caraid. Sie hängt sehr wohl mit drin. Ich habe lange nach deiner Achillesverse gesucht und sie nun gefunden. Sie ist deine Schwachstelle. Ich werde dir nehmen, was dir am liebsten ist. Das Blut dieses Weibes soll meinen Rachedurst stillen. Und du sollst mit dem Wissen weiterleben, dass du für ihren Tod verantwortlich bist.‹

Plötzlich ging alles sehr schnell, und ich kann mich nur bruchstückhaft erinnern. Elisabeths Augen weiteten sich in Panik. Die Spitze des Dolches riss ihre Haut auf. Blut quoll in Strömen aus der Wunde. Ein grässliches Gurgeln drang aus ihrer Kehle. Dann sank sie reglos zu Boden.

Ich weiß noch, dass ich einen grässlichen Schrei hörte. Erst viel später erkannte ich, dass es mein eigener gewesen war.

Alles um mich herum verschwamm. Sie ließen mich fallen, und ich blieb reglos liegen.

Ich wollte selbst tot sein, denn ohne sie wollte ich nicht leben. Ich flehte sie an, mich zu erschießen. Sie lachten schallend. Und dann hörte ich Schüsse. Einer meiner Männer stürzte vom Pferd. Noch einer. Und noch einer. Sie töteten alle.

›Ihr Bastarde!‹, brüllte ich und weinte. Ich kroch zu Elisabeth, rüttelte sie, schüttelte sie. Aber völlig gleich, was ich tat, sie war unwiederbringlich tot. Tränen nahmen mir die Sicht, als jemand nach meinen Haaren griff und meinen Kopf nach hinten zog. Ich sah nur die Umrisse dieser Fratze, doch ich war mir sicher: Es war MacDover.

›Leb wohl, Caraid. Wir sehen uns in der Hölle wieder.‹ Er stieß mich noch einmal unsanft zu Boden. Dort krümmte ich mich in meinem Schmerz. Ich bekam nicht mehr mit, wie sich die Räuber zurückzogen. Ich wollte nur noch …«

Ewans Stimme brach weg. Seine Hände zitterten. Sein Blick war wie verschleiert. Avery nahm ihn fest in die Arme.

War er deshalb so versessen darauf gewesen, sie zu trainieren? Damit sie sich im Ernstfall selbst schützen konnte?

»Ich habe ihn gejagt, durch das Hochland, durch Schottland, aber er entwischte über die englische Grenze. Herrgott, mein Rachedurst war so unermesslich. Und weil ich ihn nicht in die Hände bekam …«

Erneut hielt er inne. Doch sie wusste, was er sagen wollte. Er war seinen Mitmenschen gegenüber grausam geworden.

Seine Geschichte ergriff sie so sehr, dass ihr selbst Tränen in den Augen standen. Ihr Herz fühlte mit ihm. »MacDover trägt die Schuld an ihrem Tod, niemand sonst.« Sie ballte die Hand zur Faust. Dieser Schuft! Und Ewan hatte die Schuld all die Jahre auf sich geladen. Auch sie hätte diesen MacDover bis ans Ende der Welt verfolgt, um sich zu rächen.

Und da fiel ihr etwas ein: Auch in ihrem Leben hatte es

einen Räuber mit verbranntem Gesicht gegeben. Und er hatte ihr selbst ebenso Furchtbares angetan wie Ewan.

Brians Worte hallten in ihr wider. ›Der andere hatte ein Gesicht so hässlich wie die Nacht. Mit Brandnarben überall. Dem haben sie den Dolch in die Brust gestoßen.‹

Das musste derselbe Mann gewesen sein, da war sie sich sicher.

Dieser Bastard hatte mehr als nur einen Menschen auf dem Gewissen. Sie blickte in Ewans schmerzverzerrtes Gesicht. Er hatte seine Augen geschlossen. Nun wusste sie, was ihn quälte. Weshalb aus dem Jüngling am See, der sie sorglos geneckt hatte, ein verbitterter Mann geworden war.

Das war also der wirkliche Ewan MacCallen. Ein Mann, der einen teuren Menschen verloren hatte, genauso wie sie selbst.

Seine Hand tastete nach ihrer und drückte sie fest.

»Der Räuber, der dir so Schreckliches angetan hat, MacDover, ist tot«, sagte sie leise.

»Woher willst du das wissen?« Er setzte sich auf und blickte sie ungläubig an.

»Meine Leute haben ihn gerichtet … weil er Athair getötet hat«, beichtete sie.

»Dein Vater ist tot?«

»Aye«, sagte sie zögerlich.

»Warum hast du mir das nicht früher gesagt?«

»Weil ich meinen Clan schützen wollte.«

Er nickte. Ob er sie wirklich verstehen konnte?

»Was hättest du denn an meiner Stelle getan?«

Ewan kratzte sich nachdenklich am Kinn. Schließlich nickte er. »Selbstverständlich hätte ich ebenso gehandelt. Der Clan steht immer an erster Stelle.«

Er drückte nochmals ihre Hand. »Soweit ich weiß, hatte dein Vater keinen Sohn. Mit wem habe ich dann verhandelt? Wer ist sein Nachfolger?«

Avery wich rasch seinem Blick aus, um sich nicht zu verraten. Sollte sie die letzte Karte auf den Tisch legen? Ein Beben ergriff ihren Körper. Eben noch waren sie so friedlich beieinandergelegen. Aber das Blatt konnte sich von einem Moment zum anderen wenden.

Da spürte sie seine Hand auf ihrer Schulter. Sie glitt über ihren Rücken, streichelte sie so zärtlich, dass Avery am liebsten alles vergessen hätte, was zwischen ihnen stand: die Frist, den Streit zwischen ihren Clans, die königliche Urkunde.

Ewan schien den gleichen Wunsch zu verspüren. Statt weiter nachzuhaken, beugte er sich über sie, um sie zu küssen. Sein Kuss war innig, voller Leidenschaft. Wie ein Versprechen, dass alles gut werden würde. Aber das genügte ihr nicht. Sie brauchte sein Wort.

Avery löste sich von ihm. »Ewan, wir müssen reden. Ich möchte wissen, wie es in Zukunft mit meinem Clan weitergehen wird.«

Er stützte den Kopf in die Hand und blickte sie schweigend an.

Avery spielte nervös mit einer Locke, die ihr ins Gesicht hing. Was ging nur in seinem Kopf vor? Schmiedete er neue Pläne, wie er ihrer Familie schaden konnte? Oder gab es die Möglichkeit, die Hoffnung auf Frieden?

Weil er sie genauso liebte wie sie ihn? Nie würde sie sich zwischen ihm und ihrem Clan entscheiden können, wenn es zum Kampf kam. Es würde ihr Herz entzweien.

»Diese Frage habe ich mir auch gestellt«, sagte er. Und je länger er darüber nachdachte, desto klarer wurde ihm, dass es nur eine Antwort geben konnte. Er liebte Avery, nichts weniger. Er würde niemals etwas tun, das sie verletzte. Auch wenn dies bedeutete, gegenüber seinen Männern eine Entscheidung zurückzunehmen.

»Meine Männer werden glauben, ich hätte den Verstand verloren. Und wie die Auswirkungen auf die anderen Clans im Nordwesten sind, möchte ich mir gar nicht erst ausmalen. Schließlich seid ihr nicht die einzigen, die mir Pacht zahlen. Aber das kümmert mich nun nicht mehr. Ich werde nicht gegen deinen Clan vorgehen«, sagte er. »Die Frist soll aufgehoben werden. Ich verlange keine Pacht mehr von deinen Leuten und erkenne ihr Gebiet an.«

Er sah das Leuchten in ihren Augen, das zauberhafte Lächeln und wusste, dass er die richtige Entscheidung getroffen hatte.

»Ewan.« Sie schlang die Arme um seinen Hals und küsste ihn. »Das ist das schönste Geschenk, das du mir machen kannst.«

»Ich möchte, dass wir einander vertrauen. Kein Besitz kann mir geben, was du mir gegeben hast.«

Vorsichtig öffnete er die Spange, die den Plaid an ihrer Schulter zusammenhielt, und streifte ihn mit ihrer Hilfe ab.

Er blickte in Averys Augen. Dort sah er dasselbe unbändige Feuer, das sich in seinem Inneren ausbreitete. Auch sie begehrte ihn also.

Mit zitternden Fingern löste er die Knöpfe ihres Hemdes, unter dem zwei kleine feste Brüste zum Vorschein kamen.

Seine Hände streichelten die milchweißen Wölbungen. Er zwickte ihre rosige Knospe, die sich aufrichtete, um sich ihm sehnsüchtig entgegenzustrecken. Welch süßer Anblick! Er konnte nicht widerstehen und nahm sie in den Mund, saugte an ihr, bis Avery leise stöhnte.

Dann glitten seine Fingerspitzen über ihren Rücken, und er zeichnete die zarten Rundungen ihres Körpers nach. Das Gefühl ihrer samtweichen Haut unter seinen Händen entzündete einen Funken in seinen Lenden, der sich rasch in ein loderndes Feuer verwandelte. Er wollte sie, hier und jetzt.

Auch von ihr ging eine unglaubliche Hitze aus, die sich zwischen ihren Schenkeln sammelte, dort, wo sich seine Manneskraft heiß und pochend rieb.

Aber dann verschloss sie sich plötzlich, presste ihre Schenkel zusammen. Er musste sich zurückhalten, so schwer es ihm fiel. Er war zu schnell. Er musste warten, bis sie bereit war.

Er ließ von ihr ab, nahm ihr Gesicht in beide Hände und drückte seine Stirn an ihre. »Verzeih mir, ich kann nicht anders«, flüsterte er erregt.

Dann küsste er sie erneut. Weich umhüllten ihre Lippen nun wieder seinen Mund. Oh Himmel, sie machte ihn verrückt. Er wusste nicht, wie lange er es noch aushalten würde.

Deutlich forscher als zuvor rieb seine Manneskraft an ihrer Scham. Die Hitze in seinen Lenden war kaum noch zu ertragen.

Würde es weh tun? Avery erzitterte innerlich. Es gab kein Zurück mehr.

»Du hast so herrlich weiche Haut.«

»Ewan, ich ...«

»Hab keine Angst«, flüsterte er und strich beruhigend mit einer Hand über ihre Wange. »Oder vertraust du mir nicht?«

»Doch, das tue ich.«

Er lächelte. Im selben Moment verschwand sein Finger sanft, aber bestimmt in ihr. Ein stechender Schmerz erfüllte sie. Als er ihn wieder herauszog, ließ dieser jedoch schnell nach, und fast bedauerte sie, dass er schon von ihr abgelassen hatte. Sie ahnte kaum, dass dies erst der Anfang war.

Vorsichtig schob er ihre Beine auseinander. Sie ließ es zu, ja sie selbst war begierig, ihn ganz zu spüren. Sie liebte ihn – und sie wollte ihn. Ihre Hände glitten über seinen Rücken.

»Lass die Augen auf«, bat er. »Ich möchte dich dabei ansehen.«

Sanft drang er nun mit seiner ganzen Manneskraft in sie. Sie war wie im Rausch, glaubte, mit ihm zu verschmelzen, eins zu werden. Ihr Körper brannte vor Verlangen.

»Geht es so?«

Sie nickte stumm. Ihre Hände fassten nach seinen muskulösen Oberarmen und hielten sich an ihnen fest, so lange, bis sie glaubte, vor Wonne zu verglühen. Sie spürte das Pochen seines Herzschlags in ihrem Inneren. Die Luft flirrte um sie herum. Auf dem Höhepunkt ihrer Lust stieß sie einen leisen Aufschrei aus, um dann in selige Entspannung zu versinken. Erschöpft blieb sie liegen. Er strich ihr sacht eine Strähne aus dem Gesicht und küsste ihren Schopf.

Eine lange Zeit schwiegen sie beide. Es brauchte keine Worte, um den anderen zu verstehen. Sie genossen die Stille und die Nähe ihrer Körper, die sich langsam abkühlten.

»Könntest du dir vorstellen, bei Vicky und mir zu bleiben?«, fragte er sie leise und streichelte ihren Hals. Sie schloss die Augen. Mit dieser Frage hatte sie nicht gerechnet. Aber die Antwort wusste sie längst. Seufzend schmiegte sie sich enger an ihn und lächelte in sich hinein. Aye, das konnte sie.

Ewan schreckte hoch, als es energisch an seiner Tür klopfte.

»Chief, Chief. Ich muss mit dir reden«, erklang Patricks Stimme von der anderen Seite.

Avery sprang eilig auf, streifte sich ihr Hemd über, wickelte den Plaid um ihre Hüften und warf ein Ende über ihre Schulter.

Ewan half ihr dabei, es zu richten. »Tut mir leid«, flüsterte er, und leid tat es ihm nicht nur wegen ihr.

Zwischen ihren Beinen zu versinken hatte auch ihn so erregt, als sei es sein erstes Mal gewesen.

»Aye, wie schade. Es war einfach wundervoll.«

Ihm fiel ein Vorwand ein, sie baldmöglichst wiederzusehen. Etwas, das er mit ihr fast so gern teilte wie das Bett. »Treffen wir uns gleich vor der Burg zu einem Übungskampf?«, fragte er.

»Gern.«

Patrick trommelte erneut gegen das Holz.

»Ist schon gut, ich komme«, sagte Ewan gereizt und öffnete die Tür.

Patrick stand schneller im Raum, als er bis drei zählen konnte. Seine Augen verengten sich, als er Avery sah. »Was wir zu bereden haben, geht nur dich und mich etwas an«, sagte er gereizt.

Avery schob sich wortlos an Patrick vorbei und ging hinaus.

»Holt Aidan sie gar nicht ab?«, fragte der Chieftain verwirrt.

»Nay.«

Ewans Lächeln musste ihn verraten haben, denn nun knallte Patrick die Tür lautstark zu. Sein Blick wanderte zu dem zerwühlten Bett, und sein Blick war finster. Aber er sagte nichts. Dafür hatte er wohl zu viel Respekt vor seinem Chief.

Ewan setzte sich auf einen Stuhl. »Was gibt es so Dringendes?«

Patrick schlenderte durch den Raum und hielt vor dem Fenster inne. Er verschränkte die Arme und atmete tief durch. »Die MacBaines rüsten sich gegen uns.«

Ewan brauchte einen Moment, ehe er Patricks Worte realisiert hatte. »Sie wollen uns angreifen?«

»Aye.«

»Woher weißt du das?«

»Eben kam ein Händler nach Stonewall Castle, der auf der Durchreise ist und uns warnen wollte, weil er hier immer gute Geschäfte macht.«

»Das muss ein Irrtum sein. Oder die MacBaines haben den Verstand verloren. Gegen uns haben die keine Chance.«

»Das würde ich nicht sagen, Chief. Der Händler hat berichtet, dass er unter den MacBaines auch den Tartan der MacAffys und der MacDouglas gesehen hat.«

»Ein Bündnis?«

Ewan ging rasch alle Möglichkeiten durch. »Wir müssen schnell handeln«, entschied er.

Patricks Gesicht hellte sich bei diesen Worten auf. »Aye, das denke ich auch. Es ist an der Zeit, unsere Stärke zu demonstrieren.«

»Nay. Ich möchte keine Fehde zwischen den MacCallens und den MacBaines.«

Nun drohten dem Chieftain die Gesichtszüge zu entgleiten. »Seit wann das?«

»Es hat sich einiges geändert. Wir werden ihnen Frieden anbieten.«

»Die werden keinen Frieden wollen, solange sie die Pacht zahlen müssen. Willst du die ihnen etwa erlassen?«

»Ich diskutiere meine Entscheidungen nicht.«

Patrick schlug die Hände über dem Kopf zusammen. »Das alles wegen dieser Frau? Sie hat dir diese wirren Ideen in den Kopf gesetzt, nicht wahr?« Die Stimme des Chieftains überschlug sich fast.

Ewan sah nicht, warum er seine Beweggründe geheim halten sollte, und erklärte: »Ich habe ein ernsthaftes Interesse an ihr. Und sie ist eine MacBaine.«

»Das hat sich dieses Weib schlau überlegt.« Patrick lief kopfschüttelnd im Zimmer auf und ab, stieß ein schrilles Lachen aus. »Und wir tappen mitten hinein in ihre Falle.«

»Ruhig Blut, Junge. Du wirst deine erste Schlacht schon noch schlagen. Es wird sich bald eine andere Gelegenheit ergeben.«

»Chief, du verstehst nicht. Während sie dich abgelenkt hat, haben sich die MacBaines mit anderen Clans verbündet und rüsten sich gegen uns. Das war ihr Plan.«

Ewan lachte leise. Die Anschuldigung klang wahrlich abenteuerlich.

Aber was, wenn der Chieftain doch recht hatte? Ewan versuchte, nicht daran zu denken.

»Der Plan scheint ja funktioniert zu haben. Sie hat deinen Verstand völlig vernebelt.«

»He! Halt du dich da raus.« Dieser Frischling schien seine Grenzen noch nicht zu kennen.

»Fakt ist, dass die MacBaines angreifen werden und die MacAffys und die MacDouglas auf ihrer Seite stehen, während wir noch nicht einmal unsere Männer versammelt haben. Wir sind in keinster Weise auf einen Angriff vorbereitet, dafür hat sie gesorgt.«

»Das ist nicht wahr!«, schrie Ewan.

Patrick zuckte sichtlich zusammen, als Ewan mit der Faust auf den Tisch schlug.

»Ich sage nur, was ich weiß. Du magst glauben, dass ein Friedensvertrag deine Probleme löst. Aber ich sage dir: Er wird nur neue schaffen. Wenn wir den MacBaines die Pacht erlassen, fordern die MacAffys und die MacDouglas dasselbe. Wir machen uns zum Gespött des Hochlands. Andere Clans werden ihren Respekt vor uns verlieren. Und das könnte ich ihnen nicht einmal verübeln.«

»Ich muss nachdenken«, sagte Ewan und stützte beide Hände auf dem Tisch ab. Hatte sich Avery tatsächlich nur deshalb mit ihm eingelassen, um ihrem Clan zu helfen? Das konnte einfach nicht sein.

»Chief, denk nicht zu lange nach. Die Zeit läuft uns davon. Unsere Männer brauchen einen starken Anführer. Die Boten sind unterwegs, um auch Rory und die anderen Chieftains zu verständigen. Aber du musst die Befehle geben.«

Ewan wusste, dass Patrick recht hatte, doch er war im Moment nicht in der Lage, einen klaren Gedanken zu fassen.

»Lass mich einen Moment allein.«

Patrick respektierte seinen Wunsch und ging.

Avery schwang in heller Vorfreude ihr Übungsschwert durch die Luft, lockerte Arme und Beine, um sich auf den bevorstehenden Trainingskampf vorzubereiten. Mehr noch als auf den Übungskampf freute sie sich auf Ewan. Seine zärtlichen Hände, seine muskulösen Schultern, die warme Brust, die feste Haut und die Narben, die sie zierten, gingen ihr nicht aus dem Kopf.

»Hallo, Avery«, erklang eine helle Stimme hinter ihr.

Avery drehte sich um und blickte in das kleine Gesicht Victorias.

»Hallo, Vicky, was machst du denn hier?«

Vicky holte hinter ihrem Rücken ein Holzschwert hervor und lächelte stolz. »Ich möchte auch eine Kämpferin werden, so wie du. Kannst du mir das beibringen?«

Sie schwang ungelenk die hölzerne Klinge, deren Spitze knirschend über den Boden schabte. Avery fiel es schwer, nicht laut loszulachen. Obgleich sich Vicky alle Mühe gab, stellte sie sich doch noch recht ungeschickt an. Einst war sie selbst genauso ungestüm gewesen. Vielleicht ein wenig begabter. Aber sie hatte dieselbe Energie an den Tag gelegt wie Vicky. Es würde ihr gewiss Freude machen, sie zu unterrichten.

»Wo hast du denn die Waffe her?«

»Aus dem Waffenlager natürlich.«

Avery fragte sich, ob man dem Mädchen einfach so eine Übungswaffe in die Hand gegeben hatte oder ob Vicky sich durch ein Schlupfloch in die Kammer geschlichen hatte. Schließlich war sie auch in den Stall nicht auf dem üblichen Weg gelangt.

»Wie geht das? Erklärst du es mir?«

Das feurige Strahlen in ihren dunkelblauen Augen zeugte von einer Begeisterung, die Avery ansteckte. Und diese Augen waren denen von Ewan so ähnlich!

Sie musste an die Trainingskämpfe mit ihrem Vater denken. Avery war damals etwas jünger gewesen, als Vicky heute war, aber um den Schwertkampf zu erlernen, war man ihrer Ansicht nach nie zu alt. Es erfüllte sie mit Stolz, dass Vicky von ihr trainiert werden wollte.

»In Ordnung. Ich erkläre es dir. Schau zu und mach es mir nach.« Avery ging in die Grundposition. »Halte deinen Körper stets aufrecht. Und mach die Beine etwas auseinander, damit du fest auf dem Boden stehst. Genau so. Sehr gut. Der Gegner kann dich sonst leicht aus dem Gleichgewicht bringen.«

Vickys dünne Beinchen standen etwa schulterbreit auseinander, ihr Oberkörper war gerade aufgerichtet, und mit der Rechten streckte sie das Schwert nach vorn aus, so dass es parallel zum Boden in der Luft schwebte.

»Nicht schlecht.«

Vicky strahlte über das ganze Gesicht. Dann aber ließ sie die Waffe sinken und pustete erschöpft. »Kann ich das Schwert auch mit beiden Händen halten? Es ist ein bisschen zu schwer.«

Vor allem war es zu lang für Vickys kurze Ärmchen. Es war für einen Erwachsenen hergestellt worden. Damit konnte das Mädchen das Gleichgewicht nicht eben gut halten.

»Aye, nur zu.«

»Und wie geht es jetzt weiter? Greifst du mich an, oder soll ich dich angreifen?«

»Du hast es ganz schön eilig. Ohne Schutzkleidung sollten wir heute aber nicht weitermachen.«

Vicky zog ihre Mundwinkel nach unten.

»Wir holen das nach«, versprach Avery, der das enttäuschte Kindergesicht arg zu Herzen ging.

»Versprochen?«

»Aye.«

Vickys unbeschwertes Lächeln kehrte auf ihre Lippen zurück. Just in diesem Moment tauchte Ewans beeindruckende Gestalt hinter ihr auf. Neben ihm wirkte sie noch winziger, als sie es ohnehin schon war.

Das Erstaunen stand ihm ins Gesicht geschrieben, als er das Holzschwert in den Händen seiner Tochter erblickte.

»Von wem hat sie nur diesen Kampfeswillen?«, sagte er neckend und ein bisschen stolz.

»Wie der Vater, so die Tochter.« Sobald sie die Worte ausgesprochen hatte, musste Avery an ihren eigenen Vater denken. Sie seufzte wehmütig.

Ewan hob Vicky mitsamt ihrem Holzschwert auf seine Schulter und rannte um sie herum. Sie musste sich ducken, um nicht von dem Schwert erschlagen zu werden.

Vicky kicherte vor Vergnügen und strampelte mit den Beinen. Immer wenn sie hinunterzufallen drohte, schob Ewan sie mit einem Ruck in ihre Position zurück. Schließlich setzte er sie ab, nahm ihr das Schwert aus der Hand und warf eine laut lachende Vicky in die Luft, um sie gleich darauf wieder aufzufangen. Das Spiel wiederholte er einige Male, und Vickys Lachen wurde jedes Mal etwas lauter. »Höher! Höher, Athair!«

Es war schön, den beiden zuzusehen. Vor allem, diesem hellen ansteckenden Lachen zuzuhören. Ewan war so ein liebevoller Vater.

Eine wohlige Wärme erfüllte Avery, während sie sich ins Gras setzte. Sie fühlte sich als Teil dieser kleinen Familie. Gern wäre sie für immer hiergeblieben, wo das Leben einen Sinn zu machen schien.

Aber das würde wohl ein Traum bleiben. Sie war der Chief, und ihr Clan brauchte sie. Zumindest würde es keine Probleme mehr zwischen den MacBaines und den MacCallens geben. Sie würden Frieden schließen, daran glaubte sie fest. Denn Ewan hatte es ihr versprochen.

Vicky winkte ihr zu, aber Ewans Lächeln kam ihr seltsam kalt vor, als wäre er mit den Gedanken ganz woanders. Irgendetwas stimmte nicht. So abschätzig und ohne jeglichen Schalk hatte er sie noch nie angesehen.

Ewan setzte Vicky ab, deutete auf ihr Schwert und sagte irgendetwas, das Avery nicht verstand. Vicky nickte, rannte über die Wiese und kämpfte mit einem unsichtbaren Gegner.

»Sie ist ein Wirbelwind«, sagte Avery, als Ewan sich zu ihr ins hohe Gras setzte. Die Halme kitzelten ihre Wangen.

Ewan erwiderte nichts. Er starrte sie weiter mit diesem kalten Blick an, der ihr eine Gänsehaut über den Rücken jagte.

»Ist etwas passiert?«, fragte sie ängstlich. Eine leichte Übelkeit stieg in ihr hoch, wie ein böses Omen.

»Aye. Patrick trug mir zu, dass sich die MacBaines mit den MacDouglas und den MacAffys verbündet haben und sich gegen mich rüsten.«

Avery war sprachlos.

Er sah sie forschend an. »Das scheint dich zu überraschen.«

»Aye! Wir müssen schnell handeln, ihnen deine Friedenspläne unterbreiten.« Avery sprang geschwind auf.

»Nay.«

Ungläubig blickte sie auf Ewan hinab, der sich nun ebenfalls zu seiner vollen Größe erhob.

»Ich bin ihnen mehr als einmal entgegengekommen. Ich habe Verhandlungen angeboten, aber sie haben meine Nachricht ignoriert. Und mein Bote ist seitdem spurlos verschwunden. Nun verbünden sie sich auch noch mit anderen Clans gegen mich, nur weil ich etwas einfordere, das mir gesetzlich zusteht. Es reicht. Die MacBaines haben mir lange genug nichts als Ärger gemacht.«

Avery zog die Luft zwischen ihren zusammengepressten Zähnen ein. Er nahm alles zurück? Er wollte keinen Frieden mehr?

»Du weißt, warum sie das tun. Es geht um die alten Traditionen und Gesetze, die von deiner Seite nicht geachtet wurden«, erklärte sie ihm ruhig und sachlich.

»Ich habe meine Männer bereits verständigen lassen,

damit ich dem Bündnis der drei Clans etwas entgegenzusetzen habe.«

»Ewan, bitte lass nicht zu, dass es zu einem Krieg kommt.«

Die Bilder der brennenden Häuser von Lincairn tauchten vor ihrem inneren Auge auf. Die stickige Luft, die Hitze, die schmerzerfüllten Schreie der Krieger, der Staub, den die Kämpfer aufwirbelten und der einem den Atem raubte. Und das viele Blut, die offenen Wunden.

Alles nur, weil sich große Männer nicht einigen konnten. Weil die Gier nach Macht ihre Herzen und ihren Verstand zerfraß.

Vater hatte nie den Krieg gewollt. Er hatte gewusst, welches Leid er über die Familien und Clans brachte. Deswegen hatte er die Pacht gezahlt. Nicht aus Feigheit, sondern um die Menschen und ihre Familien zu schützen. Es durfte kein Blut mehr vergossen werden.

»Ich werde nicht kampflos untergehen«, rief Ewan plötzlich und ballte entschlossen eine Hand zur Faust, die er gen Himmel reckte. »Sollen sie nur kommen. Sie werden ihr blaues Wunder erleben.«

Avery spürte einen Stich in ihrem Herzen. Woher kam auf einmal dieser Hass? In Ewans Gesicht stand die alte Härte, die während ihrer wunderbaren Begegnungen verschwunden war. War sie ihm plötzlich gleichgültig? Wie konnte er so unvermittelt seine Meinung ändern? Aber so schnell gab sie nicht auf. Noch musste es ihr möglich sein, ihn von diesem blutigen Pfad abzubringen.

Sie nahm all ihren Mut zusammen. »Ewan, ich …«

»Bist du auf meiner Seite?«, schnitt er ihr plötzlich das Wort ab.

Avery erschrak. Sie wusste längst nicht mehr, auf wessen Seite sie eigentlich stand. Ihre größte Angst war inzwischen, dass Ewan in diesem sinnlosen Krieg etwas zustoßen könnte.

»Es gibt eine andere Lösung. Das weißt du. »

»Sie wollen den Krieg, nicht ich. Soll ich vor ihnen etwa wie ein feiger Hund dastehen? Sollen sich die Leute über mich das Maul zerreißen? Wer gibt deinem Clan das Recht, sich gegen die Gesetze des Königs aufzulehnen? Sie sind immer noch in der Vergangenheit gefangen. Sie müssen endlich einsehen, dass nun ein anderer Wind weht.«

»Wer hat diesen König überhaupt bestimmt? Und warum sollen wir ihn achten, wenn er unsere alten Clan-Gesetze nicht respektiert? Überschreibe meinem Clan das Land, und es wird Friede herrschen. Das ist der einzige Weg, Ewan.«

Er nickte langsam und bedächtig, während er einen Schritt zurücktrat. »Ich verstehe.« Es klang unerwartet spöttisch.

»Was verstehst du?«

»Das hast du wirklich sehr schlau eingefädelt.«

»Wovon sprichst du?«

»Wer weiß, vielleicht hast du dich sogar absichtlich von meinen Männern gefangen nehmen lassen.«

»Was sagst du da?« War er jetzt endgültig verrückt geworden? Gekränkt schloss sie die Augen. »Natürlich habe ich das nicht«, sagte sie fest.

»Du hast mit deinen Reizen kokettiert, um mich gefügig zu machen. Du versuchst, mich zu manipulieren, meine Entscheidungen zu beeinflussen«, entgegnete er hitzig. »Patrick hatte recht. Ich war zu dumm, es zu sehen. Ich habe dich sogar noch vor ihm verteidigt!« Er schüttelte den Kopf.

»Pah«, schnaubte sie. Mehr fiel ihr zu diesen absurden Unterstellungen nicht ein. Wenn das der Plan ihres Clans gewesen wäre, hätten sie wohl besser Anola zu Ewan geschickt. Die besaß wenigstens die Reize, die sie angeblich einsetzte!

»Alles, worum es dir geht, ist dieses verfluchte Land. Deine Gefühle für mich, deine Zuneigung, das war alles nur gespielt. Habe ich recht?«

»Nay! Ich habe dir nichts vorgemacht. Bitte, Ewan, das musst du mir glauben«, flehte sie ihn an. »Es geht mir nicht um das Land. Aber die Allianz der MacBaines mit den MacDouglas und den MacAffys ist stark. Wenn du in den Krieg ziehst, setzt du nicht nur das Leben deiner Männer aufs Spiel, sondern auch das deiner Tochter. Und alles nur wegen deinem Ehrgefühl.«

Ewan öffnete den Mund, als wollte er zum verbalen Gegenschlag ausholen, doch ehe er zu Wort kam, fuhr Avery langsam und bedacht fort: »Wenn du mich, Vicky oder sonst irgendjemanden liebst, dann ziehst du meinen Vorschlag zumindest in Erwägung.«

Sie blickte ihn eindringlich an. Wenn er nicht darauf einging, war alles verloren. Sie kannte den Hass der anderen Clans auf ihn und seine Männer. Die meisten sahen in ihm nur einen machtgierigen, tyrannischen Herrscher. Sie kannten ihn nicht.

Doch Avery hatte einen Blick hinter die Fassade geworfen. Ewan hatte ein gutes Herz. Nur wusste er es geschickt zu verbergen. Wenn er sich nur dazu überwinden könnte, ihrem Rat zu folgen, würden auch die anderen ihn mit neuen Augen sehen. Und das Kriegsbeil begraben.

Aber Ewan wich ihrem Blick aus und wandte sich ab. »Es ist alles gesagt. Du bist hiermit frei. Geh zurück zu deinen Leuten, kämpfe an ihrer Seite, wenn du das willst. Mir ist es gleich«, sagte er und ging.

»Ewan ... Was hast du jetzt vor?«

»Ich weiß nicht mehr, was ich denken soll«, erwiderte er knapp, winkte Vicky zu sich und kehrte mit ihr zügigen Schrittes zur Burg zurück.

Aidan stand nicht mehr vor dem Musikzimmer. Der Gang war leer. Sie öffnete die Tür und trat hinaus. Ihre Beine fühlten sich an, als wären sie aus Blei gegossen. War es töricht hierzubleiben, obgleich er ihr die Freiheit geschenkt hatte?

Avery lehnte sich an die kalte Steinwand, um nachzudenken. Das Seltsame war: Sie konnte gar nicht anders. Etwas hielt sie. Die Frage war nur, wie sie vorgehen sollte: War es sinnvoll, noch einmal mit Ewan zu sprechen? Würde es ihr gelingen, ihn zur Vernunft zu bringen? Sie musste es jedenfalls versuchen. Jetzt, wo er Druck von allen Seiten bekam, wollte sie ihn auf keinen Fall im Stich lassen.

Denn tief in ihrem Innern wusste sie, dass er sie brauchte. Selbst wenn er ihr momentan misstraute, sie gar für eine Verräterin hielt. Wenn sie ihn verließ, würde es Krieg geben. Und den galt es zu verhindern.

Die Geräusche aus dem Hof lockten sie ans Fenster. Unten sammelten sich die Krieger.

»Es ist schon jemand nach Skye unterwegs, um Rory MacCallen zu verständigen.«

»Verflucht, das wird knapp. Wann soll der denn bitte hier sein?«

»Übermorgen, wenn die Schlacht längst vorbei ist.«

»Sie können unmöglich so verrückt sein, uns anzugreifen. Wir haben MacBaines Tochter!«

»Das scheint diesen Bastarden gleich.«

»Sei's drum, ich scheue den Kampf nicht! Ich werde das Land verteidigen, für meine Familie, für den Clan. Darauf habe ich einen Eid geschworen.«

»Aye! Bis zum letzten Atemzug!«

Die Diskussionen waren hitzig, und der Grundtenor erschreckte sie. Offenbar hatten die MacCallens nicht genügend Männer zur Verfügung. Warum hatte Ewan ihr das verschwiegen?

Doch der Kampfgeist der MacCallens war trotz ihrer ausweglosen Situation ungebrochen. Dieser Zusammenhalt und ihre Entschlossenheit berührten Avery.

Aber warum nur waren diese Männer so sturköpfig? Warum konnten sie sich nicht friedlich einigen?

Es sah ganz danach aus, als würden die Highlands in nicht allzu ferner Zukunft mit dem Blut zahlreicher Männer getränkt werden.

Bei der Vorstellung wurde sie von Schwindel erfasst. Avery taumelte vom Fenster zurück und stützte sich an einem kleinen Schrank ab, über dem ein Spiegel hing.

Die Frau, die ihr entgegenblickte, sah müde aus. Am Ende ihrer Kräfte. Sie hatte nicht mehr viel von jener Kriegerin, die sich einst tollkühn eine Schlacht in den Straßen von Lincairn geliefert hatte. Aber das kämpferische Glühen ihrer Augen war nicht gänzlich erloschen. Da war noch ein Rest, ein kleiner Funke.

Während sie ihr Spiegelbild anstarrte, kam ihr eine Idee. Es gab eine Möglichkeit, Ewan zu beweisen, dass sie zu ihm hielt, die ihren Leuten nicht schaden würde. Sie war so naheliegend, dass sie sich wunderte, warum sich nicht früher darauf gekommen war.

Entschlossen machte sie sich auf den Weg zum Westturm. Ihr energisches Klopfen verschaffte ihr schnell Einlass.

Ewan öffnete ihr. Sie lief festen Schrittes in sein Zimmer. So einfach würde er sie nicht loswerden!

»Du willst also immer noch in den Krieg ziehen? Fein. Ich habe allerdings einen besseren Vorschlag.« Sie ging an Ewans Schreibtisch, auf dem einige Landkarten lagen, vorbei zu seinem Fenster, um über den Hof zu blicken.

Ewan folgte ihr wortlos. Doch sie spürte seine Wärme an ihrem Rücken, als er hinter sie trat.

»Du bist noch hier«, sagte er erstaunt.

»Aye.« Sie drehte sich zu ihm um und sah ihm fest in die Augen. »Das überrascht dich, nicht wahr? Aber es kommt noch besser. Hör mir zu.«

Sie blickte wieder aus dem Fenster.

»Sieh dir diese Männer an«, sagte sie und deutete in den Hof. »Sie wissen, dass sie keine Chance haben, doch sie sind bereit, für dich zu sterben. Wie fühlt sich das an? Kannst du das mit deinem Gewissen vereinbaren?«

Sie wandte den Kopf und sah ihm tief in die Augen.

Er erwiderte ihren Blick unverwandt. »Wenn es keine Männer gäbe, die bereit sind, ihr Leben einzusetzen für das, was sie für gerecht und richtig halten, würde sich die Welt nicht bewegen. Ich dachte immer, du würdest das verstehen.«

Avery hielt inne. Ewans Worte gingen ihr nah. Er hatte recht. Auch ihre Leute handelten nach dieser Maxime. Sie konnte Ewan verstehen. Aber warum gelang es ihm nicht, ihre Sicht der Dinge ebenso zu begreifen?

»Höre dir meinen Vorschlag an. Du wirst nichts verlieren, das verspreche ich dir.«

Er verschränkte lässig die Arme vor seiner muskulösen, nur mit dem Plaid bedeckten Brust und forderte sie mit einem Nicken auf fortzufahren.

»Die Gemüter sind erhitzt, die Leute kampfbereit. Sie wollen Blut sehen. Um eine Eskalation zu verhindern, gilt es, einen Verhandlungsspielraum zu schaffen. Das bedeutet, dass wir einen Friedensvertrag aufsetzen müssen. Ich schlage vor, dass du von deinen Forderungen zurücktrittst.«

»Du weißt, was ich von dieser Idee halte.«

»Aye, aber es sieht für deine Seite nicht gut aus. Du wirst große Verluste erleiden, am Ende vielleicht sogar alles verlieren. Und wofür? Für deinen Stolz? Wenn wir unsere Clans vereinen, wird niemand sein Gesicht …«

»Vereinen?«, schnitt er ihr das Wort ab. »Das wird ja immer schöner. Die MacBaines werden den Teufel tun, sich mir unterzuordnen. Und umgekehrt ist das ebenfalls völlig ausgeschlossen. So gern ich den Krieg auch vermeiden würde: So wird das ganz gewiss nicht funktionieren.«

Er schien noch immer nicht zu begreifen.

»Doch. Es kann und wird funktionieren. So hör mir doch erst einmal zu! Es gibt einen Weg, unsere Clans zu vereinen, ohne dass Menschen in einem sinnlosen Krieg sterben.«

»Ich kann mir nicht vorstellen, wie das funktionieren soll. Aber wenn du einen Vorschlag hast, bitte, fahre fort. Doch wir haben nicht mehr viel Zeit.«

»Aye, ich weiß. Deswegen bitte ich um dein Gehör. Als ich noch jung war, gab es einen Streit zwischen den MacBaines und den MacAffys. Es war keine große Sache, doch Athair fürchtete, er könne eskalieren und das Verhältnis der Familien auf längere Sicht schädigen.«

»Was war geschehen? Ich habe noch nie von einer Fehde zwischen euren Clans gehört.«

»Dazu kam es auch nicht. Ein junger Bursche aus einem unserer Dörfer hatte ein Schaf der MacAffys gestohlen.«

»Ha, Viehdiebe. Ich hasse dieses Pack.«

Sie hob beschwichtigend eine Hand. »Er kam von einer langen Reise zurück und war sehr hungrig. Als er an einer Weide vorbeiging und dort eine Herde grasen sah, glaubte er, es seien die Tiere unseres Clans. Kurzerhand hat er ein Lamm geschlachtet.«

»Das macht die Sache in meinen Augen nicht besser.«

»Athair glaubte, das bis dahin gute nachbarschaftliche Verhältnis nur dadurch aufrechterhalten zu können, dass er Ronald MacAffy, dem ältesten Sohn des Chiefs, meine Schwester Ann zur Frau versprach. Sie war damals selbst noch ein Kind. Aber dessen ungeachtet, wurde darüber verhandelt.«

»Aye, ein taktisch kluger Zug. Und wie man sieht, hat er sich ausgezahlt. Die MacAffys kämpfen heute an eurer Seite.«

Avery verschwieg, dass es später weitere Verhandlungen gegeben hatte, nach denen die Verlobung wieder gelöst worden war. Ann hatte sich in den Kopf gesetzt gehabt, sich selbst einen Mann zu suchen, und Vater hatte diesen Wunsch respektiert. Er wollte, dass seine Töchter glücklich wurden. Das Verhältnis zu den MacAffys hatte sich trotzdem nicht verschlechtert, was allein Vaters diplomatischem Geschick zu verdanken gewesen war.

Avery empfand Ewan gegenüber dieselbe starke Loyalität wie gegenüber ihrer Familie. Ein Umstand, der ihre Lage nur noch komplizierter und den Frieden unerlässlich machte. Wie sollte sie es ertragen, wenn sich die Männer beider Clans die Köpfe einschlugen?

»Warum erzählst du mir diese Geschichte, Avery?«

Sie straffte die Schultern und nahm all ihren Mut zusammen. »Weil dies auch unsere Lösung sein könnte.« Sie griff nach seiner großen, kräftigen Hand, die sie auf so wunderbare Weise verwöhnt hatte, und streichelte sie.

»Ich habe so etwas noch nie gemacht, und es ist … nicht ganz einfach für mich. »

Er sah sie verständnislos an, aber auch Wärme war in dem Blick zu spüren.

»Du hast mich gefragt, ob ich mir vorstellen könnte, bei Vicky und dir zu bleiben. Aye, ich würde gern auf Stonewall Castle leben, denn ihr seid wie eine Familie für mich geworden. Ein Leben ohne euch kann ich mir nur schwer vorstellen. Und ich möchte das auch gar nicht. Doch in Anbetracht der Umstände sollten wir vielleicht einen Schritt weitergehen.«

Sein Gesicht hellte sich mit einem Mal auf, als würde er endlich verstehen. Ein warmes Lächeln umspielte seine sinnlichen Lippen. Er lachte leise.

Ihre Wangen glühten. Obgleich sie diese Szene gedanklich auf dem Weg zum Westturm mehrere Male durchgespielt hatte, fühlte sie sich plötzlich wie ein kleines Mädchen, das man dabei erwischt hatte, wie es Süßigkeiten aus der Küche stibitzte.

Er schüttelte amüsiert den Kopf. Verunsichert ließ sie seine Hand los und wandte sich beschämt ab. Sie hatte sich lächerlich gemacht.

Doch er ging einmal um sie herum, hob ihr Kinn und sah ihr in die Augen. »Deine Idee ist wirklich hinreißend«, sagte er gerührt.

Avery lächelte zärtlich.

Er ließ sie los und begann, unruhig im Raum auf und ab zu laufen. »Nur fürchte ich, deine Leute würden dich und mich gemeinsam verbannen, ehe sie mich akzeptieren würden.«

»Sie sind an ihre Traditionen gebunden. Sie hätten keine andere Wahl, als dich anzuerkennen. Und mit der Zeit würden sie dich kennenlernen und sehen, dass du ein wunderbarer Mensch bist.«

Er schüttelte traurig den Kopf. »Kannst du dir das wirklich vorstellen? Unsere Clans stehen seit Anbeginn nicht auf gutem Fuß miteinander.«

»Es gab aber auch noch nie Krieg zwischen ihnen. Wir waren vielleicht nicht die besten Freunde, aber Nachbarn, die miteinander auskamen. Bis diese Urkunde ausgestellt wurde.«

Er blieb vor ihr stehen. »Aye. Ich wünschte selbst, ich hätte sie niemals bekommen.«

Avery sah ihn erstaunt an.

»Und der Konflikt unserer Clans ist der einzige Grund, warum du« – ein sanftes Lächeln breitete sich auf seinen Lippen aus – »diesen Vorschlag gemacht hast?«

»Ich möchte Frieden für unsere Clans, Ewan. Dafür würde ich alles tun. Jede noch so absurde Idee in Erwägung ziehen. Aber heiraten würde ich dich auch dann, wenn es den Untergang der Welt bedeuten würde. Meine Gefühle für dich waren stets aufrichtig.«

»Verzeih, ich war ein Narr.«

Ewan wandte den Kopf zur Seite und atmete tief

durch. »Du bist eine kluge Frau, und du hast mich überzeugt«, sagte er anerkennend.

Sie spürte, wie sie errötete.

»Es wurde genug gekämpft. Ich bin auf deiner Seite. Doch wir haben einen langen, steinigen Weg vor uns. Meine Männer sind genauso auf eine Schlacht aus wie deine Leute. Sie davon abzubringen wird nicht ganz einfach sein. Selbst für den Chief. Aber ich werde alles daransetzen, dass wir Frieden mit den MacBaines und ihren Verbündeten schließen. Darauf hast du mein Wort.«

Ewan streckte seine Arme aus und zog sie an sich. Avery spürte den kräftigen Schlag seines Herzens an ihrer Brust. Sie hätte ewig so stehen können, doch plötzlich beugte er ein Knie.

»Auch wenn ich nicht so altmodisch bin, wie du es von deinen Leuten gewohnt bist, so gibt es doch Traditionen, die ich sehr schätze. Diese ist eine davon. Ich möchte dich zum Altar führen, Avery MacBaine. Ich bitte dich: Werde meine Frau. Nicht weil uns das unserem Ziel näherbringt, sondern weil ich den Rest meines Lebens mit dir verbringen will.«

Avery hielt den Atem an. Sie sah in seine wundervollen dunkelblauen Augen und nickte, erst zaghaft, dann immer heftiger. »Aye. Ich will deine Frau werden«, presste sie unter Tränen hervor.

Sie konnte ihr Glück kaum fassen. Passierte das hier wirklich? Sie beugte sich hinunter, nahm sein Gesicht in beide Hände und küsste ihn leidenschaftlich.

»Ich will«, hauchte sie, den Mund an seinen Lippen, und strahlte ihn an.

Ewan stand auf und umschloss sie mit seinen starken Armen.

Sie lehnte an seiner Brust, warm und behütet. »Ich gebe dir mein Versprechen, dich zu ehelichen, sobald ich hierher zurückgekehrt bin.«

Ewans schob sie sacht an den Schultern zurück. Sein Blick hatte sich verdunkelt. »Zurückgekehrt? Wohin willst du gehen?«

»Ich werde ihnen den Friedensvertrag überbringen.«

»Das ist viel zu gefährlich.« Sein Griff um ihre Schultern wurde stärker, als wollte er sie jeden Moment schütteln, um sie zur Vernunft zu bringen.

»Ich bin eine von ihnen. Sie werden mir kein Haar krümmen.«

»Aber sie werden nicht auf dich hören.«

»Doch.« Avery atmete tief durch, denn es gab noch etwas zu offenbaren, das sie Ewan bisher vorenthalten hatte. Aber da er ihr künftiger Mann war, hatte er ein Recht darauf, es zu erfahren. »Glaube mir, sie haben keine andere Wahl.« Er sah sie verwirrt an.

»Ich bin ihr Chief.«

»Du bist …« Ewan hielt erstaunt inne. »Eine Frau als Chief?«

»Hegst du Zweifel an meinen Fähigkeiten?« Ihr fiel ihre zweite Begegnung ein. Damals hatte er sich über sie lustig gemacht, weil sie sich als Stellvertreterin ihres Vaters vorgestellt hatte. Ob er genauso verbohrt war wie ihr Vetter Amus?

Zu ihrer Überraschung schüttelte er jedoch den Kopf. »Dass ich darauf nicht schon früher gekommen bin.

Der alte MacBaine hat zwar keinen Sohn, aber eine Tochter, die wie ein Mann kämpft und ihren Verstand zu gebrauchen weiß. Sie hat das Herz auf dem rechten Fleck, setzt sich für ihre Leute ein und versucht, sie zu schützen. Das sind Eigenschaften, die man guten Anführern zuschreibt. Eigenschaften, die ich respektiere und die mich an dir beeindrucken.«

Sie lächelte dankbar. »Du siehst, es wird keine Probleme geben.«

»Aye. Doch vorher musst du lebendig ankommen.«

»Was sollte mir schon passieren?«, fragte sie verblüfft.

»Dieses Räuberpack könnte noch immer sein Unwesen in der Gegend treiben.«

»Die Räuber sind tot.«

»MacDover vielleicht, aber nicht alle von ihnen. Ich werde dich nicht allein gehen lassen.«

»Bitte, Ewan, wenn meine Leute dich sehen, werden sie dich in ihrer Wut verwunden oder sogar töten.«

»Ich dachte, du wärst ihr Chief.«

»Aye.«

»Befehle ihnen, nicht anzugreifen. Sie werden auf dich hören.«

»Aye.«

»Na bitte, was spricht dann dagegen, dass ich dich begleite?«

»Ich denke nicht, dass die MacAffys und die MacDouglas meinen Befehl befolgen werden. Ich kann nicht zulassen, dass du dich wegen mir in Gefahr begibst.«

»Wenn du dir solche Sorgen um mich machst, nehme ich meine Männer zum Schutz mit.«

»Sobald du mit Geleitschutz anrückst, halten sie es für einen Angriff. Und du musst zugeben, dass man ihnen das nicht verdenken kann. Meine Leute sind voller Zorn, weil ihr Dorf zerstört wurde. Sie werden jeden angreifen, der das Wappen oder den Tartan der MacCallens trägt.«

»Fein. Dann bleiben wir beide hier, und ich sende einen Boten.«

»Der Letzte kam nicht zurück.«

Ewan lief nervös auf und ab. »Das gefällt mir nicht, Avery. Ich sitze hier in meiner sicheren Burg, während du dich ins Feindesland begibst. Allein die Vorstellung, dass dir etwas zustößt, macht mich wahnsinnig.«

Ein Lächeln huschte über Averys Gesicht. In diesem Fall war seine Sorge unbegründet, sosehr diese sie auch rührte. »Sie sind nicht meine Feinde, Ewan. Sie sind meine Familie.«

Auf seiner Miene zeigte sich weiterhin nichts als Sorge. Also fuhr sie fort.

»Meine Freilassung werden sie als Zeichen deines guten Willens deuten. Also werden sie sich für unser Anliegen öffnen und bereit für Verhandlungen sein.«

Ewan blieb stehen und starrte einen Moment lang die Decke an. Nachdenklich kraulte er sich am Kinn.

»Das alles gefällt mir nicht, das weißt du, Avery. Ich möchte dich beschützen.«

»Deswegen liebe ich dich, Ewan. Aber dieses eine Mal gibt es dafür keinen Grund. Meine Familie würde mich niemals angreifen. Und sollte ich auf Räuber treffen, weiß ich nun dank dir, wie ich sie spielend entwaffnen kann.«

»Vorausgesetzt, sie benutzen eine Klingenwaffe.«

»Du bist unverbesserlich.« Sie lachte. »Vielleicht werde ich unterwegs vom Blitz getroffen?«

»Hör bloß auf mit solchen Geschichten!«

Sie nahm ihn in die Arme. »Vertrau mir einfach. Ich weiß, was ich tue.«

»Also gut, dann sei es so«, sagte er schließlich, obwohl ihm anzumerken war, dass ihm diese Sache nicht behagte. »Doch erlaube mir zumindest, dich ein Stück deines Weges zu begleiten. Und triff mich an unserem See, damit ich weiß, dass es dir gutgeht. Bitte. Ich kann hier nicht tatenlos auf dich warten.«

»Ich werde dort sein, sobald die Sonne untergeht.«

Ewan MacCallens Männer blieben in der Nähe von Stonewall Castle positioniert. Wenn Averys Plan scheiterte, hatte er den MacBaines zumindest etwas entgegenzusetzen. Mit etwas Glück konnten sie die Angreifer so lange aufhalten, bis sein Bruder Rory mit der Verstärkung anrückte. Er stand auf dem Hof und beobachtete das bunte Treiben: die Männer und Frauen, die ihren alltäglichen Verrichtungen nachgingen. Vorräte wurden ins Lager gebracht, die Risse und Löcher in den Mauern mit Mörtel bearbeitet. Die Wachen, die am Eingang positioniert waren. Hier sah alles friedlich aus. Er hoffte inständig, dass es nicht zum Kampf kommen würde.

Größer als die Furcht vor einer vernichtenden Niederlage war jedoch die Sorge um Avery. Es war nicht rational, das wusste er selbst, doch er konnte es nicht ändern.

Just als er an sie dachte, trat sie neben ihn und blickte entschlossen zum Tor.

Himmel, sie sah so wunderschön aus. Ihr Haar leuchtete wie rotes Gold in der Sonne, ihre Haltung war voller Anmut, und kleine Funken blitzten aus ihren hellblauen Augen. Sie hatte sich eine Tasche über ihre Schulter gehängt. Darin befand sich der Vertrag, den sie mit Ewan ausgehandelt hatte. Ein Friedensvertrag. Hoffentlich würde er seinen Zweck erfüllen.

»Bist du bereit?«, fragte sie und schenkte ihm dieses hinreißende Lächeln. Bei diesem Anblick wurde er dessen gewahr, was für ein Glück er hatte. Er konnte immer noch nicht glauben, dass diese Frau ihn wirklich liebte.

Sie wusste selbst nicht, wie schön sie war, und das ließ sie womöglich noch mehr erstrahlen. Er zumindest hatte ihre Grazie erkannt, vom ersten Augenblick an. Ewan war nicht sicher, ob er bereit war, sie gehen zu lassen. Er hätte sie am liebsten keine Sekunde mehr aus den Augen gelassen.

Zögerlich nickte er. Ein Stallbursche kam mit zwei von Ewans Pferden auf sie zu.

»Hilfst du mir beim Aufsteigen?«, fragte Avery und hielt sich an der Mähne fest. Ewan hob sie spielend auf den Rücken der Stute. Avery war leicht, aber durchtrainiert. Langsam wandte er sich seinem eigenen Pferd zu.

»Kommst du?«, fragte Avery und trieb ihre Fuchsstute an. Jemand zog das Burgtor hoch. Ewan schwang sich behände auf sein eigenes Tier und folgte ihr. Er würde jede Minute in ihrer Nähe genießen, als sei es die letzte.

Als sie nahe der Grenze von ihren Pferden stiegen, verspürte er ein Gefühl tiefen Verlustes. Jetzt blieben ihm nur noch wenige Augenblicke mit ihr. Sie sprang aus dem Sattel und ging einige Schritte durch das Tal.

Er folgte ihr. Und als er sie eingeholt hatte, legte er sacht eine Hand auf ihren Schopf, kraulte ihre Locken und küsste sie zärtlich auf die Stirn. Gott wusste, wie sehr er diese Frau liebte. Er liebte ihren Körper, die festen, kleinen Brüste, ihren anmutigen Hals und die blauen Augen, die heller strahlten als der Sommerhimmel an einem sonnigen Tag. Und er liebte die Art, wie sie sprach, ihr Lachen, ihre klugen Gedanken. Nie hatte er eine Frau gekannt, deren Mut und Entschlossenheit ihn so beeindruckt hatten. Aye, sie hatte ein gutes Herz.

Obgleich sie sich als Feinde kennengelernt hatten, war es ihr gelungen, tief in sein Innerstes zu blicken und den wahren Ewan von seinen Ketten zu befreien.

Er spürte ihre Hände auf seinem Rücken, die beruhigend auf und ab strichen. Sie blickte zu ihm auf und lächelte ihn an. »Ich werde zurückkommen«, sagte sie heiser. »Vertraust du mir?«

»Aye.« Nie mehr würde er einen Zweifel an ihr hegen.

Sie stellte sich auf die Zehenspitzen. Zärtlich umschlossen ihre weichen sinnlichen Lippen seinen Mund. Ein wohliger Schauer jagte über seinen ganzen Körper, ließ ihn erst kalt und dann heiß erbeben.

Er schloss die Arme eng um sie und küsste ihren Mund, ihre Wangen, ihren Hals. »Ich warte auf dich«, hauchte er. »Morgen Nacht. Am Lochan Lor.«

Avery hatte keine Schwierigkeiten, die Grenze zu passieren. Voller Vorfreude ritt sie auf das Lager zu, das ihr Clan nahe des zerstörten Dorfes aufgebaut hatte. Als sie ankam, hatte sich die frohe Kunde bereits verbreitet. Jeder erkannte sie schon von weitem an ihren rotgoldenen Haaren.

Alle redeten durcheinander.

»Das muss ein Geist sein!«, rief einer der Chieftains aus.

»Nay, das kann nur unser Chief sein!«, sagte ein anderer mit Stolz in der Stimme.

Andere tuschelten miteinander, ein paar rannten weg, um den Rest des Clans zu informieren.

Brian stand einfach da und sah sie strahlend an. Als Avery vom Pferd stieg, schloss er sie ohne jegliches Zögern in die Arme.

Es fühlte sich gut an, wieder zu Hause zu sein. Wie sehr sie die Herzlichkeit ihres Clans vermisst hatte!

»Schön, dass du wieder da bist«, sagte Brian schließlich und führte sie zu dem Tisch, auf dem einige Humpen Ale standen. »Wie bist du diesem Hundsfott von MacCallen entkommen?« Er musterte sie von oben bis unten, als halte er Ausschau nach Verletzungen, die sie bei ihrer Flucht davongetragen hatte.

Einer der Männer reichte ihr einen vollen Humpen.

Lächelnd nahm sie ihn entgegen. »Ich bin auch glücklich, wieder hier zu sein. Slàinte!«

Sie erhob den Humpen, sah einmal in die Runde und nahm einen großen Schluck. »Aber meine Heimkehr ist weniger heldenhaft, als ihr denkt. MacCallen hat mich ziehen lassen.«

»Dann hat dieser Bastard seinen letzten Trumpf verspielt«, sagte Liam. »Wir sollten die Gunst der Stunde nutzen und sogleich aufbrechen. Wozu bis morgen warten?«

»Wir müssen uns gedulden, bis die MacAffys da sind. Noch nicht alle Familien sind angekommen. Viele von ihnen stammen aus dem Süden des Hochlands. Das ist ein weiter Weg.«

»Je länger wir warten, desto mehr Zeit hat er, sich Verstärkung zu holen. Hat er nicht einen Bruder, der ihm Truppen aus dem Westen zur Verfügung stellen kann? Ich schlage vor, wir greifen an, solange wir im Vorteil sind. Von den Verlusten wird er sich nicht erholen können.«

»Niemand greift an.« Avery knallte ihren Krug auf die Tischplatte.

Augenblicklich verstummten die Männer. Alle Blicke richteten sich auf sie.

»Ewan MacCallen unterbreitet uns ein Angebot.« Sie zog den Vertrag aus ihrer Tasche und legte ihn in die Mitte des Tisches.

»Was soll das? Was hat sich MacCallen nun wieder einfallen lassen?«, wollte Brian wissen.

»Trag es den anderen vor. Hört gut zu.«

Avery setzte sich wieder, und Brian tat, was sie verlangte. Während er vorlas, beobachtete sie die Männer, in deren Gesichtern sich Erstaunen spiegelte. Dass MacCallen in seiner Situation an Frieden gelegen war, konnten sie noch verstehen, dass er ihnen aber auch ihr Land zugestand und keine weitere Pacht forderte, konnten sie kaum glauben.

»Das muss eine Finte sein.«

»Unsinn, er weiß, dass er in der schwächeren Position ist. Er versucht, seinen Kopf aus der Schlinge zu ziehen. Mehr steckt nicht dahinter.«

»Er ist kurz davor, alles zu verlieren. Kein Wunder, dass er klein beigibt, um seine Haut zu retten.«

»Es geht nicht nur um ihn, um uns oder dieses Land. Es geht um den Frieden. Wir haben, was wir wollten. Es wird keine Forderungen mehr geben. MacCallen erkennt unser Territorium offiziell an.«

»Und wenn schon. Dies ist unsere große Stunde. Wir können ihn und seine Brut vertreiben und unser Territorium vergrößern.«

»Bist du verrückt geworden? Warum willst du ihn jetzt noch angreifen? Das schadet unserem Ruf. Sollen wir die neuen MacCallens werden, oder wie stellst du dir das vor?«

»Unser Gebiet wird wachsen. Allerdings auf friedlichem Weg. Die Clans werden sich gleichgestellt vereinigen. Niemand wird an Ansehen verlieren, im Gegenteil: Gemeinsam werden wir an Stärke gewinnen«, sagte Avery.

»Das ist unmöglich. Wie willst du das schaffen?«

»Indem ich Laird MacCallen heirate.«

Ein Raunen ging durch die Menge. »Du willst was?«

»Hat er dich dazu gezwungen?«

»Es war meine Idee.«

Das Raunen verstärkte sich.

»Mädchen, weißt du denn, worauf du dich da einlässt? Wir sprechen hier von MacCallen. Das wird keine gute Ehe, das prophezeie ich dir.«

»Ich kenne ihn besser, als ihr denkt. Er ist ein guter Mann.«

»Der hat ihr den Kopf verdreht.«

»Ich tue es für euch und für den Frieden.« Und weil ich ihn liebe, fügte sie in Gedanken hinzu.

»Wie stellst du dir das vor, Ave? Sollen wir alles vergeben und vergessen? Diese Schweinehunde haben Lincairn auf dem Gewissen. Und nun soll er alles bekommen? Willst du ihm unsere Ländereien in den Rachen werfen?«, fragte Brian anklagend.

»Der Befehl ging nicht von ihm aus. Einer seiner Chieftains hat auf eigene Faust gehandelt. Ewan hat ihm seine Federn genommen und bestraft. Sein Nachfolger ist anders. Ewan MacCallen hat mir sein Wort gegeben, dass sich so etwas nicht wiederholen wird!«

»Welchen Wert hat sein Wort?«, warf Liam ein.

Brian schnaubte verächtlich. »Schön und gut, aber das bringt all die Toten, die dieser Bastard auf dem Gewissen hat, auch nicht zurück.«

»Das ist wahr. Aber wollen wir deshalb ewig so weitermachen? Sollen noch mehr Menschen ihr Leben wegen dieser unseligen Fehde lassen?«

»Wir sollten nicht länger diskutieren, sondern Chief Amus fragen. Er wird entscheiden«, sagte Liam.

»Ich bin der Chief der MacBaines«, erwiderte sie. Zornesröte stieg ihr ins Gesicht. Offenbar hatten die Männer sehr schnell vergessen, was sie selbst nach langer Diskussion bestimmt hatten.

»Niemand von uns würde diesem Bastard folgen, Hochzeit hin oder her. Das geht zu weit. Amus mag ein Hitzkopf sein, aber er ist uns immer noch lieber als dieser Hundesohn. Siehst du nicht, welche Aufstände das provozieren wird? Ist es das, was du dir für unsere Zukunft wünschst?«

»Ich verstehe deine Sorge, Liam. Ich weiß, dass Ewan MacCallen innerhalb des Clans nicht den besten Ruf hat. Aber der Vertrag sagt ganz klar: Ewan bleibt der Chief seines Clans, und ich führe die MacBaines an. Es bleibt alles wie gehabt.«

Liam nahm den Vertrag noch einmal zur Hand und runzelte nachdenklich die Stirn. »Also handelt es sich eher um ein Bündnis der beiden Clans als um eine Zusammenlegung.«

»Es ist mehr als ein Bündnis. Keiner von uns wird beide Clans anführen. Doch gemeinsam werden wir die Clans vereinen. Bis unser Erstgeborener das Mannesalter erreicht, werden die Zeiten friedlicher sein. Er wird dann die Führung beider Sippen übernehmen.«

Avery hörte, wie einige Männer miteinander tuschelten, hörte Schnauben, krachende Humpen und lautes Fluchen. Sie wünschte, ihr Vater wäre da gewesen. Niemals hätten sie eine seiner Entscheidungen in Frage gestellt. Sein Wort war für sie Gesetz gewesen. Sie würden lernen müssen, auch hinter ihr so geschlossen zu stehen. Aber das waren nicht die Zeit und der Ort, darüber zu debattieren.

»Bedenkt, wie diese Vereinigung unsere Position verbessern würde. Wer sollte uns noch etwas anhaben wollen? Wir wären der stärkste Clan im gesamten Nordwesten der Highlands.«

»Aye. Die Idee ist gar nicht so schlecht«, klang es von hinten. »Ich finde, so machen wir es!«

»Der Vertrag scheint fair, und niemand muss Verluste hinnehmen.« Nur wenige schienen noch abgeneigt.

Just als Liam den Vertrag auf den Tisch zurücklegen wollte, streifte plötzlich jemand ihre Schulter, beugte sich über sie und griff nach dem Vertrag. Avery drehte sich um und blickte in das bartlose, glatte Gesicht von Amus. Seine grünen Augen funkelten wie zwei Smaragde.

»Man hat mir zugetragen, dass du wieder hier bist«, sagte er gewollt beiläufig, doch sein zuckendes Lid verriet, wie nervös er war.

Sein Mund blieb offen stehen, als er den Vertrag las. »Frieden?«, japste er. Er sah aus wie ein junger gestrandeter Karpfen, der verzweifelt versuchte, wieder ins Wasser zurückzugelangen.

»Ich bin sicher, die MacAffys und die MacDouglas werden begeistert sein, dass sie den langen Weg umsonst zurücklegen durften. Eine hervorragende erste Entscheidung nach der Rückkehr ins alte Amt. Ich gratuliere.«

Er ließ das Schreiben achtlos fallen. Es segelte auf den Tisch zurück wie ein Herbstblatt im Wind.

»Ich dulde keine Diskussionen über meine Entscheidung«, sagte Avery nüchtern. Sie würde sich von Amus nicht niedermachen lassen, schon gar nicht vor den Augen der anderen. Sie war der Chief.

»Diskussionen? Ich bitte dich. Wir sind alle voller Tatendrang. Die Männer dürstet es nach einem Kampf.« Er warf einen zweiten Blick auf den Vertrag. »Aber du bist der Chief.«

»So ist es.«

»Dann verrate mir doch, wann und wo diese historische Vertragsunterzeichnung stattfinden soll, nun, da wir uns alle wohl oder übel deinem Willen beugen müssen.«

»Ich kämpfe nicht für mich, sondern für meinen Clan. Gute Entscheidungen sind nicht immer auf den ersten Blick erkennbar.«

»Solange du weißt, was du tust ... Also, wann und wo entscheidet ihr über unser aller Schicksal?«

Etwas an seinem Ton gefiel ihr nicht. Amus erinnerte sie an eine Schlange, die nur darauf wartete, ihr Gegenüber mit einem Biss zu vergiften. Durch ihre Rückkehr hatte er seinen Posten verloren. Aber das gab ihm noch lange nicht das Recht, sich so aufzuspielen.

»An der Grenze. In sieben Tagen.«

Sie erhob sich, faltete den Vertrag, unbeeindruckt von Amus' gehässiger Miene, zusammen, steckte ihn in die Tasche zurück und ging zum Ausgang des Zeltes. Aye, so würde es geschehen!

Am frühen Morgen kehrte Avery nach Green Castle zurück. Sie war die ganze Nacht durchgeritten, während die Männer an der Grenze zurückgeblieben waren. Sie hatte das Kommando in Brians Hände gelegt, weil sie Amus nicht mehr vertraute. Dieser war ebenfalls aufgebrochen, doch wohin seine Reise führte, hatte er niemandem gesagt.

»Oh, Herr im Himmel, ich bin so froh, dass du meine Gebete erhört und mir meine Tochter zurückgesandt hast.« Kenlynn schloss Avery glücklich in die Arme und wollte sie gar nicht mehr loslassen.

Erst als Avery leise protestierte, weil sie fast keine Luft mehr bekam, ließ ihre Mutter von ihr ab, ging in die Küche und setzte einen warmen Tee auf. Am liebsten hätte sie von Avery sofort alles erfahren, von ihrer Gefangennahme bis zu ihrer Freilassung durch Ewan MacCallen. Aber weil ihre Tochter sehr müde war, drückte sie diese nur noch einmal herzlich an ihre Brust, um ihr dann eine Tasse des köstlichen Tees zu reichen. Selbstverständlich musste das Mädchen sich erst einmal ausruhen. Nur eine Bitte hatte sie noch.

»Bevor du dich in dein Zimmer begibst, Kind, willst

du nicht zu Anola gehen? Ich bin sicher, sie würde sich freuen, dich zu sehen. Vielleicht wird sie dann endlich wieder gesund.«

»Wie meinst du das? Was ist mit ihr?«

Kenlynns Miene wurde ernst. Sie setzte sich an die Tafel und faltete die Hände, als wollte sie beten. »Es geht ihr sehr schlecht. Manchmal fürchte ich, sie wird uns gänzlich verrückt.« Sie fuchtelte mit der Hand in der Luft, sah mit weit aufgerissenen Augen zur Decke hoch.

Avery konnte es nicht glauben. Zugegeben, Anola war schon immer etwas anders gewesen, eben quirlig und lebensfroh, kontaktfreudig. Doch nicht auf die Weise verrückt, die ihre Mutter zu meinen schien.

»Sie sperrt sich ein, will kaum noch das Tageslicht sehen. Ihre Haut ist derart bleich geworden, als wäre sie sterbenskrank.«

»Das sieht ihr gar nicht ähnlich.«

Kenlynn zuckte hilflos die Schultern. »Aye, das ist meine Rede. War ich ihr eine schlechte Mutter, dass sie sich mir nicht mehr anvertraut? Ich möchte ihr doch helfen.«

»Ich weiß. Und du warst immer eine gute Mutter. Ich bitte dich, mach dir keine Vorwürfe. Seit wann ist sie so verändert?«

»Seit einigen Tagen.«

»Was war der Auslöser?«

Kenlynn zuckte erneut mit den Schultern. »Das weiß allein der Herr.«

Anolas plötzliche Wesensänderung klang sehr mysteriös. Es gab wohl nur eine Möglichkeit herauszufinden, was sich dahinter verbarg.

»Wo ist Anola jetzt?«

»In ihrem Gemach – natürlich. Sie verlässt es ja nie. Weil ich befürchtet habe, dass sie sich etwas antun könnte, habe ich ihr alle Gürtel und spitzen Gegenstände wegnehmen lassen. Ich wäre dir unendlich dankbar, wenn du mit ihr sprechen würdest, mein Kind. Vielleicht bringt sie das zur Besinnung. Du hattest immer einen guten Einfluss auf sie. Ich vermag es nicht, zu ihr durchzudringen.«

»Ich werde sehen, was ich tun kann.«

Avery verließ ihre Mutter, ging die steinerne Wendeltreppe hinauf und klopfte leise an Anolas Tür. Als diese nicht reagierte, rief sie: »Anola, ich bin es, Avery. Bitte lass mich hinein.« Kurz darauf hörte sie etwas über den Boden schaben. Dann öffnete sich die Tür einen Spalt, und ihre kleine Schwester lugte vorsichtig hindurch, als fürchtete sie, jemand wolle sie austricksen.

Kenlynn hatte nicht übertrieben, als sie sagte, Anola sähe blass aus. Ihre Haut hatte die Farbe frischer Sahne angenommen. Ihre Augen blickten Avery trüb entgegen. Trotzdem hatte sie kaum etwas von ihrer Schönheit eingebüßt. Im Gegenteil, der helle Teint verlieh ihr eine entrückte Eleganz.

»Avery. Bist du es wirklich?«, hauchte sie leise.

»Aye. Wer denn sonst?«

Anolas helle Lippen formten sich zu einem Lächeln. »Ich wusste, dass du nicht tot bist. Ich habe es gespürt. Komm herein.«

Avery zwängte sich durch den Spalt. Die Tür ging nicht weiter auf, da Anola einen Sessel davorgeschoben hatte, den sie nun wieder zurechtrückte. In ihren dünnen Armen steckte einige Kraft.

»Setz dich zu mir«, sagte sie immer noch recht leise und nahm auf ihrem Bett Platz. Ihre Locken hingen wie goldenes Vlies über ihre zarten Schultern, und sie trug ein langes weißes Nachthemd, in dem sie wie ein Engel aussah.

Avery tat ihr den Gefallen und setzte sich. Anolas Fingerspitzen tasteten vorsichtig ihre Wangen und ihren Mund ab.

»Verzeih. Ich wollte nur sichergehen, dass du kein Geist bist.« Sie lächelte zufrieden. »Aber du fühlst dich warm an.«

»Niemand bringt Avery MacBaine um, ohne dabei selbst seinen Kopf zu verlieren. Du solltest mich wirklich besser kennen.«

»Aye. Ich weiß. Du lässt keine Gelegenheit aus, es zu erwähnen. Ach, ich bin so froh, dich zu sehen.«

»Und ich bin froh, dich zu sehen. Wie geht es dir? Du siehst mitgenommen aus. Màthair macht sich Sorgen um dich. Was ist geschehen, Anola?«

Anola starrte ihre nackten kleinen Füße an. Sie waren genauso zierlich wie alles andere an ihr. Avery kam sich neben ihr fast schon grob vor. Allein ihre Hände überragten jene von Anola um ein ganzes Fingerglied und waren breiter und rauer.

»Amus bedrängt mich mit jedem Tag mehr. Er möchte, dass ich ihn heirate«, sagte sie schließlich gequält und schüttelte sich vor Ekel. Ihre Stimme klang so leise, dass Avery genau hinhören musste, um sie zu verstehen. Das war ungewöhnlich und passte nicht zu der einst so kecken, redseligen Person. Er musste sie eingeschüchtert haben.

»Amus – natürlich.« Er hatte nie ein Geheimnis daraus gemacht, dass er Anola begehrte. Doch Anola war eine selbstbewusste Frau, die sich von Worten allein nicht bedrängen ließ. Es musste mehr vorgefallen sein. Hatte Amus es etwa gewagt, sie gegen ihren Willen zu berühren? Oder gar Schlimmeres? Averys Hände ballten sich zu Fäusten. Wäre er hier in diesem Raum gewesen, sie hätte ihm mindestens die Nase gebrochen.

»Hat er dich angefasst? »

Anola atmete tief durch. Schließlich nickte sie. »Er hat es versucht. Aber du kennst mich, ich lasse mir das nicht gefallen. Ich habe ihm eine Ohrfeige verpasst.«

»Das war gut. Ich hoffe, diesem Bastard war das eine Lehre.«

»Nay. Er ist dann erst richtig wütend geworden.« Sie stockte, schloss gequält die Augen und ließ einige Wimpernschläge regungslos verstreichen, ehe sie mit gebrochener Stimme fortfuhr: »Er hat mich geschlagen und mich an den Haaren durch die Burg geschleift. Er sei der Chief, er könne über mich verfügen, wie es ihm beliebt, und ich würde sein Weib werden, völlig gleich, was ich davon halte, krakeelte er. Früher war er aufdringlich, doch nun scheint er endgültig den Verstand zu verlieren.«

»Dieser Molch hat nicht über dich zu bestimmen.«

»Er ist der Chief. Was kann ich schon ausrichten?«

»Ich bin der Chief«, erinnerte Avery sie. »Und ich lasse nicht zu, dass dich dieser Mann belästigt. Er soll es noch ein Mal wagen, in deine Nähe zu kommen, und ich schwöre bei Gott, am nächsten Tag ist er einen Meter kürzer. Ich werde ihm die Beine mit einer Axt abschlagen.«

Ein amüsiertes Lächeln huschte über Anolas zartes Gesicht. »Es ist wie früher, Ave. Du hast schon immer gewusst, was zu tun ist. Erinnerst du dich noch, wie oft du mich vor Amus beschützt hast, weil er mich verprügeln wollte?«

»Ich bin deine Schwester. Das ist für mich eine Ehrensache. Ich werde stets auf dich aufpassen. Und Amus war schon damals ein Schwächling. Alle waren größer und stärker als er, außer dir. Da dachte er, er könnte seine Wut an dir auslassen. Fürchte dich nicht vor ihm. Amus mag eine große Klappe haben. Aber glaube mir, es steckt nichts dahinter.«

»Unterschätze ihn nicht, Avery. Er mag jähzornig sein und voller Ungeduld, aber er ist auch schlau. Du bist ihm ein Dorn im Auge. Ich bin sicher, er wird etwas gegen dich unternehmen. Deswegen musst du mir versprechen, gut auf dich aufzupassen und ihm niemals den Rücken zuzukehren.«

»Ich passe schon auf mich auf, mach dir keine Sorgen. Mit dem Burschen werde ich mit verbundenen Augen fertig.«

»Bitte, Ave. Nimm es nicht auf die leichte Schulter. Er hat Männer, die hinter ihm stehen, die nur ihn als ihren

Chief akzeptieren. Sie würden alles tun, damit er an der Macht bleiben kann.«

»Wer sind diese Männer? Nenn mir ihre Namen.«

Anola zuckte hilflos die Schultern. »Wenn ich sie wüsste, würde ich sie dir nennen. Aber er hat sie erwähnt, als ich noch darauf hoffte, dass du zurückkehren würdest. Er hat mir ins Gesicht gelacht und gesagt, dass er fest im Sattel sitzt und niemand ihm etwas anhaben könne, nicht einmal du.«

»Als Athair noch lebte, hielt niemand große Stücke auf ihn. Warum sollten sie jetzt ihre Meinung geändert haben?«

»Für einige ist er das kleinere Übel. Ob seine Worte nun wahr sind oder nicht, ich weiß zumindest, dass es auf der Burg einen Spion gibt. Irgendjemand, der Amus genauestens über mich Bericht erstattete. Er wusste stets, wo er mich finden würde. Selbst dann, wenn ich mich allein an unseren See zurückzog, um dort meinen Frieden zu finden.«

»Wer ist der Spion?«

Anola ließ ihren Kopf auf das Bett sinken und starrte die Decke an. »Er wäre gewiss ein schlechter Spion, wenn er sich zu erkennen gegeben hätte.«

»Du hast recht.«

»Aye. Sei einfach auf der Hut.«

Avery beugte sich über Anola und gab ihr einen Kuss auf die Stirn. »Ich werde deinen Rat beherzigen. Ruh dich aus, und fürchte dich nicht länger. Ich werde nicht zulassen, dass Amus dich vor den Altar zerrt.«

Anola reckte die Hand in die Höhe und streichelte

Averys Wange. Ein leises »Danke« kam über ihre Lippen.

»Bald wird sich vieles zu unseren Gunsten ändern. Und Amus wird keine Bedrohung mehr sein.«

»Wie willst du das anstellen?«

»Ich gehe eine wichtige Verbindung ein, die uns Schutz bringen wird. Schon sehr bald. Vertrau mir.«

»Das klingt, als hättest du die Absicht zu heiraten?«

Avery lachte. »Wie kommst du denn darauf?«

»Sie sagen oft ›wichtige Verbindung‹, wenn sie Hochzeit meinen.«

»Wer sind sie? »

»Die Leute ganz oben, die etwas zu sagen haben. Die heiraten nie aus Liebe.«

»Bei mir ist es anders.«

»Also willst du tatsächlich heiraten?«

»Aye. Genau so ist es.«

Anolas Oberkörper schnellte hoch. Ihre Müdigkeit schien verflogen. »Oh, ich freue mich für dich.« Sie breitete die Arme aus und schlang sie um Avery. »Und du hast dir immer solche Sorgen gemacht, dass du keinen Mann findest. Dabei bist du großartig. Ich wusste, dass du eines Tages einem Mann dein Jawort geben würdest. Nur du hast daran gezweifelt. Also, wer ist es?«

»Erschrick nicht, wenn ich dir seinen Namen sage. Es ist eine lange Geschichte.«

Anola legte den Kopf zur Seite und kräuselte ihre Nase. »Wenn du ihn liebst und er dich, spielt sein Name keine Rolle.«

»Laird Ewan MacCallen.«

Anola blieb der Mund offen stehen.

»Es scheint, als spiele sein Name doch eine Rolle.«

»Nay.« Anola winkte ab. »Ich vertraue dir. Ich weiß, du würdest keine schlechte Wahl treffen.«

»Er ist der wundervollste Mensch, den ich kenne.«

»Es fällt mir schwer zu glauben, dass wir vom selben MacCallen sprechen.«

Das brachte Avery zum Lachen. »Aye, kleine Schwester. Ewan MacCallen, Chief der MacCallens. Ich werde ihn noch heute sehen, an unserem See. Aber das sollte unser Geheimnis bleiben.«

Anola hob überrascht eine Braue. »Das klingt romantisch. Hätte ich dem alten Laird gar nicht zugetraut. Ach, ich freue mich so für dich.«

Avery versuchte, ein Gähnen zu unterdrücken. Es gelang ihr nicht. Die Müdigkeit bahnte sich nun mit aller Gewalt ihren Weg.

»Verzeih, ich bin die ganze Nacht durchgeritten.« Sie gab Anola einen Abschiedskuss und ging zur Tür. Gerade als sie diese öffnete, stolperte Cecilie, eine Cousine dritten Grades, die seit einer Weile als Magd auf Green Castle arbeitete, mit Anolas Frühstück herein. Um ein Haar wäre es in Averys Gesicht gelandet.

»Oh, wie ungeschickt von mir.« Sie balancierte Brot und Frischkäse auf einem Tablett zu Anola.

»Schon gut«, winkte Avery ab und ging.

Der See lag friedlich inmitten der grünen Pracht eines Tals, das umringt war von imposanten Hügeln und Bens. Es befand sich nahe der Grenze zwischen den Gebieten der MacCallens und der MacBaines. Avery stieg von Wandas Rücken. Wie vertraut es doch war, wieder ihr eigenes Pferd zu reiten. Sie zog ihre Schuhe aus und ging barfuß durch das herrlich kühle Gras. Erinnerungen an damals stiegen in ihr auf. An ihr erstes Treffen mit Ewan MacCallen, als sie noch gar nicht wusste, wer dieser attraktive Fremde war, der sie um jeden Preis hatte retten wollen. Und sei es nur vor einem spitzen Stein, auf den sie versehentlich getreten war. Gewiss, sein Name war ihr ein Begriff gewesen. Nur das Gesicht dazu hatte sie nicht gekannt.

Das Wasser schimmerte silbern im Licht der untergehenden Sonne. Rot leuchtend verschwand sie hinter den Hügeln und überließ ihrem Bruder, dem Mond, den Thron am dunkel werdenden Himmel. In seinem Gefolge funkelten erste Sterne am Firmament.

Wanda graste ruhig neben ihr, während Avery die letzten Schritte zum Ufer zu Fuß ging. Sie atmete die kühle Nachtluft ein, die ihr Kraft gab.

Schließlich entdeckte sie am Wasser eine große Gestalt. Sie saß am Boden und warf einen Stein ins Nass. Neben ihr steckte ein Claymore im feuchten Sand.

»Ewan.«

Er drehte sich um. Obwohl es dunkel war und nur wenig Licht seine Züge erhellte, meinte sie, ein Lächeln auf seinen Lippen zu erkennen. Er kam ihr schnellen Schrittes entgegen, als könne er es nicht erwarten, sie in seine Arme zu schließen. Und als er sie schließlich erreichte, spürte sie seine Kraft, die sie einschloss wie eine große wärmende Decke. Sie lehnte sich an seine starke, warme Brust, in der ein wildes, liebevolles Herz schlug.

»Avery.« Er küsste sie.

»Oh, ich habe so auf diesen Augenblick gewartet«, gestand sie ihm. Sie hatte zum Abendbrot keinen Bissen herunterbekommen, weil sie in Gedanken die ganze Zeit schon bei ihm gewesen war.

Er strich ihr eine Strähne aus dem Gesicht und nickte. »Mir ging es genauso. Bist du allein?« Er blickte über ihre Schulter.

»Aye.«

Auch Ewan hatte keine Männer mitgenommen. Dieses Treffen ging niemanden etwas an. Es war ganz allein ihres.

Averys Hände glitten über seine Brust, dann hinunter, bis sie die Erhebung erreichten, die sich unter seinem Plaid gebildet hatte.

»Es läuft alles nach Plan«, klärte sie ihn knapp auf, denn sie wollte die wenige Zeit, die ihnen blieb, nicht vergeuden.

»Gab es keinen Widerstand?«

»Doch. Aber sie werden sich arrangieren.«

Ewan stieß einen Seufzer aus. »Hoffen wir es.«

Avery spielte nervös mit einem Knopf an seinem Hemd. »He, der Plan ist gut. Es ist die einzige Lösung, die alle zufriedenstellen wird.«

»Dein Wort in Gottes Ohr. Ich wünschte nur, ich könnte …«

Sie unterbrach ihn. »Ewan, lass uns nicht mehr über Politik reden. Nicht heute Nacht. Diese Nacht soll uns ganz allein gehören.« Sie verschloss seinen verführerischen Mund mit ihren Lippen. Sie wollte ihn unbedingt schmecken. Ein leises »Uhm« entwich seiner Kehle. Er zog sie näher an sich heran, legte eine Hand auf ihren Hinterkopf und die andere auf ihren Po.

»Du schmeckst köstlich.«

Sein Blick wanderte ihren Körper hinab, hin zum See, und sie ahnte, was er mit ihr vorhatte. Die Wasseroberfläche glitzerte silbern im Licht des Mondes. »Was hältst du von einer kleinen Erfrischung? Lass uns schwimmen gehen«, flüsterte er.

»Der alten Zeiten wegen?«

»Aye. Und weil ich dich gern ohne das hier sehen würde.« Er zupfte am Saum ihres Plaids.

»Das kann ich einrichten. Aber ich lasse dir den Vortritt.«

Ewan grinste, legte seinen Plaid ab und zog die Schuhe aus. Avery beobachtete ihn aus dem Augenwinkel, während sie ihr Schwert in den Sand stieß.

Himmel, sein Anblick brachte sie wie eh und je vollkommen durcheinander. Als wäre die Zeit stehengeblieben. Die aufregende Hitze in ihrem Schoß, die sie auch bei ihrer ersten Begegnung schon verrückt gemacht hatte, war schlagartig wieder da.

Plötzlich stand er hinter ihr, öffnete geschickt die Spange, die ihr Schulterstück zusammenhielt, und wickelte sie aus dem Tartanstoff, bis sie nur noch in ihrem Hemd vor ihm stand.

»Lass mich dir helfen. Dann geht es schneller«, hauchte er in ihr Ohr. Avery streckte beide Arme in die Höhe, so dass er ihr das letzte bisschen Kleidung mühelos über den Kopf ziehen konnte.

»Oh, es ist recht kalt.« Sie bekam eine Gänsehaut an ihrem ganzen Körper, als der Nachtwind darüberstrich.

»Ich finde es angenehm. Gehen wir ins Wasser?« Er nahm ihre Hand und zog sie mit sich.

Das Wasser würde gewiss noch viel kälter sein. Sie war sich nicht mehr sicher, ob Schwimmen eine gute Idee war. Ihre Lippen begannen, vor Kälte zu zittern.

Doch sie wollte sich vor Ewan nicht blamieren. Also biss sie die Zähne zusammen und folgte ihm.

Das Wasser spritzte in die Höhe, als sie sich gemeinsam ins Nass warfen. Avery stieß einen leisen Schrei aus. Die Kälte war noch unerträglicher, als sie gefürchtet hatte. Unbarmherzig kroch sie ihren Körper hoch, lähmte ihre Glieder und ihr Herz.

Ewan drehte sich erschrocken zu ihr um. »Bist du auf einen spitzen Stein getreten?«

»Diesmal nicht«, gab sie zähneklappernd zu.

»Was ist los?«

»Das Wasser ist eiskalt.«

Sie wollte ans Ufer zurück, aber er hielt sie fest. Sosehr sie sich nach seiner Nähe sehnte, sie glaubte, schon bald ihre Füße nicht mehr zu spüren, und versuchte, sich von ihm loszumachen, um ans rettende Ufer zu schwimmen.

Doch er ließ sie nicht los. »Ich wüsste eine Methode, wie dir rasch warm wird«, flüsterte er ihr stattdessen ins Ohr. Avery warf einen sehnsüchtigen Blick zum Ufer, wo ihr Hemd und Plaid im trockenen Gras lagen.

»Ich hoffe, diese Methode wirkt schnell. Sonst erstarre ich zu einem Eisklumpen.«

Er senkte den Kopf und küsste sie heiß und innig. Seine weichen, sinnlichen Lippen schmiegten sich an ihre, und plötzlich wurde ihr so heiß, als habe er ein Feuer in ihrem Inneren entbrannt. Mit jedem Atemzug schien sie mehr zu erglühen. Eine Hand grub sich in ihre rotgoldenen Locken, die andere streichelte ihren zitternden Bauch. Sie konnte seine Männlichkeit an ihrer Scham fühlen. Fest und hart. Heiß.

Sie spürte kaum noch den kalten Wind, der sie streifte, als er ihren Po umfasste und sie ein Stück hochhob, gerade so weit, dass ihr Oberkörper aus dem Wasser ragte. Seine Männlichkeit war bereit. Er setzte sie darauf ab und drang vorsichtig in sie ein. Avery schnappte erregt nach Luft. Jedes Mal, wenn er in ihr war, schien es sich noch besser anzufühlen als zuvor.

Sie hielt sich an ihm fest, presste sich an ihn und versuchte, all die Wärme, die von ihm ausging, in sich aufzunehmen.

Er bewegte sich kraftvoll. Die Wellen schlugen höher. Sein Atem drang geräuschvoll durch die Stille der Nacht. Avery nahm seinen Rhythmus auf und schloss die Augen. Wasser schwappte ihren Rücken hinauf wie ein eiskalter Schauer.

Doch in ihrem Inneren schien ein Meer aus Lava zu

toben, und es war nicht nur er. Sie selbst glühte, inmitten des kalten Sees.

Avery öffnete die Augen und sah in seine dunklen Bergseen. Sie funkelten rätselhaft, voller Sehnsucht und Begehren. Er stieß sie ein letztes Mal mit ganzer Kraft. Avery glaubte, in einem Strudel aus reinem Glück zu versinken. Einen Moment lang schien die Zeit stillzustehen. Er pochte in ihr, blieb noch dort, bis sich die Wogen geglättet hatten.

Dann hob er sie nochmals hoch. Sie seufzte, als er sie verließ. Er küsste sie erneut und deutete mit einem Kopfnicken zum Ufer.

Jetzt, wo sie wieder allein schwamm, kühlte sie schnell wieder ab. Sie konnte es kaum erwarten, das Ufer zu erreichen.

Mit kräftigen Zügen kraulte er neben ihr. »Ist dir noch immer kalt?«, fragte er fürsorglich.

»Kaum noch.«

Am Ufer angekommen, schob sie das Gras mit ihrem nackten Fuß zur Seite. Sie freute sich darauf, sich Hemd und Plaid überstreifen zu können.

Als sie ihr Hemd angezogen hatte und sich nach ihrem Plaid umsah, durchfuhr sie der Schreck. »Mein Schwert ist fort!«, rief sie, während ihre Augen flink das Ufer absuchten.

»Meins ebenfalls.« Ewans Stimme klang alarmiert.

»Wer hat uns hier einen Streich gespielt?« Sie blickte sich weiter suchend um, konnte aber in der Finsternis niemanden entdecken. Stattdessen hörte sie ein

Rascheln in den nahe gelegenen Büschen. Sie hoffte inständig, dass es bloß ein Tier war. Doch das sichere Gefühl keimte in ihr auf, dass sie beobachtet wurden.

»Wer ist da?«, rief sie, so laut sie konnte.

Da erhoben sich vier Gestalten aus dem Gebüsch und kamen bedrohlich näher.

Etwas blitzte im Mondlicht. Es waren die Klingen in den Händen der Männer.

»Was wollt ihr?«, fragte sie, die Beine fest auf dem Boden, den Blick konzentriert auf das Gegenüber gerichtet.

Keine Antwort.

Stattdessen bildeten die Männer schweigend einen Kreis um Avery. Ewan stellte sich schützend vor sie. Dunkle Wolken zogen über den Himmel. Konzentriert sah Avery den Männern ins Gesicht. Und erkannte voller Entsetzen vertraute Züge.

Dies waren keine einfachen Räuber. Sie gehörten ihrem Clan an. Anolas Worte hallten in ihrer Erinnerung nach. Es gab also tatsächlich Männer, die in Amus das kleinere Übel sahen und alles taten, um ihn an der Macht zu halten.

»Ein Attentat. Sie wollen den Frieden verhindern«, flüsterte sie Ewan zu. Doch in der Stille der Nacht hörte sie nicht nur Ewan, sondern auch die Krieger.

Sie lachten mit einem Mal auf, spöttisch und grausam. »Sehr wohl, Avery MacBaine. Deine letzte Stunde hat geschlagen.«

Woher hatten diese Bastarde gewusst, dass sie am See

war? Avery biss sich energisch auf die Unterlippe. Natürlich – der Spion! Er musste ihr Gespräch mit Anola belauscht haben. Aber wie? Gab es Geheimgänge in der Burg, die sie nicht kannte? Oder war es … Cecilie, mit der sie beinahe zusammengestoßen wäre?

Nay, das konnte nicht sein. Sie war eine Verwandte. Dennoch. Sie war zum rechten Zeitpunkt an der Tür gewesen, um etwas mitzubekommen. Und Amus war bei den Mägden sehr beliebt. Vielleicht hatte er der Kleinen den Kopf verdreht, um sie gefügig zu machen.

»Wagt es, ihr auch nur ein Haar zu krümmen, und ich schwöre bei allem, was mir teuer ist, ihr werdet die Nächsten sein, die ins Gras beißen werden.«

»Na, wenn das nicht der gefürchtete MacCallen ist. Ich habe ihn mir gefährlicher vorgestellt. Heißt es nicht, er sei der beste Schwertkämpfer des Hochlands? Ohne Waffe und mit so spärlicher Bekleidung sieht er mir eher aus wie eine Kaulquappe auf zwei Beinen.«

Averys Blick wanderte zu Ewan, dessen Plaid tatsächlich noch nicht über seine Schulter gewickelt war.

Erneut lachten die Männer.

»Und ihr seid ehrloses Pack, wenn ihr zwei Unbewaffnete angreift«, entgegnete Ewan unbeeindruckt, während er die Spange an sein Schulterteil steckte.

»Du willst mir etwas von Ehre erzählen? Du hast ein ganzes Dorf vernichtet, Hurensohn. Aber dafür wirst du bezahlen, bei Gott! Meine Nichte und ihre Familie haben dort gelebt. Sie haben nie einem von euch ein Haar gekrümmt, aber ihr habt ihnen alles genommen. Also komm du mir nicht mit Ehre!«

»Ich kann mich nur wiederholen: Es geschah nicht auf meine Anordnung hin.«

»Halt uns nicht zum Narren! Jedermann weiß, dass das Herz eines Teufels in deiner Brust schlägt. Verflucht sollst du sein!«

»Man wird herausfinden, dass Amus hinter dem Attentat steckt«, fiel Avery dem Anführer ins Wort. »Dann ist er die längste Zeit euer Chief gewesen.«

»Es geht nicht um Amus. Er will das Gleiche wie wir, das ist wahr. Aber uns ist egal, ob er oder ein anderer den Clan leitet, solange es niemand ist, der MacCallen die Füße küsst. Oder noch ganz andere Körperteile.« Sein Blick war hasserfüllt. »Uns geht es um Gerechtigkeit.«

»Pah.« Diese Spinner kämpften für Gerechtigkeit? Avery hätte am liebsten laut aufgelacht. Nannten sie etwa einen Überfall auf zwei Wehrlose gerecht?

»Die MacCallens haben genug Unheil über unser Land gebracht. Warum sollen wir uns mit ihnen vereinen? Das bedeutet doch nichts anderes, als sich diesem Tyrannen zu unterwerfen. Ihm, den wir alle am liebsten am Galgen sehen wollen!« Der Anführer richtete seine Waffe auf Ewans Kehle, als wollte er sie durchbohren.

»Ewan hatte mit dem Angriff nichts zu tun. Euer Hass vernebelt euch den Verstand.«

Die Männer grölten. Sie hörten ihr überhaupt nicht zu. Hätte Avery es nicht besser gewusst, sie hätte diese Kerle für betrunkenes Pack gehalten, das gerade aus einer Taverne geworfen worden war.

»Also gut, ihr habt euch für den Kampf entschieden«,

sagte Ewan, und seine Stimme klang bedrohlich. »Dann müsst ihr auch die Folgen eurer Entscheidung tragen.«

Just in diesem Moment hob der Anführer sein Schwert und ließ es auf Ewans Seite zuschnellen. Avery hielt vor Schreck den Atem an. Doch Ewan trat mit einem schnellen Schritt dicht an seinen Gegner heran und griff nach seinem Handgelenk. Rasch drehte er sich in ihn hinein und verdrehte ihm den Arm. Der Mann schrie auf und ließ das Schwert zu Boden fallen.

Der MacCallen-Trick. Einen Wimpernschlag später hatte Ewan das Schwert des Anführers in der Hand, und die eigene Klinge durchstieß dessen Brust. Tödlich verwundet sank er auf die Knie.

»Wer möchte es als Nächstes versuchen?«, fragte Ewan. Er schwang das Schwert elegant durch die Luft und zeichnete damit eine Acht.

Zwei Männer stürzten sich mit ohrenbetäubendem Gebrüll auf ihn, während der dritte auf Avery losging. Doch er hatte nicht den Hauch einer Chance. Schließlich hatte sie in Ewan einen guten Lehrer gehabt. Mit der Eleganz einer Raubkatze entwaffnete sie ihren Gegner spielend.

Der feige Bastard rannte, so schnell er nur konnte, die Böschung hinauf. Avery folgte ihm auf dem Fuß. Da bemerkte sie plötzlich einen Reiter, der den Kampf aus einiger Entfernung beobachtete.

Amus. Sie erkannte ihn an seiner schmalen, fast mädchenhaften Statur und den kurzen Locken.

Ihr Herz schlug zornerfüllt in ihrer Brust. Dieser verfluchte Verräter! Er war es also, der diesen Überfall angezettelt hatte. Ihr Vetter wollte sie tatsächlich töten. Diesmal war er endgültig zu weit gegangen.

Als Amus sah, dass Avery ihn entdeckt hatte, gab er seinem Pferd die Sporen.

»Nicht so schnell, Caraid«, rief sie ihm hinterher und sprintete los. »Ich bin noch nicht fertig mit dir.«

Im Rennen sprang sie auf ihre Fuchsstute und jagte Amus hinterher. Das Klirren der Schwerter verklang im Hintergrund, während sie sich an seine Fersen heftete. Mit wilder Entschlossenheit trieb sie Wanda an, die genau spürte, dass es nun Zeit war, alles zu geben. In einem rasenden Galopp preschte sie auf Amus zu. Als sie sich ihm bis auf wenige Meter genähert hatte, riss Avery die Klinge hoch. Gerade noch rechtzeitig, um seinen Schlag abzuwehren. Amus flog durch die Luft.

Mit einem Schrei stürzte er polternd zu Boden.

Avery wendete ihr Pferd, sprang ab und ging auf ihn zu. Rasch erhob er sich und blickte sich nach seinem Schwert um. Doch es war außer Reichweite, war ihm beim Sturz entglitten.

Wortlos richtete sie ihre Klinge auf ihn.

»Nicht, Avery. Tu nichts Unüberlegtes. Ich bin dein Vetter. Wir sind eine Familie.«

»Aha, plötzlich bedeuten dir also unsere Blutsbande etwas?« Sie lachte.

»Ich wusste nicht, was die Männer vorhatten. Ich schwöre es. Ich war nur zufällig hier.«

Avery stellte sich breitbeinig vor ihm auf. Ihre Augen funkelten voller Zorn. Was für ein elender Lügner er war!

»Ich dachte, du hättest mehr Ehre im Leib«, fügte er zitternd hinzu, als ihre Klinge sich seinem Hals näherte.

Sie hielt inne. In diesem einen Punkt hatte er recht. Es war keine ruhmreiche Tat, einen unbewaffneten Gegner zu töten. Doch das war ein Zustand, der sich leicht ändern ließ.

»Nimm dein Schwert«, sagte sie.

Er nickte und hob es auf. Keinen Wimpernschlag später ließ sie ihre Klinge auf ihn niedersausen, gleich einem gewaltigen Blitzschlag. In letzter Sekunde hielt er sein Schwert dagegen. Seine Arme zitterten.

Avery holte wieder und wieder aus. Ihre Schläge waren so schnell und präzise, dass er ihnen nicht beikommen konnte. Es dauerte nicht lange, bis er das Gleichgewicht verlor und nach hinten ausweichen musste.

Er war nie ein guter Kämpfer gewesen, das wussten sie beide. Und nach ihrem Krafttraining hatte er gegen Avery vollends keine Chance mehr. Wild prügelte sie auf ihn ein. Seine Paraden wurden schwächer, und er stolperte mehr, als dass er auswich. Ungelenk entging er dem nächsten Hieb, doch sie trennte ihm mit ihrem Schwert einige Locken ab.

Langsam wurde sie wieder ruhiger, sah klar: Amus war kein Gegner für sie. Er war nicht mehr als ein armseliger Wicht, der durch seine Machtgier allmählich verrückt geworden war. Kein Gegner, keine Herausforderung. Dieser Kampf war unter ihrer Würde.

Mit einem letzten Schlag riss sie ihm das Schwert aus der Hand. Scheppernd schlug es auf dem Boden auf.

Amus stürzte rücklings und hob schützend beide Hände vor seinen Körper.

Avery stellte sich über ihn und richtete die Spitze ihrer Klinge erneut auf seine Kehle. Ein Stoß, und sein Leben wäre ausgelöscht. Sie genoss es, das angstvolle Blitzen in seinen Augen zu sehen.

»Bitte«, hauchte er zitternd. »Bitte nicht.«

Sie hielt inne, denn sie wollte hören, was er ihr zu sagen hatte. Was er vorbrachte, um sie von diesem einen letzten Stoß abzubringen.

Doch seine Angst lähmte ihn gänzlich. Kein Ton kam über seine Lippen. Er erstarrte völlig, gleich einer Marmorstatur.

»Erbärmlich«, spuckte Avery aus und wandte sich ab. Nay, mit dem Blut dieses Mannes wollte sie sich nicht besudeln. Sie wollte nicht wie er sein.

»Dämliche Hure«, brüllte er plötzlich hinter ihr.

Avery fuhr herum und sah seine Klinge, die mit rasender Geschwindigkeit auf sie zusauste. Rasch hob sie ihr Schwert, um den Schlag abzufangen, da schoss etwas Blitzendes von hinten durch seine Brust.

Amus starrte ungläubig Avery an, dann wanderte sein Blick hinab auf die Klinge, die aus seinem Brustkorb ragte. Er sank auf die Knie. Blut quoll aus seinem Mund.

Aus den smaragdgrünen Augen wich jegliches Leben. Zurück blieb nichts als ein Ausdruck von blankem Entsetzen. Schließlich fiel er vornüber und blieb reglos liegen.

Avery wich zurück, als sich eine Lache aus Blut zwischen den Binsen- und Seggengewächsen bildete.

Neben ihr kam Ewans Pferd zum Stehen. In der Rechten hielt er die blutverschmierte Klinge, die zu Amus' Schicksal geworden war. Ewans Atem ging schnell, als er vom Pferd stieg, das Schwert fallen ließ und sie in seine starken Arme nahm.

»Ich musste es tun. Er hätte dich getötet«, sagte Ewan mit bebender Stimme.

»Ich weiß. Ist er tot?«, fragte sie noch unter Schock.

Ihre Beine, ihre Arme, alles an ihr wurde mit einem Mal steif. Sie starrte auf den leblosen Körper ihres Vetters. Der Anblick war entsetzlich, doch sie konnte ihren Blick nicht von ihm wenden. Sie war wie gebannt. Und obwohl er sie hatte töten wollen, hoffte sie auf irgendeine Art von Lebenszeichen.

Ewan kniete sich neben ihren Vetter und tastete dessen Hals ab.

»Aye, er ist tot«, sagte er.

Avery war in ihrer Starre gefangen. Kein Wort kam über ihre Lippen.

Wieder und wieder sah sie, wie Ewan sein Schwert von hinten durch Amus' Brust stieß. Wie sich das Gesicht ihres Vetters voll Entsetzen verzerrte. Wie er seine Augen aufriss, ein letztes Mal. Augen, in denen die nackte Angst stand. Die Angst vor dem Tod.

Sie betrachtete das Blut, das sich mittlerweile bis zu ihren Füßen über die Graslandschaft ausdehnte.

Ewan fasste sie an der Schulter und wollte sie ein Stück zurückziehen. Doch dann ließ er unvermittelt von ihr ab.

»Avery?« Durch den Nebel, der sich um sie gebildet hatte, drang dumpf seine besorgte Stimme zu ihr durch.

Sie blickte ihn an, aber er schien unendlich weit entfernt.

Ewan packte sie nun an beiden Schultern, als wollte er sie rütteln. Aber wieder hielt er inne, um dann stattdessen sanft ihre Wange zu streicheln.

Langsam beugte er sich zu ihr hinunter. Seine Lippen berührten vorsichtig die ihren. Der Nebel riss auf, sie schmeckte seine herbe Süße. Und sie wollte mehr.

»Bring mich von hier fort, Ewan. Bitte«, hauchte sie.

Ewan legte den Arm um ihre Schultern und ging mit ihr zum See zurück. Sie hörte, wie ihre Stute ihr nachlief und leise schnaubte.

»Ich bin noch ganz benommen«, erklärte sie.

»Aye. Das ist ganz natürlich.«

Der Schock saß tief, auch wenn sie wusste, dass Ewan richtig gehandelt hatte. Sie hätte jetzt tot sein können. Ihr Vetter hätte ihr keine Träne nachgeweint.

Sie setzten sich ans Ufer. Avery blickte auf die dunklen Wellen, die sich sanft im Wind bewegten. Dann schmiegte sie ihren Kopf an seine Brust und schloss die Augen. Es war kalt, und sie trug nur ihr Hemd, das gerade bis zu den Knien reichte. Aber das war ihr gleichgültig. Sie spürte die Kälte kaum.

Seine Hand glitt über ihren Rücken, streichelte ihn sanft.

»Du hast mich gerettet.« Sie hatte sich noch gar nicht bei ihm bedankt. Er musste seine Gegner recht schnell außer Gefecht gesetzt haben, um ihr nachreiten zu können.

»Ich wollte dich nicht allein gegen diesen Schurken kämpfen lassen.«

Avery musste lächeln. »Und wozu dann das Training?«

»In erster Linic, wcil ich dich besser kennenlernen wollte. Du warst auch vorher schon eine hervorragende Kämpferin.« Er zwinkerte ihr zu.

Das Training war lediglich ein Vorwand gewesen, um sie zu sehen? Sie konnte es kaum glauben. Dann war es ihm also genauso ergangen wie ihr. Von Anfang an hatte es diese Anziehung gegeben, von beiden Seiten.

»Nun, ein wenig hat mich auch dein Talent gereizt«, fügte er rasch hinzu.

Er liebte sie also wirklich, ganz so, wie sie war. Sie legte sich in seinen Schoß und strich mit dem Finger über seine sinnlichen Lippen. Bezaubert sah sie auf in seine tiefgründigen dunkelblauen Augen. Zwischen ihren Beinen wurde es allmählich heiß. Ein vertrautes Prickeln stieg in ihr auf. Die Vereinigung im See war nicht genug gewesen. Sie brauchte ihn, immer noch, schon wieder. Doch konnte sie sich jetzt gehenlassen, nach diesem schrecklichen Kampf? Nein, daran wollte sie besser nicht mehr denken. Ewan hatte nicht nur sie gerettet, sondern auch den Frieden zwischen ihren Clans. Sein sanftes Lächeln wärmte ihr Herz.

Ewan hauchte einen zarten Kuss auf ihre Fingerkuppe.

Er hätte es nicht ertragen, wenn ihr etwas zugestoßen wäre. Wie er in ihr herbes und zugleich so weibliches Gesicht blickte, zog es ihn unwillkürlich zu ihr hinab, zu ihren Lippen.

Er legte sich auf sie, schmiegte sich erst sanft, dann immer fordernder an ihren Körper. Ihr Mund war weit geöffnet, und seine Zunge tauchte in ihn ein und umkreiste die ihre.

Da drehte sie sich plötzlich, schwang ihn herum, so dass sie oben lag. Sie setzte sich auf und legte ihre Hände auf seine Brust, drückte ihn sanft, aber bestimmt ins Gras.

Sie betrachtete ihn mit einem Funkeln in den Augen. Dann wanderten ihre Lippen über sein bartloses Kinn und seinen Hals entlang. Sie fühlten sich an wie kleine Blitze auf seiner Haut. Eine Gänsehaut lief ihm über den Rücken.

Zwischen seinen Beinen wuchs seine Männlichkeit, auf der sie thronte. Die Welt um ihn schien zu verschwinden. Es gab nur noch ihn und sie.

Sie griff unter seinen Rücken, schob den oberen Teil seines Plaids über seine Schulter und küsste sein Schlüsselbein, während ihre Hände tiefer hinabglitten, an die Stelle, auf der sie saß.

Als ihre Fingerspitzen die stattliche Größe unter seinem Plaid ertasteten, schob er die Hand unter ihr Kinn und zog ihr Gesicht wieder zu sich heran.

Sie sah ihn fragend an.

»Ich möchte, dass es lange dauert«, sagte er.

Avery nickte lächelnd, zog ihre Hand zurück, küsste

seine Wange, fuhr mit den Lippen seine Narbe entlang, zwickte mit den Zähnen in sein Ohrläppchen und biss zärtlich in seinen Hals.

Ewan knöpfte währenddessen ihr Hemd auf und befreite ihre kleinen, festen Brüste, die sich ihm keck entgegenstreckten. Zärtlich schloss er seine Hände um die beiden Hügel, umkreiste sie, mal fester, mal etwas sanfter, bis er Averys leises Stöhnen an seinem Ohr vernahm.

»Ich habe immer gewusst, dass du eine Wildkatze bist«, sagte er.

Avery strahlte, ihre Wangen leuchteten im Mondlicht.

Aye, eine Frau, die ihr Schwert so schneidig gebrauchte, sprühte vor Leidenschaft. In Avery steckte gewiss noch viel mehr, als sie ihm bisher gezeigt hatte. Sie war wild und entschlossen. Und sie war es gewöhnt, ihren Willen durchzusetzen. So eine Frau gab es nur einmal auf der Welt.

Averys Lippen glitten nun über seine nackte Brust. Sie nahm seine rechte Brustwarze in den Mund, saugte fest an ihr, biss zärtlich hinein und saugte erneut. Seine Hände glitten über ihren Rücken, während ihre Zungenspitze mit seiner Brustwarze spielte, sie reizte, bis sie steif wurde.

Dann griff sie erneut unter sein Plaid, hob seinen Saum an und entblößte seine harte Männlichkeit, die sich nun zu ihrer vollen Größe aufrichtete.

Avery hockte sich zwischen seine gespreizten Schenkel, streichelte seine Oberschenkel und saß auf.

Sie spürte, wie er vollkommen in ihr verschwand. Er war so hart, dass sie erbebte. Eine brennende Hitze stieg in ihr hoch.

Langsam fing sie an, sich zu bewegen, ritt ihn, sank auf und ab, ihre Hände auf seine Brust gestützt. Sie blickte in seine Augen, die voller Begehren funkelten.

Sie bewegte sich immer schneller, ihr Atmen wurde zum Keuchen.

Da rollte er sich auf einmal mit ihr zur Seite, bis sie am Boden lag. Sein Becken bewegte sich, seine Stöße wurden immer härter. Kraftvoll drang er tief in sie, bis sie glaubte, innerlich zu verglühen. Alles in ihr krampfte sich zusammen. Sie warf den Kopf von einer Seite zur anderen, atmete stoßweise, und plötzlich drehte sich alles um sie. Ihr war, als würden tausend Sterne explodieren.

Eine scheinbare Ewigkeit blieb er erschöpft auf ihr liegen. Dann rollte er sich lächelnd zur Seite.

»Du bist unglaublich«, sagte er.

Sie schmiegte sich an ihn. Ewan fühlte sich noch immer so heiß an. Kein Lagerfeuer hätte sie besser wärmen können.

Da kam ihr plötzlich ein ganz und gar unromantischer Gedanke. »Wo sind eigentlich diese Bastarde?«

Ewan streichelte ihren Arm. »Abgehauen. Diese elenden Feiglinge.«

Sie richtete sich voller Schrecken auf.

»Die werden dem Rat von dir erzählen und üble Gerüchte im Dorf verbreiten.«

Ewan blickte sie fragend an.

»Dass du Amus getötet hast. Und dass wir uns heimlich getroffen haben.«

»Du klärst es auf, du bist der Chief. »

Avery erhob sich und suchte eilig nach ihrem Plaid. Sie fand es im Gras, einige Meter entfernt Richtung See, und wickelte es rasch um ihre Hüften.

»Der Rat vertraut mir noch nicht ganz. Außerdem stehen wir noch immer kurz vor einem Krieg. Der Vertrag wurde bisher nicht unterzeichnet. Sie könnten glauben, dass du mich in der Hand hast und zu dieser Intrige zwingst.«

Ewan erhob sich ebenfalls. »Was für eine Intrige soll das denn bitte schön sein?«

Sie zuckte hilflos die Schultern. »Wenn die Gemüter sich erhitzen, glaubt man schnell, was man glauben will. Und das ist meistens nicht Gutes. Du müsstest das doch am besten wissen.«

»Aye. Es war ein Fehler, an dir zu zweifeln. Aber ich habe ihn eingesehen. Warum sollten deine Chieftains so etwas glauben? Wir reiten hin und erzählen ihnen, was geschehen ist. Amus ist derjenige, der keine Ehre im Leib hatte. Er hat versucht, seinen Chief zu töten. Das ist Hochverrat.«

»Wir?« Sie sah ihn erstaunt an.

»Aye. Ich werde dich dieses Mal nicht allein gehen lassen. Das habe ich schon einmal getan. Und es war nicht richtig.«

»Ewan, du bringst dich nur unnötig in Gefahr.«

»Nay. Sie wissen, dass ich Frieden will. Und soweit ich weiß, hast du sie davon überzeugt. Sie wollen ihn auch. Es wäre nicht sonderlich geschickt, mich dann umzubringen, oder?«

Sie nickte zustimmend, aber sie hatte ein mulmiges Gefühl. Nur fand sie keine Argumente, um ihn von der Gefahr zu überzeugen.

Im Lager an der Grenze angelangt, berief Avery eine Versammlung der Chieftains in Brians Zelt ein. Es war früh am Nachmittag. Zu ihrer Überraschung waren Amus' Anhänger bisher nicht hier aufgetaucht, wie Brian zu berichten wusste. Ob sie das Land verlassen hatten, weil sie fürchteten, des Hochverrats angeklagt zu werden? Es war besser, die Sache aufzuklären. Sonst könnte sie den Frieden gefährden.

Ewan stand neben Avery am Tisch. Sein Tartan verriet, dass er ein MacCallen war. Doch viele der Chieftains hatten Ewan MacCallen nie zu Gesicht bekommen. Er hatte schließlich jahrelang auf der Insel Skye geherrscht, bevor er die Nachfolge seines Vaters angetreten hatte.

Viele Gerüchte über ihn kursiert. Aber da er ein zurückgezogenes Leben geführt hatte, wussten nur die wenigsten, wie Laird MacCallen tatsächlich aussah. Und er hatte sein Bonnet, an dem für gewöhnlich die drei Federn des Chiefs steckten, nicht zu seinem heimlichen Treffen an den See mitgenommen, da er von niemandem hatte erkannt werden wollen.

»Chieftains, hier neben mir steht der Mann, dessen Tod sich manche bis vor kurzem noch gewünscht haben und dessen Leben uns heute das kostbarste sein sollte. Ein starker Verbündeter unseres Clans: Ewan MacCallen, Chief der MacCallens.«

Ihre Worte lösten nicht wenig Erstaunen aus. Dass dieser Mann allein und ohne Schutz vor ihnen stand, zeugte von großem Mut und wahrem Friedenswillen. Zwar trug er sein Schwert, doch es steckte in der Scheide. Und er sah freundlich in die Runde, die ihn unverwandt anstarrte.

Nur Liam wurde unruhig und behielt die Hand, für den Fall der Fälle, am Griff seiner Klinge.

Ewan überging diese Unhöflichkeit. Avery zuliebe blieb er gelassen.

»Schön und gut, aber warum hast du uns hier zusammengerufen, Avery?«, fragte Liam ungeduldig.

»Es gibt einen guten Grund für diese Versammlung. Kaum dass Ewan unsere Grenze überquert hatte, um sich mit mir zu treffen, musste er Zeuge davon werden, zu was Männer aus unserer Mitte fähig sind. Dieser Mann hat ein furchtbares Verbrechen verhindert.«

Avery wusste, dass sich eine anständige Frau nicht heimlich mit einem Liebhaber traf. Doch sie war der Chief und er ihr künftiger Gemahl. Tatsächlich hatten die Chieftains wohl zu viel Respekt vor ihr, um einen Einwand vorzubringen.

»Und was soll das für ein Verbrechen gewesen sein?«, fragte Liam.

»Nichts Geringeres als Hochverrat! Es wurde ein Mordversuch unternommen. Ich, der Chief unseres Clans, war das Ziel dieser Verschwörung.«

»Das glaube ich nicht. Das kann doch nicht sein! Wer sollte so etwas versuchen?«, warf Liam ein.

»Amus MacBaine.«

Die Männer fingen an, laut durcheinanderzureden. Sie sprangen von ihren Stühlen auf und schütteten das Ale in großen Zügen in sich hinein. Man konnte sein eigenes Wort nicht mehr verstehen.

Da schlug Brian mit der Faust auf den Tisch. Sofort verstummten die Männer. »Erzähl weiter, Ave!«, forderte er sie auf.

»Amus schlich sich nächtens mit vier Getreuen an uns heran und überfiel uns. Er hat versucht, mich umzubringen.«

»Deswegen ist dieser Halunke gestern abgehauen. Ich hatte mich schon gewundert, warum der nach deiner Rückkehr so schnell den Schwanz eingezogen hat«, sagte Brian und kraulte sich den fast gänzlich ergrauten Bart. Dann richtete er seinen Blick voller Entschlossenheit und mit sichtbarem Zorn auf Avery. »Wo steckt dieser Hundsfott jetzt?«

»Er ist durch mein Schwert gestorben«, sagte Ewan.

Die Köpfe der Chieftains wandten sich mit einem Ruck alle gleichzeitig zu ihm. Es herrschte Stille.

Während die Männer noch wie erstarrt saßen, ergriff Avery wieder das Wort. »Er starb bei dem Versuch, mich zu töten, durch die Hand unseres treuen Verbündeten hier. Der Frieden und das nahende Bündnis zwischen unseren beiden starken Clans haben schon vor der Unterzeichnung erste Früchte getragen. Ohne Ewan MacCallen wäre unserem Clan großer Schaden entstanden. Ein feiger Mörder und Verräter hätte die Macht an sich gerissen.«

»Ein MacCallen hat einen MacBaine getötet. Ich

weiß nicht, ob das eine gute Nachricht ist, selbst wenn es ein Verräter war«, wandte Liam ein.

»Bei deinem bisschen Verstand musst du länger darüber nachdenken, mein Freund. Wenn Amus das tatsächlich versucht hat, ist er selbst schuld!«, fuhr Brian ihn an. Andere Chieftains murmelten zustimmend.

»Amus ist tot. Er hat seine gerechte Strafe erhalten. Und wäre Ewan nicht bei mir gewesen, hätten er und seine vier Gefolgsleute mich umgebracht. Die Freundschaft zwischen unseren Clans hat damit starke Wurzeln entwickelt, aus denen viel erwachsen wird.«

»Wer weiß, ob das der letzte Mordversuch war? Und wer übernimmt die Macht, wenn es noch einen Anschlag geben sollte, einen, der von Erfolg gekrönt ist? MacCallen, hättet Ihr zufällig Interesse?«, fragte Liam voller Ironie. Seine Finger schlossen sich unwillkürlich so fest um seinen Schwertgriff, dass seine Knöchel weiß hervortraten.

Nun war es an Ewan, das Wort zu ergreifen. Was er sagen würde, würde große Bedeutung für das Schicksal ihrer beider Clans haben. Avery sah ihn erwartungsvoll an.

»Gestern Nacht habe ich fest an der Seite des Chiefs der MacBaines gestanden. Und auch in Zukunft wird sich dies nicht ändern. Doch ich habe nicht die Absicht, über die MacBaines zu herrschen. Sie werden stets von jener Frau geführt werden, der mein Herz gehört. Und so wie wir zueinander stehen, werden auch die beiden Clans Seite an Seite leben. Daran soll es keinen Zweifel geben. Darauf gebe ich euch mein Wort. Und mein Wort habe ich noch nie leichtfertig gegeben.«

Die Chieftains sahen ihn voller Anerkennung an. Dann ballte einer nach dem anderen die Hand zur Faust und schlug auf den Tisch, um seine Zustimmung zu bekunden.

»Das ist doch ein Wort. So soll es sein. Aber lass dir niemals einfallen, es zu brechen. Dann wirst du die MacBaines kennenlernen«, sagte Brian lachend.

Avery hatte vorgehabt, sich nach der langen Reise zuerst einmal in ihr Zimmer zurückzuziehen. Doch nachdem sie die Hauptburg Green Castle erreicht hatte, beschloss sie, zunächst ihre Mutter zu begrüßen. Noch ganz außer Atem betrat sie den Speisesaal, wo Kenlynn gemeinsam mit Cecilie dabei war, das Frühstück aufzuräumen. Der Geruch von Shortbread und Frischkäse stieg ihr in die Nase. Die Krüge mit Schafsmilch klirrten, als Kenlynn sie auf Cecilies Tablett stellte. Die Magd erstarrte, als sie Avery erblickte. Scheppernd fiel ihr das Tablett aus den Händen.

»Du bist überrascht, mich zu sehen«, stellte Avery fest und ging zügig um die Tafel herum. Cecilie wich ängstlich zurück. O ja, sie hatte allen Grund, sie zu fürchten.

Spätestens jetzt hatte sich das Mädchen verraten, und Avery war drauf und dran, der kleinen Kröte den Hals umzudrehen. Sie hatte also richtig vermutet.

Cecilie war der Spion.

Wer sonst wäre Anola nah genug gewesen, um stets über all ihre Vorhaben unterrichtet zu sein?

»Was geht hier vor?«, ließ sich Kenlynns mächtige Stimme vernehmen.

Avery gab ihr mit der Hand ein Zeichen, Ruhe zu bewahren. Dann packte sie Cecilie an der Schulter. Die brachte vor Schreck keinen Laut hervor.

»Das ist eine Sache zwischen Cecilie und mir. Bitte geh«, bat Avery ihre Mutter.

»Avery, was ist denn in dich gefahren! Lass das Mädchen in Ruhe.«

»Sie trägt die Schuld an Anolas Zustand.«

»Was?«

»Ich habe Mistress Anola nichts angetan, Lady Kenlynn. Bitte glaubt mir«, wimmerte die Kleine nun.

»Schweig!«, brüllte Avery die Magd an, die am ganzen Körper zusammenzuckte. »Ich bin die oberste Richterin dieses Clans, und es ist an mir, ein Urteil zu fällen. Ich habe genügend Anhaltspunkte, die gegen dich sprechen, Cecilie. Und nun geh, Màthair. Lass uns alleine.«

Kenlynn strich ihren Rock glatt und verließ die Halle. Cecilie riss sich los und wollte ihrer Herrin hinterher, doch Avery schnitt ihr den Weg ab, packte sie am Hals und drückte sie gegen die Wand.

»Ich habe Nachrichten für dich, kleine Schlange.«

»Ich weiß nicht, was Ihr von mir wollt«, presste Cecilie hervor. Ihre geweiteten Augen verfolgten ängstlich jede Bewegung Averys.

Diese verstärkte den Druck auf Cecilies Kehle. Das Mädchen schnappte nun heftig nach Luft.

»So? Du hast also keine Ahnung, warum ich so wütend bin?«

Sie lockerte ihren Griff ein bisschen, damit Cecilie ihr antworten konnte.

»Bitte, Mistress. Ich bin nicht die, die Ihr sucht.«

»Spiel keine Spielchen mit mir!«

Erneut zuckte das Mädchen zusammen.

»Amus und seine Männer haben auf mich nahe Lochan Lor gewartet. Wie wird er wohl erfahren haben, dass ich mich dort aufhielt? Die Einzigen, die davon wussten, sind Anola und ein kleines Mäuschen, das an der Tür lauschte. Willst du mich ernsthaft glauben machen, meine eigene Schwester sei die Verräterin?«

»Ich habe mit niemandem gesprochen. Ich schwöre es!«

Tränen standen ihr in den Augen. »Tötet mich nicht, Mistress Avery. Ich flehe Euch an.«

»Das habe ich auch nicht vor. Es genügt, wenn du weißt, dass Amus MacBaine versucht hat, mich zu töten. Doch nur einer von uns beiden ist hierher zurückgekehrt.«

Erschrocken riss Cecilie die Augen auf. Tränen rannen nun in Sturzbächen über ihre zarten Wangen.

Dieses dumme Mädchen hatte also aus Liebe gehandelt. Ob er sie entehrt hatte, bevor er starb? Amus war hinter jedem Rock her. So ein dummes Ding musste ihm gut zupassgekommen sein. Sicher war es kein Kunststück gewesen, sie dazu zu überreden, ihre Familie für ihn auszuspionieren.

Cecilie zitterte nun am ganzen Körper. Hätte Avery

sie nicht am Hals festgehalten, wäre sie wohl auf den Boden gesunken. Doch so erbärmlich die Kleine auch aussah, Avery konnte kein Mitleid für sie aufbringen.

Der Zorn schnürte ihr die Kehle zu. Sehr laut und jede Silbe betonend, hielt sie Cecilie eine letzte Standpauke, die sie nicht so schnell vergessen sollte. »Geh mir aus den Augen. Kehre nie wieder nach Green Castle zurück. Andernfalls mache ich ernst, und du wirst meine Klinge zu spüren bekommen.«

Sie ließ das Mädchen los. Weinend fiel es auf die Knie.

»Na los, beweg dich!«

Avery riss ihr die Haube vom Kopf. Sie packte die Magd an ihren eigenen Haaren und zog sie auf die Füße. »Verschwinde! Fort mit dir.«

Cecilie rannte schluchzend hinaus. Avery schritt hinter ihr her, blieb im Hof stehen und wartete, bis das Mädchen durch das Burgtor verschwunden war.

Als Ewan MacCallen und sein Gefolge die Grenze passierten, stellte er zufrieden fest, dass die Vorbereitungen für die Friedensfeier und seine Verlobung mit Avery in vollem Gange waren.

Die MacBaines hatten ein großes Festzelt aufgebaut. Auf dem Feld wurden Rinder- und Schafshälften über offenem Feuer gegrillt. Für reichlich Ale war gesorgt, die Klänge des Dudelsacks schallten über den Platz, und ein Barde erzählte von Heldentaten der Vorfahren der MacBaines. Die Stimmung war prächtig.

Doch als Ewan und seine Männer den Platz erreichten, wurde es mit einem Schlag still. Alle Blicke richteten sich auf ihn, aber niemand sagte ein Wort. Nur das Knistern der Grillfeuer durchbrach die Stille. Erwartungsvoll sahen ihn die Menschen an.

»Ich grüße den Clan der MacBaines«, rief Ewan und hob die Hand zum Gruß.

Da brach plötzlich ein Jubel aus, als wäre er ein alter Freund, auf dessen Rückkehr sie sehnlichst gewartet hatten.

Ewan stieg erleichtert von seinem Pferd. Der Frieden würde währen, dessen war er sich sicher. Dies waren freundliche, gute Leute.

Auch mit den MacAffys und den MacDouglas würde er in Verhandlung treten. Die ersten Schritte waren bereits gemacht.

»Ewan!«, rief plötzlich jemand. Er blickte zu der Tribüne, die neben dem Zelt aufgebaut war. Eine junge Frau saß dort, gekleidet in ein edles blaues Gewand und mit wertvollem Geschmeide behangen. Ihre roten Locken waren hochgesteckt, und Heideblumen zierten ihr Haupt. Ewan erkannte sie zuerst gar nicht. Aber die raue Frauenstimme war ihm vertraut. Bei ihrem Klang schlug sein Herz höher. Avery. Er traute seinen Augen kaum. Sie sah wunderschön aus.

Sie erhob sich, und die Leute gaben den Weg frei, so

dass sich eine Gasse zwischen den beiden Chiefs bildete. Rasch eilte er Avery entgegen.

Ein Raunen ging durch die Menge. Das Eis zwischen den MacBaines und den MacCallens war endgültig gebrochen. Auch die Chieftains kamen nun aus ihren Zelten und grüßten ihn so herzlich, als wäre er einer von ihnen.

Die Musik setzte wieder im Hintergrund ein, und die Leute nickten ihm voller Freundlichkeit zu. Einige begannen, in das Lied einzustimmen, das der Dudelsackspieler nun zum Besten gab, eins der traditionellen Lieder ihres Clans.

Avery reichte ihm grazil die Hand. Er konnte noch immer nicht glauben, wie schön sie war. Sie glich einer Königin. Er nahm ihre Hand und hauchte einen zarten Kuss auf ihren Handrücken. Als er den Kopf wieder hob, um ihr in die Augen zu blicken, sah er, dass sich ihre Wangen leicht gerötet hatten. »Meine Leute sind doch gar nicht übel, oder?« Avery lächelte aufmunternd.

Er nickte. »Sie sind großartig.« Er fühlte sich, als wäre er bereits Teil dieser Familie.

Avery führte Ewan ins Festzelt, wo sie ihm ihre Mutter Kenlynn und ihre Schwester Anola vorstellte, die gemeinsam mit den anderen Frauen ihren Männern Whisky und Ale ausschenkten und Süßspeisen wie Hattit kit oder Carageen mould anboten. Der würzige Geruch von Muskat lag in der Luft, und die Desserts sahen köstlich aus. Kenlynn musste seinen hungrigen Blick bemerkt haben und reichte ihm eine Schale mit Pudding. Dabei schenkte sie ihm ein warmes Lächeln, das ihn spüren ließ, dass sie ihn schon jetzt ins Herz geschlossen hatte.

Anola aber musterte ihn mit spürbarer Skepsis. Erst als sich Avery an ihn schmiegte und er mit der freien Hand liebevoll über ihre Schulter strich, hellten sich Anolas Züge auf. Sie nickte sichtlich zufrieden, und ein kleines, verspieltes Lächeln umspielte ihre Lippen. Sie hob ihren Kelch und prostete ihm zu.

Am Abend veranstalteten die Männer beider Clans Wettbewerbe im Baumwerfen und Steinstoßen. Sie feuerten sich gegenseitig an, und schon bald spielte es keine Rolle mehr, ob ein MacBaine oder ein MacCallen gewann. Später setzten sie sich zu den Frauen ans Feuer, tranken auf das Wohl ihrer Chiefs und sangen Trinklieder. Die Fackeln wurden angezündet. Man trank, aß und lauschte alten Geschichten. Schließlich erhob sich einer der Männer.

»Das ist Malcolm, der Ehemann meiner Schwester Ann«, flüsterte Avery in sein Ohr und deutete zu der jungen Frau, die an Malcolms Seite saß.

»Jahre von Feindschaft liegen hinter uns. Doch heute Abend werden die MacBaines und MacCallens ein starkes Bündnis schließen und eine friedliche Zukunft beider Clans besiegeln. Nicht das vergossene Blut unserer Väter, Brüder und Söhne soll uns miteinander verbinden, sondern Freundschaft, Brüderlichkeit und Liebe«, sagte Malcolm und sah Avery und Ewan, die in der ersten Reihe vor dem offenen Zelt saßen, bedeutsam an. »Der Frieden war stets das höchste Gut Williams. Lasst uns seinem Beispiel folgen. Lasst uns gemeinsam eine neue Ära einleiten.«

Malcolms Worte wurden mit Beifall besiegelt.

»Avery MacBaine, Chief der MacBaines, erhebe dich.«

Avery ging zu der Tafel im Innern des Zeltes, griff nach dem Federkiel und wartete auf Malcolms Zeichen.

»Möge dieser historische Moment mit deiner Unterschrift besiegelt werden.«

Sie tunkte den Kiel in das Fässchen und unterzeichnete den Friedensvertrag. Kratzend bewegte sich die Feder über das Papier.

Die Männer und Frauen applaudierten heftig.

»Ewan MacCallen, erhebe dich.«

Nun war der Moment gekommen, auf den alle gewartet hatten. Er spürte, wie sich alle Augen auf ihn richteten, und sah die Erwartung und Hoffnung in den Gesichtern der Menschen. Langsam erhob sich Ewan, straffte die Schultern und schritt an Malcolm vorbei in das Zelt.

»Mögest du diesen historischen Moment mit deiner Unterschrift besiegeln, auf dass kein Blut mehr zwischen unseren Clans vergossen werde.«

Aye. Auch er wollte entschlossen und zuversichtlich in die Zukunft blicken. Er setzte seine Unterschrift unter den Vertrag.

Dann drehte er sich um und sah Avery an, die neben ihm stand. Sie griff nach seinem Unterarm und hielt ihn fest.

»Es wird Frieden herrschen zwischen uns«, sagte sie so laut, dass es die Männer und Frauen bis in die hintersten Reihen hören konnten.

»Auf den Frieden!«, stimmte Ewan ein.

Die Menge jubelte.

Aber Ewan hatte in diesem Moment nur Augen für Avery. Ihr gemeinsames Kind würde in einer friedlichen Welt aufwachsen. Ewan war stolz. Das hatten sie gemeinsam geschafft. Und es war erst der Anfang.

»Möchtest du mit mir tanzen?«, fragte er.

»Tanzen? Um Himmels willen.«

Ewan lachte. »Ich habe auch zwei linke Füße«, gestand er und zwinkerte ihr aufmunternd zu. »Aber wir sollten es wagen, meinst du nicht?« Dann zog er sie zu den anderen, die sich zu den eingängigen Klängen des Dudelsackspielers bewegten.

Ewan beobachtete amüsiert, wie Avery seinen Schritten zu folgen versuchte. Sie war eine Kriegerin durch und durch, keine Tänzerin. Aber sie machte gute Miene zum bösen Spiel. Ihr Anblick rührte ihn. Allmählich fing er an, sich zu entspannen. Ihm gefiel diese Feier.

Außerdem war es eine gute Übung für ihren Hochzeitstanz, denn schon bald würde er Avery zum Altar führen. Er konnte es kaum erwarten. Endlich würde sie auch ganz offiziell ihm gehören. Doch nicht nur er hatte sie in sein Herz geschlossen. Auch Vicky liebte sie über alles, und er freute sich darauf, dass sie schon bald eine

Familie sein würden. Sanft zog er Avery zu sich heran und küsste sie innig. Er liebte diesen sinnlichen Mund.

Es wurde bis in den nächsten Morgen hineingefeiert. Und bis in den Morgen darauf.

ENDE